अलबेलिया

गोविन्द पंडित

अलबेलिया

कहानी संग्रह

गोविन्द पण्डित

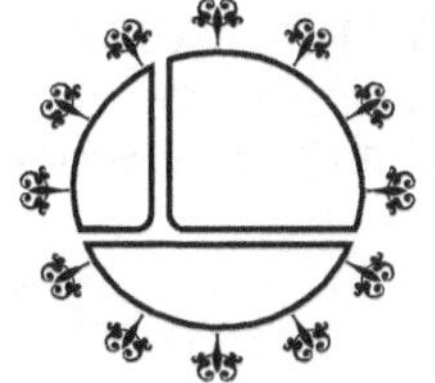

अंजुमन प्रकाशन

इलाहाबाद

ISBN - 9789386027283

आवरण व कम्प्यूटर कम्पोजिंग : श्री कम्प्यूटर्स
© : रचनाकार

प्रकाशक :
अंजुमन प्रकाशन
942, मुठ्ठीगंज, इलाहाबाद-3 उत्तर प्रदेश, भारत

संस्करण : प्रथम, 2016

Albeliya *by* Govind Pandit

Published By : ANJUMAN PRAKASHAN
website - anjumanpublication~com
E-mail : anjumanprakashan@gmail~com
Mob~: 9453004398

समर्पित

नाना जी

स्व. काशी पंडित जी

को

कुछ दिल से

कई लोगों के मुख से सुना है कि जिन्दगी को सँवारते-सँवारते कब हमारे बाल सफ़ेद हो गए, कब दाँत गिर गए, कब आँखों की रौशनी चली गई, कब देह में झुर्रियाँ आ गई और फाइनली कब हम बूढ़े हो गए पता ही नहीं चला। यानी गोल-गोल घेरे में लिपटी ये जिन्दगी अगर इतनी जटिल है तो अपना एक सिम्पल-सा फंडा है; जिन्दगी को बस जिन्दगी की ही तरह जीएँ, इसकी अनसुलझी गुत्थियों को सुलझाने के घनचक्कर में कभी नहीं पड़ें, मदमस्त होकर वही करें जो दिल को मंजूर है।

''अलबेलिया'' मेरी पहली किताब है, जिसे जीवन के आनन-फानन में लिखने का प्रयास मैंने नहीं किया है। अपने कचरस अनुभव से जिन्दगी को देखा है, समझा है, जिया है और उनमें से दिल को छूने वाली बातों को कहानियों के साँचे में ढ़ाला है। ना मैं कोई लेखक हूँ और ना ही लेखन कला में पारंगत। फिर भी, अपने बैंकिंग कार्यों से निपटने के बाद लिखने का एक छोटा-सा प्रयास कर लेता हूँ; क्योंकि हर इंसान कोई नया प्रयास करने के लिए स्वतंत्र है। मुझे भरोसा हैं कि यह किताब आपको पसंद आयेगी और आपका ढेर सारा प्यार मिलेगा।

अपनी बात सिर्फ़ यहीं पूरी नहीं होती है। इसके लिए कुछ खास लोगों का शुक्रिया भी अदा करना है जिनके सहयोग एवं प्रोत्साहन के बिना यह कार्य सम्पन्न नहीं हो पाता। सर्वप्रथम मैं अपने अग्रजतुल्य श्री गुलाबचंद यादव जी का दिल से आभारी हूँ, जिन्होंने मुझे लेखन के लिए प्रेरित और प्रोत्साहित किया; मेरी हर रचना पढ़ी और उस पर अपने बहुमूल्य सुझाव दिए। आदरणीय श्री श्रीलाल प्रसाद जी का भी मैं आभारी हूँ, जिन्होंने मेरी कहानियों को पढ़कर मेरे हौसले बढ़ाए और अपना आशीर्वचन दिए।

अंजु का मेरे प्रति अगाध प्रेम कह लें या कुछ और किन्तु, मेरी

कहानियों को पढ़कर वह अक्सर यही कहती ''आप तो बाकी लोगों से अच्छा लिखते हैं।'' उसका यह वाक्य मुझे निरंतर लिखने के लिए ऊर्जा प्रदान करता है।

दोस्तों में हरप्रीत कौर, जिन्होंने मेरी पहली पाण्डुलिपि पढ़ी और कहा ''गोविंद तुम तो मस्त लिखते हो, मेरे भावी राइटर!'' आज वह यूएस में रहते हुए भी मेरी कहानियों को पढ़ती है और मेरा मनोबल बढ़ाती है। निशा, डॉ0 सुशांत, बिन्दु जिन्होंने कहानियाँ पढ़कर मेरा हौसला बढ़ाया।

मेरे माँ - पिताजी एवं भइया का शुक्रिया जिनसे मैंने कठोर परिश्रम करना सीखा।

पीएनबी परिवार के वरिष्ठ कार्यपालकों एवं साथियों का मैं दिल से आभार व्यक्त करना चाहूँगा जो ''द नेम हू केन बैंक अपॉन'' की टैग लाइन को दिल में धारण कर ग्राहकों को 122 वर्षों से सर्वोत्तम बैंकिंग सेवा प्रदान करते आ रहे हैं।

मैं वीनस केसरी जी का एवं उनकी समस्त टीम का आभार व्यक्त करना चाहूँगा जिनके सहयोग एवं समर्थन के बिना इस पुस्तक को अपना सुंदर आकार नहीं मिल पाता।

अंत में, आप सभी पाठकों का शुक्रिया जिन्होंने इस पुस्तक को खरीदकर घर लाया है। आप इसे पढ़कर अपनी प्रतिक्रिया से मुझे जरूर अवगत कराएँ ताकि आगे और अच्छी-अच्छी कहानियों का आनन्द आपको दे सकूँ। आप अवश्य लिखें - govindpandit0304@gmail.com।मन जब घबराए तो www~pravachanom~blogspot~com पर जाकर एक बार रिचार्ज हो लें।

- गोविन्द पण्डित

अनुक्रम

1

नेह की डोर

बादल और अमृता की शादी खूब धूमधाम से हुई थी। ऐसी जोड़ी बिरले ही लगती है। दोनों की जोड़ी मानो कामदेव-रति की जोड़ी थी। अमृता का अंग-अंग जैसे साँचे में ढला हो। गोरा बदन, सुगठित चाँद-सा मुखड़ा, हिरणी शावक-से चंचल नैन, मुखमंडल पे मुस्कान लिए सबको मोहित कर देती। सुंदर ही नहीं वह गुणवती भी थी। हाल ही में उसने बी-टेक की पढ़ाई पूरी की थी।

बादल भी कम कहाँ था। हट्टा-कट्टा सजीला नौजवान। एम-टेक की पढ़ाई पूरी कर दो वर्षों से एक अच्छी कम्पनी में सॉफ्टवेयर इंजीनियर के रूप में कार्यरत था। ऐसी जोड़ी गाँव में लग पाना किसी अजूबे से कम नहीं था। दूर-दूर के गाँवों से लोग जुटे थे इस अनोखी जोड़ी की झलक पाने। बड़े बुजुर्गों ने निष्कपट भाव से इस जोड़ी को आशीष दिये थे।

यह शादी इलाके भर में चर्चा का विषय रही थी। बादल के घरवालों ने भी खूब दरियादिली दिखाई थी। दहेज में फूटी कौड़ी तक नहीं ली थी। भला

ऐसी बहू पाकर कौन धन-दौलत की परवाह करे। बादल की शादी के लिए उनके घर कई धन कुबेर भी पहुँच चुके थे। कई भाँति से प्रलोभन दिए पर बादल के पिताजी भी पक्के इरादे के इंसान थे। साफ़ कह देते-देखो जी! धन दौलत तो हाथों का मैल है, इसका आना-जाना तो लगा रहता, पर जो चीज जिन्दगी भर की है उससे सौदेबाजी कैसी? एक सुन्दर और सुशील बहू घर में आ जाए वही हमारे लिए लक्ष्मी का रूप होगी।

बादल के पिताजी का गाँव में ही अच्छा खासा व्यवसाय था। रुपये पैसों की कमी नहीं थी। अपनी मेहनत और ईमानदारी से उन्होंने आस-पास के इलाके में भी अपना व्यवसाय फैला लिया था। लोगों का मानना था कि उनके पास अकूत संपति पड़ी हुई है जो उनके पुरखों को किसी दैवीय शक्ति के कारण प्राप्त हुई थी। समाज में उनके दादाजी का खास दर्जा था। इस शादी से उनकी छाती और चौड़ी हो गई थी।

बादल दिल्ली में जॉब करता था। शादी के कुछ दिनों बाद पत्नी सहित वह दिल्ली आ गया। जिन्दगी खुशहाल थी। नई नवेली दुल्हन, अच्छा खासा पैकेज, कम्पनी में अच्छा रुतबा और क्या चाहिए? कुछ ही दिनों में अमृता को भी उसी कम्पनी में जॉब मिल गई। अब दोनों का शेड्युल कुछ व्यस्त ज़रूर हो गया था, पर दोनों के बीच प्यार दिन दूना रात चौगुना बढ़ रहा था। दोनों अलग-अलग परिवेश में पले बढ़े थे। शादी के पूर्व एक-दूजे को जानने-समझने का वक्त भी नहीं मिल पाया था, लेकिन शादी के बाद आपसी समझबूझ से इस रिश्ते को काफी मजबूत बना लिया था। नए सपने, नए अरमान लिए वे बिन्दास जी रहे थे। न शिकवा, न शिकायत, जी भर जी लेने का मकसद। बादल की आँखों में सपना था-आगे बढ़ने का, कुछ कर दिखाने का।

एक दिन बातों ही बातों में उसने अमृता से कहा- ''अमू! सुन।''

अमृता मजाकिया अंदाज में बोली- ''सुनाइए।''

बादल- ''तू देख लेना, एक दिन मैं इस कम्पनी का सीएमडी बनूँगा।''

अमृता रोमेंटिकली बोली- ''हां वो तो है, कम्पनी का हो ना हो, पर मेरे दिल के सीएमडी तो ज़रूर बनेंगे।''

बादल जरा खीझते हुए- ''आइ'म रियली सीरियस! बट, तुझे हमेशा मजाक सूझता है।''

अमृता- ''आइ'म अलसो सीरियस। पर, ज़रा टाइम तो देखिए और जाइए जनाब! जल्दी नहाइए, नाश्ता तैयार है। ऑफिस के लिए देर हो रही है।''

बादल ने घड़ी पर नज़र डाली। 9 बज चुका था। सचमुच वह हड़बड़ा गया और सरपट बाथरुम की ओर भागा। झटपट नहा-धोकर तैयार हुआ और दोनों नाश्ता कर ऑफिस के लिए रवाना हो गए।

यूँ ही साल भर बीत गया, पता भी न चला। जब जिन्दगी खुशहाल हो तो इसके लिए समय कम पड़ने लगते हैं किंतु, जब यही जिन्दगी नीरस होकर निराशा की अँगड़ाई लेने लगती है तो एक-एक पल बिताना किसी युग के बीतने जैसा लगता है। समय अगम्य पर्वत बनकर सामने खड़ा हो जाता है।

इस रिश्ते से बादल के माता पिता भी काफी खुश थे। उनकी मनचाही मुराद मानों पूरी हो गई थी। जैसा बेटा वैसी ही पढ़ी-लिखी सुंदर बहू मिल गई थी। हर कोई इस जोड़ी की तारीफ़ करता फिरता था। भला दुनिया में कौन ऐसे माँ-बाप होंगे जिन्हें अपनी संतानों की बड़ाई पसंद ना हो। माँ-बाप की छाती तो संतान के सिर से जुड़ी होती है। संतान का सिर अगर ऊँचा रहे तो माँ-बाप की छाती चौड़ी हो जाती है और सिर नीचा होने पर उनकी छाती डूबने लगती है। बादल के माता-पिता ने कई देवस्थलों पर माथा टेका, गंगा स्नान, तीर्थ-व्रत सब किए। बीच-बीच में कभी वे दिल्ली आकर बहू-बेटे से मिल जाते। अब उनकी बस एक ही कामना थी, एक नन्हें से मेहमान के आगमन की।

उधर अमृता के पिता का स्वभाव थोड़ा अलग था। वे फौज में थे। लम्बे समय तक फौजदारी की। अब रिटायर्ड होकर एक कम्पनी ज्वाइन कर लिया था किंतु, अब भी उनका फौजी मिजाज नहीं बदला था। घर वाले उनसे थर-थर काँपते थे। किसी की क्या मजाल जो उनके सामने मुँह खोल सके। पूरे घर में तानाशाही शासन था उनका। आस पड़ोस वाले भी उनकी ऐंठी से परेशान रहते। ''न पत्थर सीझे, न मूढ़ बुझे'' की कहावत को वह पूरी तरह चरितार्थ करता था। कभी-कभी उसने अपने दामाद पर भी अपनी फौजी वाला रौब दिखाने का प्रयास

किया, पर बादल उसे इग्नोर करता गया।

अपने दामाद द्वारा इग्नोर किया जाना उसे खटकने लगा। क्योंकि आज तक घर का कोई व्यक्ति उसके सामने मुँह खोलने की हिम्मत जुटा नहीं पाया था। किंतु, दामाद उसे सीधे जवाब देता। उसने बेटी के माध्यम से दामाद पर रौब जमाने की चाल चलने का प्रयास किया। किंतु, अमृता को भी अपनी निजी जिन्दगी में पिताजी की ऐसी दखलंदाजी पसन्द नहीं थी, पर इसका विरोध करने की भी उसमें हिम्मत नहीं थी। वह मन ही मन बेहद डरी रहती। उसे इस बात का डर हमेशा सालता कि इन दोनों के बीच कहीं कोई मनमुटाव न हो जाए। क्योंकि अपने पिताजी के रवैये से वह पूरी तरह वाकिफ थी। ना चाहकर भी वह अपने पिताजी के इस रवैये को झेल सकती थी किंतु, इस बात का क्या भरोसा था कि बादल भी उसके इस रवैये को झेल लेगा। आज की युवा पीढ़ी लकीर के फकीर नहीं होती। उनकी सोच; नज़रिया काफी परिपक्व होता है। स्वाभिमान के साथ जीना-मरना चाहते हैं। ऐसे में किसी की अनावश्यक दखलांदाजी उसे बर्दाश्त कहाँ? चाहे वे अपने ही क्यों न हो।

वही हुआ जिसका डर हमेशा अमृता के मन में बना रहता। एक दिन उसके पिताजी ने शराब के नशे में दामाद को फोन किया। उस पर रौब जमाने का प्रयास किया। पहले तो बादल को लगा कि आज ससुर जी कुछ ज्यादा ही चढ़ा गए हैं इसीलिए शिष्टाचार भूल बैठे है। वैसे भी नशेड़ी को शिष्टाचार की क्या पड़ी है। धीरे-धीरे उनके शब्द अपनी मर्यादा खोते गए। अब वे धमकियों पर उतर आए। यहाँ तक तो ठीक था। नशे में धुत्त जानकर बादल उसे बर्दाश्त करता गया। लेकिन जब वे अपशब्द पर उतर आए तो यह बादल के बर्दाश्त से बाहर हो गया। उसने ससुर को आड़े हाथ लिया। उसे खूब खरी-खोटी सुनाया और दोबारा ऐसी ओछी हरकत नहीं करने तक की हिदायत भी दे डाली। बेचारी अमृता ससुर दामाद के इस भयंकर वाग्युद्ध से थर-थर काँप रही थी। मर्दों की क्या, मूँछों की ताव, रिश्तों में मधुरता तो आखिर औरतें ही लाती हैं।

अमृता पिताजी के स्वभाव से वाकिफ थी। ऐसे हालात में उसे समझाना यमराज के मुख से वापस लौटने के बराबर था। पति को ही समझाना उचित जँचा। वह बादल से बोली 'बाबूजी ऐसे ही हैं, उनसे आपको नहीं उलझना

चाहिए।''

बादल गुस्से में तमतमाते हुए बोला- ''मैं....मैं.....उलझ रहा था? उनकी लैंग्वेज नहीं देखी। दामाद से ऐसी लैंग्वेज में बात करनी चाहिए? शराबी हैं तो उसका नशा अपने पास ही रखें। मुझे रौब दिखाने की जरूरत नहीं हैं।''

अमृता गिड़गिड़ाई- ''प्लीज बादल! समझने का प्रयास करो। वो आदत से लाचार हैं। आप समझदार हो।''

उसी समय अमृता के मोबाइल पर पिताजी की कॉल आई। पिताजी ने उसे शीघ्र अपने पास आने को कहा। अमृता की माँ ने उसे काफी समझाने का प्रयास किया, लेकिन उसके सामने किसी की एक न चलती। वह बिस्तर पर जाकर फूट-फूटकर रोने लगी। उसे अपने पति का स्वभाव पता था। अमृता की दुविधा और बढ़ गई। एक बार ख्याल आया पिताजी से उलझ लूँ पर, हिम्मत जवाब दे गई। बात बनने के बजाय बिगड़ जाती। कुछ दिन पिताजी के पास रहकर उन्हें समझाना सही लगा।

वह बोली- ''पिताजी की कॉल आई थी। कुछ दिनों के लिए मुझे बुलाए हैं।''

बादल- ''क्यों?''

अमृता- ''पता नहीं।''

बादल- ''चली जाओ। बेटी उसी की हो, मैं कौन हूँ?''

अमृता खीझती हुई बोली- ''बादल! आप समझने का प्रयास क्यों नहीं करते? मैं स्थिति को सुलझाने का प्रयास कर रही हूँ और एक आप हो, जिद्दी बने हुए हो।''

बादल (गुस्से से)- ''हां, मैं जिद्दी हूँ और तुम खूब समझदार हो, आखिर बेटी उसी की हो, कुछ तो असर पड़ेगा ही। तुम्हारा पूरा खानदान ही सनकी है; बदतमीज़ लोग।''

आखिरी वाक्य बादल बड़बड़ाते हुए वहाँ से चला गया।

यह बात अमृता को चुभ गई। औरतें भूख सह लेंगी, सारे दुखों को सह लेंगी पर, अपने पुरखों की निंदा सह नहीं सकतीं। आँखों से आँसू की धारा बहने लगी। मन तार-तार होने लगा। कलेजा फटने लगा। रह-रहकर सिसकियों का बाँध टूटने लगा। आँसू के साथ मन में उमड़ रही वेदना बढ़ती रही। खुद को संयत कर वह अंदर गई और बादल से बोली- "क्या कहते हो?"

बादल- "मैं कौन होता हूँ तुम्हें रोकने वाला। जो जी में आए करो।"

बादल से उसे ऐसी उम्मीद नहीं थी। कुछ पल के लिए ठिठक गई। फिर कुछ मन में विचार कर सामान समेटा। बादल से बोली- "अपना ख्याल रखना, बाबूजी गुस्से में हैं, समझाकर जल्दी लौट आऊँगी। मेरी लीव डाल देना।"

बादल के पाँव छूकर वह चल पड़ी।

अमृता बाबूजी के पास पहुँच तो गई, पर उनके गुस्से को देखकर सप्ताह भर इस बारे में बात करने की उसे हिम्मत नहीं हुई। वक्त गुजरता गया। इधर बादल भी दम्भ लिए बैठा था, खुद गई है, खुद ही आएगी। उससे एक बार भी सम्पर्क करने की ज़रुरत नहीं समझी। ऊपर से भले ही दम्भ लिए था, पर मन ही मन वह खूब पछता रहा था। खुद पर उसे खीझ आ रही थी। आखिर इसमें अमृता का क्या दोष? मैंने नाहक उसका दिल दुखाया। कई बार मन हुआ कि एक कॉल कर ले। उसका नम्बर तक डायल करता किंतु, कुछ सोचकर फिर कॉल नहीं कर पाता।

उधर अमृता के पिताजी को भी खुद को सही साबित करने का अच्छा मौका मिल गया था। कहा- "देख लिया कितना दम्भी है। तू कहती थी बड़ा समझदार है, तुझसे खूब प्यार करता है, अब तक एक बार हाल तक नहीं पूछा। सब छलावा है, सब दिखावा है उसका। अकडू कहीं के।"

कहते हैं ना कि चोर को सब चोर ही नजर आते है। कुछ वैसा ही उसके साथ भी हो रहा था। खुद जैसा दम्भी था सारी दुनिया उसे वैसी ही दम्भी प्रतीत हो रही थी।

अमृता निरुत्तर होकर रह गई। उसे भी बादल की इस कठोरता से गुस्सा आने लगा था। दिन गुजरते गए पर, न बादल ने अमृता की खोज ली और न अमृता ने उसकी। इसी तरह साल भर गुजरने को चला। धीरे-धीरे अमृता के जीवन में सौरभ का आगमन हुआ। दिखने में वह सुंदर, सजीला था। खास बात यह थी कि सौरभ उनके पिताजी के एक दोस्त का बेटा था। अमेरिका से पढ़कर वापस आया था। दोनों के बीच घनिष्ठता बढ़ने लगी। अमृता के पिताजी भी कुछ ऐसा ही चाहते थे। कुछ ही दिनों में दोनों विवाह के लिए तैयार हो गए। समस्या एक थी; बादल से तलाक की।

तलाक का पेपर एक दिन बादल के पास पहुँच गया। पेपर देखते ही बादल के पाँव तले जमीन खिसक गई। उसकी दशा व्याध के तीर से घायल होकर जमीन पर गिरे पक्षी की तरह हो गई। वह आत्मग्लानि से भर गया। आँखों से आँसू हिलोरें लेने लगे। मुख से शब्द नहीं फूटे। अपने माँ-बाप के साथ वह अमृता के घर पहुँच गया। क्षमा याचना की। खूब गिड़गिड़ाया, अपने प्यार की दुहाई दी। उनके माँ-बाप ने भी खूब मिन्नतें लगाई, पर सब व्यर्थ।

अमृता बस इतना बोली- ''आइ'म सॉरी! इट्स सो लेट।'' और वह घर के अंदर चली गई।

लाचार होकर वे तीनों वापस आ गए। घर की सारी खुशियाँ लुट चुकी थीं। घर पर शमशान-सा सन्नाटा पसर गया था। किसी को न खाने की सुध रहती और न जीने की। बादल अंदर ही अंदर घुट रहा था। इस दशा के लिए वह खुद को दोषी मान चुका था। अपनी घुटन से कहीं ज्यादा उसे अपने माँ-बाप की घुटन खलती। क्या सपने थे, क्या अरमान बुने थे, सबको मानों साँप सूँघ गया हो।

अगले दिन तलाक था। दोनों पक्षों को कोर्ट में पहुँचना था। शाम के वक्त अमृता की सहेली नीतू आई थी उससे मिलने। अमृता आज बड़ी चहकी-चहकी-सी लग रही थी। बातचीत का सिलसिला हाल-चाल, कपड़े-लत्ते से होकर जा पहुँचा बादल तक। अमृता ने बड़ी लापरवाही से कहा- ''यार नीतू! कल बादल से मेरा तलाक है। चल अच्छा ही हुआ, उससे कहीं हैंडसम, रिच लड़के से शादी करने जा रही हूँ।''

नीतू यह सुनकर अवाक रह गई। बोली- ''अमू! तू तो कहती थी बादल तुमसे बहुत प्यार करता है, तो फिर अचानक.... ?''

नीतू की बात बीच में ही काटते हुए वह बोली- ''छोड़ यार! गड़े हुए मुर्दे क्यों उखाड़ना चाह रही हो? पापा से कुछ अनबन हुई थी, तो बात यहाँ तक आ पहुँची। खैर, सौरभ भी रईस घराने से है। अमेरिका से पढ़ाई करके आया है। मुझे देखते ही वह मुझपर फ़िदा हो गया था। मैंने ऐसा जादू उस पर डाला कि बंदा झटपट शादी के लिए राजी हो गया। दो दिन बाद हमारी शादी है। खूब धूमधाम से होगी। उनके घर में सारी तैयारियाँ हो गयी हैं। बस कल बादल से तलाक हो जाए।''

नीतू यंत्रवत उसकी बातों को सुन रही थी। इस शादी को लेकर उसके एक्साइटमेंट को देखकर उसे अमृता पर तरस आ रहा था। उनके पिताजी के स्वभाव से वह भलीभाँति परिचित थी। मसला समझने में उसे देर नहीं लगी। दोस्त होने के नाते उसे एक बार समझाना उचित जँचा। वह बोली- ''अमू! तू अब बच्ची नहीं रहीं। खुद का भला-बुरा समझ सकती है। शादी-विवाह गुड्डे-गुड़ियों का खेल नहीं है, जिसे जब चाहो बदल डालो। जन्म-जन्माँतर तक निभाने वाला पावन रिश्ता है यह। एक बार जिससे नेह की डोर जुड़ जाती है, वो तोड़ी नहीं जाती, प्यार और समर्पण से इसे मजबूत बनाया जाता है। रही बात सौरभ की तो क्या गारंटी है कि वो तुम्हें खूब प्यार करेगा? हमेशा खुश रखेगा? कल यदि उससे तेरे बाप की नहीं बनी तो क्या तुम दूसरा सौरभ ढूँढ़ोगी? बताओ? जवाब दो? देख, पागल मत बन, बादल का दिल एक बार टटोल के देख लो। क्या अब भी उसके दिल में तुम्हारे लिए वही जगह है? वो अब भी तुम्हें उतना ही प्यार करता है? नेह की डोर मत तोड़ो, वरना जीवन तबाह हो जाएगा। तुम ऐसे बचकाना कदम उठा रही हो तो कहीं ऐसा ना हो कि बाद में पछतावे के सिवा तुम्हारी झोली में और कुछ ना आए।''

नीतू तो चली गई किंतु, उसकी बातों ने अमृता को अंदर तक झकझोर डाला। कानों में नीतू की बात बार-बार गूंजने लगी- ''नेह की डोर मत तोड़ो।'' बादल का गिड़गिड़ाता हुआ चेहरा उसकी आँखों के सामने बार-बार आने लगा। वह जानती थी कि आज भी बादल के दिल में उसके लिए वही जगह थी, आज

भी उससे उतना ही प्यार करता था। नीतू की कही बातों ने उसके दिमाग में झुनझुना बजाना शुरू कर दिया था। उसे रात भर नींद नहीं आयी। विचारों के उमड़ते सैलाब में रात भर वह डूबती-उतरती रही। वह मानो सपने से जग गई। उसका दिल ग्लानि से भर गया। उसे खुद से नफ़रत होने लगी थी। बादल के लिए उसके दिल में प्यार का सैलाब उमड़ पड़ा था। जी करता उड़ कर चली जाऊँ बादल के पास, पर कुछ बंदिशें बेड़ी बनकर उसे जकड़ लेतीं।

सुबह पिताजी से बोली- ''पापा! तलाक से पहले मुझे कुछ सोचने-समझने का वक्त चहिए।''

पिताजी बोले- ''बावली हो गई हो क्या? सौरभ के घर शादी की पूरी तैयारी हो गई है, डेट फिक्स है। दो दिन बाद तू महलों की रानी बन जायेगी, और क्या चाहिए? चलो जल्दी से, कोर्ट के लिए तैयार हो जाओ और पीछे जो कुछ हुआ उसे एक हादसा समझ कर भुला दो। एक सुनहरी जिन्दगी तुम्हारे स्वागत के लिए प्रतीक्षा कर रही है।''

किंतु, बीते हुए कल को इतनी आसानी से कैसे भुलाया जा सकता था? वह कोई हादसा नहीं था। सात जन्मों तक साथ निभाने का प्रण लिया था दोनों ने। पावन अग्नि को साक्षी मानकर सात फेरे लिए थे। तो भला उसे एक हादसा कैसे माना जा सकता था। अब अमृता की बेचैनी बढ़ने लगी। वह पूरी तरह भावनाओं के भँवर में फँस चुकी थी। इसके लिए वह खुद जिम्मेदार थी। आखिर सौरभ से शादी के लिए उसने खुद हामी भरी थी। तलाक के लिए भी हामी भरी थी। चाहती तो बादल के पास बेहिचक वापस जा सकती थी। लेकिन, अब पानी गले से ऊपर चढ़ गया था; केवल डूबना शेष था।

अगले दिन नियत समय पर दोनों पक्ष कोर्ट में उपस्थित हो गए थे। कोर्ट केम्पस में उसे बादल की एक झलक ही मिल सकी थी। उन सबका चेहरा मुझाया हुआ था, मानो हरी फसल पर ओलापात हो गया हो। तुरंत पिताजी ने ओझल कर दिया था उनकी नज़रों से। वह बार-बार कहती रही कि मुझे सोचने-समझने का कुछ वक्त चाहिए लेकिन, उनके पिताजी ने यहाँ जबरन उससे तलाक के कागज़ातों पर हस्ताक्षर ले लिए थे। साथ ही, कुछ भी उलटा सीधा नहीं करने की सख्त हिदायत भी उसे दे डाली।

दोनों पक्ष जज के सामने उपस्थित थे। बादल व उसके परिवार वालों की दशा जुए में अपना सर्वस्व हारे हुए जुआरी की तरह हो गयी थी। अब भी उनके मन में अमृता को वापस पाने की उत्कट लालसा बनी हुई थी। वे किसी चमत्कार की कामना कर रहे थे। उन्हें पता था कि अब अमृता उन्हें वापस नहीं मिल सकती थी किंतु, फिर भी इसके लिए वे अपने मन को समझाने में असमर्थ थे। सबकी आँखें डबडबाई हुई थीं। मन क्रंदन कर रहा था। बादल की दशा और भी दयनीय थी। उसका मन कलप रहा था। अमृता की ओर उसने तृषित नेत्रों से देखा। दिल करता कि जज से गुहार लगाऊँ मुझे अमृता वापस लौटा दीजिए जज साहब। इसके बगैर मैं जी नहीं सकता। पर, वाणी जवाब दे जाती।

जज ने पहले बादल से गवाही लिया। उससे पूछा- "क्या आप स्वेच्छा से अमृता से तलाक चाहते हैं?"

अमृता की ओर करुण भाव से उसने एक बार देखा और फिर बोला- "जी हां।" और इससे आगे वह कुछ न बोल सका। उसकी आँखों से झर-झर आँसू गिरने लगे थे। उसकी हालात बयाँ कर रही थी कि वह स्वेच्छा से नहीं बल्कि मजबूरन तलाक ले रहा है। अपने मन की दशा को वह चाहकर भी छिपा नहीं पा रहा था। आदमी का चेहरा उसके मन का दर्पण होता है। मन की दशा का स्पष्ट प्रतिबिम्ब उसके चेहरे पर भी दिखाई देने लगता है।

जज साहब ने अमृता से जानना चाहा- "आप भी स्वेच्छा से तलाक चाहती हैं?"

अमृता का धैर्य का बाँध टूट गया। अब उससे रहा नहीं गया। पल भर की बात थी, किसी की जिन्दगी उजड़ेगी तो किसी के दम्भ का विजय होगा। उसके मुँह से शब्द नहीं निकल रहे थे। बार-बार वह बादल की ओर निहार रही थी। बादल सिर झुकाए खड़ा था। कुछ पल तक जवाब नहीं पाकर जज साहब ने पुनः प्रश्न दोहराया। बादल ने हिम्मत जुटाकर अपना सिर ऊपर उठाया। आखिरी बार उसने अमृता की ओर देखने का प्रयास किया। उधर अमृता ने पहले से ही उस पर नज़र टिकाई हुई थी। दोनों की आँखें सजल थी। आँखों से आँसू बह रहे थे। आँसू के साथ दोनों के गिले-शिकवे धुल गए। आँखों की करुण पुकार सुनकर अमृता बेसुध दौड़ पड़ी। आकर बादल के गले से लिपटकर रोने

लगी। बादल भी रो रहा था। उन दोनों की दशा देखकर बाकी लोगों की भी आँखों से आँसू छलक पड़े। नेह की डोर टूटने से बच गई। अमृता के पिताजी वहाँ से तुनक कर चल दिए।

2

लखिया

लखिया रामनारायण पाठक की पुत्री थी। रामनारायण पाठक पेशेवर शिक्षक थे, पर लक्ष्मी की उनपर विशेष कृपा नहीं थी। परिवार के भरण-पोषण के बाद वे बमुश्किल ही कुछ जोड़ पाते थे। उनकी आमदनी तो वैसे दस हजार मासिक थी, लेकिन खर्च भी कम कहाँ था? हाथ छोटा कर वे जो भी जोड़ते पत्नी की दवा-दारू में सब हवन हो जाता था। उनका परिवार बहुत बड़ा नहीं था। वे लोग गिने-चुने चार सदस्य थे-दो बेटियाँ और अपने दो। बड़ी लड़की लखिया आठ वर्ष की थी और छोटी मित्रा पाँच की। उसकी पत्नी भगवती खूब धरम-करम करती किंतु, अपने पेट की पीड़ा से वह पीछा नहीं छुड़ा पाती थी। पाठक जी ने उसके पेट की पीड़ा के लिए क्या नहीं किया, कई शहरों के नामी-गरामी डॉक्टरों से इलाज करवाया, लेकिन आजकल की बीमारियों पर तो आग लगे; छूटने का नाम ही नहीं लेतीं?

एक दिन अचानक रामनारायण पाठक दुनियादारी से मुक्त होकर चिरनिद्रा में लीन हो गए। भगवती की दशा अब ''आगे नाथ न पीछे पगहा''

वाली हो गई थी। घर के मुखिया का इस तरह अचानक चल बसना अच्छे-अच्छों को भी तोड़ कर रख देता है और भगवती तो ठहरी सदा पेट की बीमारी से परेशान रहने वाली एक मरीज। अब उसे जीने की कोई इच्छा नहीं थी किंतु, अपनी बेटियों के लिए उसे जीना जरूरी था। वह जिन्दगी से भाग नहीं सकती थी। जीवन में सुरसा की तरह मुँह फैलाए खड़ी चुनौतियों से उसे जूझना ही था। उनसे आर-पार की लड़ाई लड़नी ही थी। उसे कृष्ण बनकर जीवन की इस रणभूमि में अपनी बेटियों का मार्गदर्शन करना था। आगे की चुनौतियों ने अपने पति के विषाद में डूबी भगवती को झकझोर कर रख दिया था। उसे जल्द ही सँभलने पर मजबूर कर दिया था। उसने भी मरते दम तक चुनौतियों से लड़ने का प्रण ले लिया था। आस-पास के छोटे-छोटे बच्चों को ट्यूशन पढ़ाकर वह अपने जीवन की गाड़ी तिल-तिल आगे बढ़ाने लगी थी। अपनी दोनों बेटियों की परवरिश में उसने खुद को पूरी तरह समर्पित कर दिया था। कौन जाने किसके भाग्य में क्या लिखा है ?

लखिया बड़ी रूपसी थी और स्वभाव से उतनी ही चुलबुली भी। यौवन की दहलीज पर पाँव रखते ही उसके रूप ने अद्भुत निखार ले लिया था। यौवन की मादकता आँखों में तिरछी चितवन बनकर, अधरों पर मधुर मुस्कान बनकर और बदन में आलस्य बनकर प्रकट होने लगी थी। उसने विश्व को मोह लेने वाला जगमोहिनी रूप पाया था। गाँव भर में वह सुन्दरता की मिसाल थी। वहाँ के लोगों को अपनी इस बिटिया पर फ़ख़्र था।

मिडिल पास कर अब वह हाई स्कूल में दाखिल हो गई थी। उसके मन में तरह-तरह के सपने पलने लगे थे। उसकी महत्वाकांक्षाएँ लताओं की भाँति डगडगाती हुई शिखर की ओर बढ़ने लगी थी। बचपन से ही उसपर जिन्दगी के कड़वे सच का दंश पड़ने लगा था। मुश्किलें इंसान को मजबूत बनाती हैं। पिता की मृत्यु के बाद लखिया को सिर्फ और सिर्फ परेशानियाँ ही नसीब हुई थीं, जिसने कम उम्र में ही उसे काफी परिपक्व कर दिया था। वह खूब पढ़ना चाहती और आगे बढ़कर समाज के लिए कुछ करना चाहती थी, किंतु कभी-कभी घर की माली हालात उसे दुश्चिंता में डाल देती थी। उसका मन उदास हो जाता। सारा जोश, जुनून ठण्डा पड़ जाता। किंतु, भगवती उसे सदा प्रोत्साहित करती

रहती थी।

लखिया अब सयानी हो गई थी। वह कॉलेज में दाखिला ले चुकी थी। उसका स्वभाव भी काफी बदल गया था। अब वह शर्मीली, संकोची और गंभीर स्वभाव की हो गई थी। सबसे नजरें बचाती हुई वह कॉलेज आया-जाया करती थी। लोगों की कुदृष्टि का उसके मन में भय बना रहता था। वह एकदम पग-पग सचेत रहती थी। आए दिन देश-दुनिया में हो रही घटनाओं से भगवती का कलेजा काँप उठता था। बेटी को वह हमेशा सावधान करती रहती थी। दुनिया में कुछ लोग बड़े निर्मोही होते हैं। दूसरों की खुशी उनकी आँखों की किरकिरी बन जाती है। दूसरों के सुख-चैन लूटने में उन्हें वैसा ही आनन्द मिलता जैसा कसाई को निरीह पशुओं के कत्ल करने में मिलता है। खासकर लखिया जैसी खूबसूरत कलियों पर तो उनकी गिद्ध दृष्टि बनी रहती है। उनकी रसीली जीभ लपलपाने लगती है। उनकी आँखों में हैवानियत का खून चढ़ आता है। वे अपना होशोहवास गँवा बैठते हैं और खिलने से पहले ही उस कली को अपने कठोर हाथों से मसल कर नष्ट कर देते हैं।

लखिया खूबसूरत थी। नवयुवकों का उसके प्रति आकर्षित होना तो स्वाभाविक था। कॉलेज में कई लड़के उसके आगे पीछे मँडराते रहते थे। किंतु, उनकी नीयत बुरी नहीं थी। उम्र का तकाजा था कि वे बस ऐसा स्वाभाविक रूप से ही कर रहे थे। लखिया से उनकी नजरें टकरा गईं या किसी बहाने उससे दो बातें हो गईं तो वे खुश हो जाते थे। गर्व से खुद की पीठ थपथपा लेते थे। लखिया को उन लड़कों से कोई भय नहीं था। उसे भय तो सिर्फ ललन से था। ललन बड़े बाप की बिगड़ैल औलाद था। दिन-रात वह अपनी ऐय्याशी में लगा रहता था। दुनिया की कोई ऐसी बुरी आदत शेष नहीं बची थी, जिसे उसने न अपनाया हो। ड्रग से लेकर जुआ तक कुछ भी उससे अछूता नहीं था। उसका बाप धुरंधर सिंह भी कुछ वैसा ही दबंग किस्म का आदमी था। वह उस इलाके का कोयला माफिया था। वहाँ की पुलिस भी उसके द्वार पर हाजिरी देने जाती थी। उसकी करतूतों से जन-जन परिचित था किंतु, किसी के पास उसके विरुद्ध मुँह खोलने की ताकत नहीं थी। उसके विरुद्ध जाने वालों को वह सीधे उठवा देता था।

ललन उसी कॉलेज में पढ़ता था, जहाँ लखिया पढ़ती थी। बाप का ही

पानी बेटे ने भी लिया था। अभी से ही बाप की तरह उसने भी दबंगई शुरू कर दी थी। कॉलेज आना-जाना तो वैसे वह कम ही करता था। उसका ज्यादा समय तो घर और कॉलेज से बाहर ऐय्याशी करने में ही बीतता था। किंतु, वह जब भी कॉलेज आता वहाँ हड़कंप मच जाता था। वहाँ की लड़कियाँ इधर-उधर छिपती फिरतीं और भय से कोई भी उसके सम्मुख नहीं आती थीं। किसी लड़की पर अगर उसकी बुरी नजर पड़ गई तो फिर उसकी खैर नहीं। उसकी इज्जत-आबरू बच नहीं पाती थी। कॉलेज की कई लड़कियाँ उसकी हवस का शिकार हो चुकी थीं। उसके खिलाफ पुलिस, थाना सब कुछ हुआ था लेकिन, ढाक के तीन पात। आज तक उसे कोई सजा नहीं दिलवा पाया था। उसकी बुरी नजरों से बच कर रहने में ही सबको बुद्धिमानी लगती थी।

एक दिन अचानक लखिया का ललन से सामना हो गया था। वह कॉलेज से बाहर निकल ही रही थी कि अचानक कॉलेज के प्रवेश द्वार पर उसे अपने दोस्तों के साथ आता हुआ ललन मिल गया। वह डरी सहमी सिर झुकाए, किताबों को सीने से लगाए आहिस्ता-आहिस्ता आगे निकल गईं थी। शुक्र था कि उसने लखिया को सिर्फ घूरकर देखा ही था। उसने ना किसी तरह की रोक-टोक की और ना ही उसके साथ कोई बदतमीजी की। वरना उसकी आदत इतनी अच्छी कहाँ थी! वह तो लड़कियों को सीधे छेड़ना शुरू कर देता था। बदतमीजी पर उतर आता था।

लखिया सुन्दर थी इसीलिए वह ललन को पहली नज़र में ही भा गई थी। उसके दिल के किसी कोने में उसने कम्पन्न पैदा कर दिया था। धीरे-धीरे वह लखिया का आशिक़ बन गया। ये प्यार-व्यार भी क्या चीज है आज तक किसी को समझ नहीं आया है। इसकी ना कोई परिभाषा है, ना रूप, ना रंग, ना गंध। ढाई अक्षर के इस शब्द में ही सारा जादू समाया हुआ है, जिसने ना जाने कितनों को मजनूँ, राँझा और फरहाद बना डाला है। आज उसी जादू के भँवर में एक और हलाल हो गया था। ललन का वैसे ही ज्यादातर समय सुन्दर-सुन्दर लड़कियों की बाँहों में ही गुजरता था किंतु, उनमें से किसी से उसे प्यार नहीं हुआ। उसके दिल की गाड़ी गाँव की भोली-भाली निर्दोष बाला लखिया पर जा अटकी थी। दोनों के बीच कितनी असमानताएँ थीं। ललन जहाँ बुराइयों के कीचड़ से लथपथ था,

वहीं लखिया मानसरोवर में खिले कमल की ताजी पंखुड़ियों सी निर्मल। ललन निष्ठुर पाषाण दिल था तो लखिया शरदकाल की अलसाई सुबह में दूब पर पड़ी ओस की बूँद की तरह कोमल।

‘‘साले जो भी हो किंतु, लखिया है बड़ी सुन्दर’’-एक दिन ललन ने बातचीत के दौरान अपने दोस्तों से कहा।

‘‘कौन लखिया?’’-उसके दोस्तों ने हैरानी से पूछा।

‘‘वही नई लड़की। डरी सहमी-सी नजरें झुकाए चलने वाली।’’-ललन ने शब्दों के अनुरूप अपना सर हिलाते हुए कहा।

उसके दोस्तों को बड़ा आश्चर्य हुआ। आज तक उसने किसी भी लड़की को उसका नाम लेकर संबोधित नहीं किया था। उसकी जुबान पर लड़कियों के लिए बस ‘लौंडिया’ शब्द ही आता था। लड़कियों के प्रति न तो उसके मन में कोई सम्मान था और ना ही इज्जत। उन्हें केवल वह उपभोग की वस्तु मानता था। किंतु, आज अचानक लखिया के लिए उसके मन में सम्मान देखकर उसके दोस्तों को हैरानी हुई।

‘‘क्यों आपको उसका नाम कैसे पता!’’-एक दोस्त ने पूछा।

ललन मुस्कराते हुए बोला- ‘‘मैंने उसकी बायोग्राफी पता कर ली है। वह बिसनपुर के स्वर्गवासी शिक्षक रामनारायण पाठक की बेटी है। ईमानदारी के क्षेत्र में उसके पिताजी का काफी नाम था। पापा बता रहे थे कि एक बार उसके साथ पापा का भी पंगा हो गया था। वह पापा को अंदर करवाने की धमकियाँ भी दे गया था किंतु, किस्मत से वह खुद ही ऊपर चला गया था, वरना पापा को ही अपना हाथ गंदा करना पड़ता।’’

‘‘तो तू उसपर इतना हमदर्दी क्यों जता रहा है?’’-दूसरे दोस्त ने पूछा।

‘‘एक्चुअली वह मुझे बहुत प्यारी लगती है। उसे देखते ही मेरे दिल में कुछ-कुछ होने लगता है।’’-ललन ने कहा।

‘‘तब बताओ, कब तुम्हारी सेवा में उसे हाजिर करूँ?’’-तीसरे दोस्त ने कहा।

"नहीं....नहीं उसके साथ मैं ऐसा नहीं कर सकता। उसे दुख होगा। मैं तो उसे दिल की रानी बनाना चाहता हूँ। उसका सच्चा प्यार पाना चाहता हूँ। उसके मन को जीतना चाहता हूँ। तुम लोग उसके साथ कोई बदतमीजी मत करना।"-ललन ने सभी को चेताया।

कॉलेज में कई बार लखिया का सामना ललन से हुआ किंतु, उसके साथ किसी प्रकार की कोई बदतमीजी नहीं हुई। धीरे-धीरे लखिया के मन में ललन से जो डर था वह जाता रहा। ललन के स्वभाव में भी काफी बदलाव आ गया था। उसने भी अपनी बुरी हरकतें कम कर दी थी। कम से कम कॉलेज में तो उसने शराफत दिखानी शुरू कर दी थी। अब ना किसी लड़की को वह छेड़ता और ना ही किसी के साथ कोई बदतमीजी करता। उसने अपनी पाशविकता त्याग दी थी और इनसान के दल में शामिल होने के लिए वह पंक्ति में खड़ा हो चुका था।

एक दिन उसने कॉलेज कैम्पस के बाहर रास्ते में लखिया को रोक कर कहा- "लखिया! मैं तुम्हें चाहने लगा हूँ और तुमसे शादी करना चाहता हूँ।"

लखिया ने कुछ जवाब नहीं दिया और वह आगे बढ़ गई। लड़कियों की चुप्पी में ही हाँ छिपा होता है इसी मानसिकता में आधी दुनिया जीती है। इसी मानसिकता की वजह से ना जाने कितने आशिकों के दिल का आशियाना उजड़ा है। कितने देवदास बनकर दर-दर भटकते रहे है। कितनों ने अपना सुख-चैन गँवाया है और ना जाने कितनों ने अपनी जान गँवाई या फिर निर्दोष लड़कियों पर आफ़त ढायी है।

ललन भी आज उसी मानसिकता का शिकार हुआ था और उसने मन ही मन मान लिया था कि लखिया को उसका प्रस्ताव मंजूर है लेकिन, वह शर्म से बोल नहीं पा रही है। अपने दोस्तों में भी उसने यह बात फैला दी। शीघ्र ही यह बात पूरे कॉलेज में वायरस की तरह फैल गई। लखिया से कई सवाल होने लगे। जिसका कोई जवाब उसके पास नहीं था। कुछ लड़कियों ने तो उसपर ताना कसना भी शुरू कर दिया था। सबकी नज़रों में वह गिरने लगी थी। कॉलेज के इस माहौल में उसका दम घुटने लगा था। कॉलेज में उसके बारे में हो रही तरह-तरह की बातें अब उसकी बर्दाश्त से बाहर हो गई थीं। एक दिन तंग आकर उसने

ललन से ही दो-दो हाथ कर लेने का फैसला कर लिया।

"तुम्हारी हिम्मत कैसी हुई मेरे बारे में ऐसी अफ़वाह फैलाने की? किसने कहा कि मैं तुमसे शादी करने के लिए तैयार हूँ? मेरी किस्मत फूटी नहीं है, जो मैं तुमसे शादी करूँगी। तुम्हारे जैसे गुंडों से शादी करने से भला है कि मैं गंगा में कूद कर अपनी जान दे दूँ।"-सबके सामने उसने ललन को एक दिन झाड़ लगा दी।

उस दिन के बाद वह कॉलेज में बहुत कम ही दिखी। कॉलेज से एक तरह से उसका मन घबरा गया था। कॉलेज की सारी बातें उसने अपनी माँ को बता दी। माँ का दिल घबरा गया। उस दबंग के विरुद्ध जाने का मतलब खुद के ही पाँव में कुल्हाड़ी मारना था। उसकी माँ ने भलाई इसी में समझी कि कहीं कुछ ऊँच-नीच हो जाए इससे पहले बेटी की शादी कहीं कर दी जाए।

आज भगवती के घर खूब चहल पहल थी। आपुस कुटुम्ब लगन-हाँडी के साथ एक-एक कर उसके घर आ रहे थे। आस-पास की स्त्रियाँ अतिथियों की द्वार छेकाई कर उनकी आव-भगत करने में व्यस्त थीं। सबके मुखमंडल पर आनन्द और खुशी के भाव नाच रहे थे। भगवती मशीन-सी दौड़ती फिरती सबको अलग-अलग कामों की जिम्मेदारियाँ सौंप रही थी। घर की सजावट का काम भी पूरा हो चुका था। खर्च के हिसाब-किताब की जिम्मेदारी भगवती का भाई दीनानाथ सँभाल रहा था। लखिया की शादी में बस दो दिन शेष रह गए थे। मन में वह शादी को लेकर उत्साहित थी किंतु, अंदर से भयभीत भी। ज्यों-ज्यों शादी का समय निकट आ रहा था उसके दिल की धड़कन बढ़ती जा रही थी। आस-पास की हमउम्र लड़कियाँ उसके घर आकर वहाँ के वातावरण को गीतमय कर रही थीं।

वह दिन भी आ गया, जिसका सभी को बेसब्री से इंतजार था। आज लखिया के लिए दूर शहर से कोई डोली सजाकर उसे लेने आ रहा था। लखिया भी दुलहन के रूप में पूरी तरह सज सँवर कर तैयार थी। लखिया तो सुन्दर थी ही किंतु, दुलहन के रूप में तो वह अद्भुत लग रही थी; मानो स्वर्ग से कोई परी उतर आई हो। वहाँ का पूरा माहौल आनन्दमय था। भगवती बाहर से प्रसन्न होने का दिखावा कर रही थी किंतु, अंदर ही अंदर वह कलप रही थी। उसने अपने खून से

सींचकर जिगर के जिस टुकड़े को बड़ा किया था, आज वह उससे दूर जा रही थी। लाख कोशिशों के बावजूद वह खुद को सँभाल नहीं पा रही थी। लखिया ने उसे नहीं रोने की सौगंध दे रखी थी किंतु, माँ की ममता को भला कौन सा बांध रोक पाता है। एकांत पाते ही वह छुप-छुप कर रो लेती लेकिन, सामने वाले को अपने दर्द का अहसास नहीं होने देती। अपने मन को उसने काफी समझाया और दिल मजबूत किया। बेटी पराया धन है। एक ना एक दिन तो उसे डोली में बिठाकर खुद से दूर करना ही पड़ता। जिसपर अपना कोई वश नहीं चले तो भला अपना दिल को नाहक छोटा क्यों किया जाए?

रात 8 बजे पूरे गाजे-बाजे के साथ वहाँ बारात आ गई थी। बाहर नाच-गाने की धूम चल रही थी और अंदर वरमाला की रस्म के लिए लखिया के मेक-अप को अंतिम रूप दिया जा रहा था। पटाखों के धूम-धड़ाके के साथ मस्ती का माहौल बना हुआ था। सभी अपनी-अपनी धुन में मस्त थे। बारातियों का दल बैंड-बाजे की धुन पर थिरक रहा था। बारातियों की उसी भीड़ में ललन अपने दोस्तों के साथ वहाँ आ पहुँचा था। वह शराब के नशे में चूर था। डगमगाते कदमों के साथ वह स्टेज तक पहुँचने का प्रयास कर रहा था। वह लखिया को अपना बनाना चाहता था किंतु, अब लखिया उसके हाथ से निकल रही थी। इसीलिए उसकी आँखों में खून सवार हो गया था। उसने ठान लिया था कि अगर लखिया उसकी नहीं हुई तो वह उसे किसी और की भी नहीं होने देगा।

चारों ओर लोग बैंड बाजे की धुन में नाच रहे थे। दूल्हा स्टेज पर बैठा था। बारातियों में दुलहन की झलक पाने की उत्सुकता बनी हुई थी। उसी समय दुलहन को उनकी सहेलियाँ वरमाला के लिए स्टेज पर धीरे-धीरे ला रही थीं। दुल्हन को देखते ही बारातियों ने उसका जोरदार स्वागत किया। तालियों और सीटियों से आसमान गुँज उठा। दुलहन के पाँव हौले-हौले स्टेज की ओर बढ़ रहे थे। उसकी सहेलियाँ उसे घेरी हुई थीं। दुलहन के हाथ में आरती की थाली सजी हुई थी और वह मंद-मंद मुस्करा रही थी।

उधर ललन ताक में था। धीरे-धीरे उसने अपने पॉकिट से रिवाल्वर निकाल लिया था। वह जल्दी-जल्दी स्टेज के करीब पहुँचने का प्रयास करने लगा। वहाँ भीड़ भी खचाखच थी। वह सभी को धक्का देते हुए आगे बढ़ता

गया। वह अब स्टेज के काफी करीब पहुँच चुका था, जहाँ से वह लखिया को पूरी तरह देख सके। उसने रिवॉल्वर को लोड किया और हाथ धीरे-धीरे थोड़ा ऊपर उठाया। भीड़ से नजरें बचाकर वह लखिया के सीध अपना हाथ ले गया और उसके सीने पर सीधा निशाना साधा।

वहाँ मस्ती भरा माहौल था। महिलाएँ अपने मधुर स्वर में नेग गीत गा रही थीं। सबके मुखमंडल पर आनन्द ही आनन्द छाया हुआ था। दुलहन के रूप-लावण्य को देखकर वहाँ हर कोई मंत्र-मुग्ध था लेकिन, ललन और उसके दोस्तों के दिल की धड़कन तेज़ हो हई थी। दुलहन के रूप में लखिया का रूप-सौन्दर्य देखकर ललन के दोस्तों का भी दिल पसीजने लगा था किंतु, अब वे कुछ नहीं कर सकते थे। वे लोग ललन से बहुत दूर खड़े थे और उस भीड़ में ललन तक पहुँचना उनके लिए असम्भव था। ललन की अँगुली रिवॉल्वर के ट्रीगर को स्पर्श करती हुई उसपर अपनी पोजिशन ले चुकी थी। उसकी आँखों में खून सवार था। ट्रीगर दबाने से पहले वह एक बार लखिया को जी भर कर देख लेना चाहता था। लखिया आनन्दमग्न थी। उसके चेहरे पर अद्भुत-सी चमक आ गई थी। जिस लखिया को उसने अपने सामने हमेशा डर से सहमी हुई देखी थी, उसे आज पूर्ण निडर और आत्मविश्वास से लबरेज देखकर वह खुद आश्चर्य चकित था। लखिया ने दूल्हे के ललाट पर तिलक लगाकर उसकी आरती उतारी। उसकी सहेलियों ने दूल्हा और दुलहन दोनों के हाथों में वरमाला दे दी। वरमाला पहनाने के लिए लखिया ने ज्योंही अपना हाथ ऊपर किया ठाँय...ठाँय...ठाँय की जोरदार ध्वनि के साथ तीन गोलियाँ चल गईं। भींड़ में एकदम-से भगदड़ मच गई थी। किसी की समझ में कुछ नहीं आ रहा था, बस सब अपनी जान बचाने के लिए बेतहाशा इधर-उधर भागे जा रहे थे।

गोलियाँ चलने की आवाज़ सुनते ही ललन के दोस्त वहाँ से पलायन कर गए थे और ललन लखिया के पैरों पर गिरकर माफी माँग रहा था। उसकी आँखों में अब खून नहीं बल्कि पश्चाताप के आँसू थे। उसका नशा उतर गया था और अब वह पूरे होशोहवास में था। अपने दाएँ हाथ में वह रिवॉल्वर थामे हुए था, किंतु उसमें अब गोलियाँ नहीं थीं। सारी गोलियाँ उसने हवा में दाग दी थीं। लोग अब स्टेज पर जमा होने लगे थे।

अपने घुटनों के बल बैठकर उसने लखिया से कहा- ''लखिया मुझे माफ कर दो। मैं तुम्हें जान से मारने आया था, क्योंकि तुमने मेरी बात नहीं मानी थी। मुझे छोड़कर तुम किसी और से शादी करने जा रही थी। मुझे इसकी खबर मिलते ही मैं आपे से बाहर हो गया था और अपने दोस्तों के साथ तुम्हें जान से मारने आया था लेकिन, मैं चाहकर भी तुम पर गोली नहीं चला सका और सारी गोलियाँ हवा में दाग दी, क्योंकि मैं तुमसे बहुत प्यार करता हूँ। तुमने मेरी आँखें खोल दी है। मैं सचमुच बहुत बुरा हूँ। सभी लड़कियाँ मुझसे डरती हैं इसीलिए कोई मुझसे प्यार नहीं करती। अब तक मैंने सिर्फ़ दूसरों को मजबूर किया था किंतु, आज तुमने मुझे मजबूर कर दिया है। मेरे पास ऐशोआराम की सारी चीजें हैं फिर भी मैं तुम्हारा प्यार नहीं पा सका, क्योंकि मेरे पास इनसानियत की कमी है। आज मैं तुमसे वादा करता हूँ कि अब मैं एक आम इनसान की तरह जिन्दगी जिऊँगा। तुम मेरे नसीब में ही नहीं थी इसीलिए रब से दुआ है कि तुम जहाँ रहो खुशहाल रहो।''

तब तक वहाँ पुलिस आ चुकी थी। थानेदार साहब ने उसे धकियाते हुए उठाया और उसका कॉलर पकड़ते हुए एकदम कड़क आवाज़ में कहा- ''साले! गुंडा गर्दी करते हो? भीड़ में गोलियाँ चलाते हो? चलो आज तुम्हें थाने में बदलाता हूँ। ऐसी धारा तुमपर ठोकूँगा कि जिन्दगी भर जेल में ही सड़ोगे।''

''हां थानेदार साहब! इस दरिंदे को कड़ी से कड़ी सजा दीजिए। इसने मेरी बेटी का जीना मुश्किल कर दिया था और आज इसे जान से मारने पहुँच गया है, इसे छोड़िएगा मत।''-लखिया की माँ ने ललन को कोसते हुए कहा।

''नहीं थानेदार साहब! इसका कोई कसूर नहीं है। यह मेरा अच्छा दोस्त है। हम एक साथ कॉलेज में पढ़ते हैं और आज मेरी शादी में यह मेरे निमंत्रण पर ही आया था। इसने अपनी खुशी जाहिर करने के लिए आसमान में गोलियाँ चलाई थी किसी को डराने या हानि पहुँचाने के लिए नहीं। अगर इसे गोलियाँ चलाने की अनुमति नहीं है तो आप इस पर कानूनी कार्रवाई कर सकते हैं, अन्यथा इसे प्लीज छोड़ दीजिए।''-लखिया ने थानेदार साहब से अनुरोध किया।

''ठीक है मैडम! हम ऐसा ही करेंगे। फिलहाल इसने गोलियाँ चलाई है इसीलिए थाने ले जाना जरूरी है।''-थानेदार ने कहा।

''जैसा आप उचित समझें, प्लीज।''-लखिया ने कहा।

थानेदार साहब अपनी जिप्सी में उसे बैठाकर थाने ले गये।

लखिया की माँ अपनी बेटी को आश्चर्य से देख रही थी कि आखिर उसने ऐसा क्यों किया। उसे दण्ड दिलाने के बजाय उसका बचाव क्यों किया।

लखिया समझदार थी। उसे पता था कि उसपर कड़े आरोप लगाकर भी उसे सजा नहीं दिलाई जा सकती थी। थानेदार नया था। उसे ललन और उसके बाप के बारे में पता नहीं था इसीलिए वह हेकड़ी दिखा रहा था, वर्ना उसे थाने तक ले जाने की भी हिम्मत उसमें कहाँ होती? ललन का हृदय परिवर्तन हो गया था इसीलिए उसे सजा दिलवाकर उसके अंदर छिपे जानवर को वह फिर से नहीं जगाना चाहती थी। शादी की रस्में फिर से आरम्भ हो गईं। लोग फिर एक बार झूम उठे।

3

मृगतृष्णा

सरकारी नौकरी लगते ही रिश्तेवालों की सूची लम्बी हो गई थी। हर दिन एक नए रिश्ते लेकर कोई न कोई उसके घर चला आता था। अपनी माँ से जब भी उसकी बातें होती वह लड़की के दादा परदादा से लेकर उसकी जनम कुण्डली तक का बखान करके ही दम लेती। हर दिन रिश्ते के नए चेप्टर खुलते। उसके मन में इस बात को लेकर कुतूहल बना रहता था। उसे स्कूल के दिन याद हो आए थे। वहाँ भी हर रोज नए चेप्टर खुलते और नई-नई जानकारी मिलती थी। बात कुछ वैसी ही यहाँ पर भी उसके साथ हो रही थी। यहाँ भी हर रोज रिश्ते के नए चेप्टर खुलते थे और नई-नई लड़कियों की जानकारियाँ मिलती थी। यहाँ के चेप्टर भले ही अलग होते, किंतु मूल बिन्दु तो एक ही था, शादी। आखिर ये सब सुनते-सुनते गजेन्द्र का मन भी भर गया था। एक दिन उसने माँ से कहा- ''माँ! शादी के अलावा भी तो कई सारी बातें होंगी तेरे पास। तुम मेरी शादी के पीछे क्यों पड़ी हुई हो?'''

उसकी माँ डपटकर बोली- ''रहने दे, अभी शादी ना करेगा तो क्या अच्छी छोरियाँ अपने हाथ में आरती की थाली सजाए तेरी आस में बैठी रहेंगी? आजकल अच्छी छोरियाँ मिलती कहाँ है ? तेरा भाग्य उजला है कि मनमोहनी-सी छोरियों के बाप तेरे आने की बाट जोह रहे हैं। सुन, अबकी बार जब अइयो, लड़की फाइनल करके ही जाना। हम बार-बार कुटुम्बों को अँधेरे में नहीं रख सकते है। और हाँ खाना पीना ढंग से करना, पिछली बार जब तू आया था बहुत दुबला गया था। रखती हूँ, घर में ढेरों काम पड़ा हुआ है।''

माँ ने फोन रख दिया था, किंतु उनकी बातों पर ही गजेन्द्र का मन अब तक उलझा हुआ था। शादी ....शादी.......शादी.......खुद को वह शादी के लिए मानसिक रूप से तैयार नहीं कर पा रहा था। अभी उसकी नौकरी लगे साल भर भी नहीं हुआ था, और उसके घरवाले उसकी शादी के लिए परेशान हो रहे थे। पहला प्रमोशन होने के बाद ही इस पर विचार करने के बारे में वह सोच रहा था किंतु, घरवालों की ज़िद के आगे उसकी एक भी नहीं चल रही थी।

इस बार घर आते ही उसकी खातिरदारी राजकुमारों-सी होने लगी थी। खान पान से लेकर बिछावन तक उसकी पसन्द का खास ख़याल रखा जा रहा था। बेटा चाहे कितना भी नालायक क्यों न हो लेकिन, शादी विवाह का समय आते ही उसकी खातिरदारी ऐसी होने लगती है, जैसे वह विश्व विजेता बनकर लौटा हो। पर यहाँ तो गजेन्द्र की बात ही कुछ जुदा थी। वह नालायक नहीं, बल्कि अपने खानदान का नाम रौशन करने वाला एक महत्त्वाकांक्षी युवक था। उसकी खातिरदारी राजकुमारों-सा होना तो बनता था।

सर्दियों का मौसम था। बाहर बगीचे में सुनहरी धूप आ गई थी। इस खिली-खिली सुबह को देखकर उसका मन भी खिल उठा था। अखबार उठाकर वह सीधे बगीचे में चला गया। बाहर की ठण्डी हवा और खिली धूप का सम्मिश्रण पाकर उसका मन पुलकित हो रहा था। उसी समय अपने हाथ में कुछ तस्वीरें लिए उसकी माँ वहाँ आ पहुँची। बेटे के हाथ में उन तस्वीरों को थमाकर उसकी माँ वहीं सामने बैठ गई और बोली- ''अब तू खुद ही देख ले और अपना मनपसंद जीवनसाथी चुन ले। बाद में कोई गिला-शिकवा ना रहे मन में।''

''माँ आप भी ना कमाल करती हो। फुरसत से देख लेते, इतनी हड़बड़ी

किस बात की ?''-गजेन्द्र जरा झल्ला उठा।

"तू ना समझेगा, शुभ काम में देरी किस बात की।"-माँ ने समझाना चाहा।

उसके हाथ में कई लड़कियों की तस्वीरें थीं। साथ में उनके बायोडाटा भी लगे हुए थे। एक-एक कर वह तस्वीर देखता गया। फाइनली एक तस्वीर पर आकर नज़र अटकी-सोनम प्रकाश, एजुकेशन-एमबीए मार्केटिंग़। उसके बारे में सारा डिटेल्स लिया। वह अपनी ही बिरादरी की निकली। उसके पूर्वज पास के ही गाँव के मूलवासी थे किंतु, नौकरी के बाद उनके दादा चण्डीगढ़ में जा बसे थे। उसके बाद उनका परिवार वहीं का होकर रह गया। सब कुछ मैचिंग में ही लगा। एक शुभ दिन देखकर वे लोग लड़की वाले के यहाँ पहुँच गए। लड़की तस्वीर से भी कहीं ज्यादा सुन्दर निकली। बात आगे बढ़ी और शादी तय हो गयी। चट मँगनी पट ब्याह संपन्न हो गया।

नवविवाहित जोड़े सारी रस्मों को निपटाने के बाद बेंगलोर चले आए। गजेन्द्र वहीं नौकरी करता था। सोनम अपने शहर से काफी दूर आ गई थी। उसके लिए यह पहला मौका था जब उसे अपने घरवालों से इतना दूर रहना पड़ रहा था। अपनों से दूर होने के बाद उसके दिल में जो खाली जगह बन गई थी उसे अभी तक गजेन्द्र भर भी नहीं पाया था। गजेन्द्र स्वभावतः एक सुलझा हुआ, माहिर एवं चिंतनशील युवक था। ऑफिस में अत्यधिक कार्य दवाब के बावजूद भी वह घर पर सोनम को इसकी लेशमात्र भी भनक नहीं होने देता और बड़ी एनर्जेटिकली उसके साथ घूमता-फिरता और मौज-मस्ती करता था। उसे हर वक्त खुश रखने के लिए नित-नए सरप्राइज पेश करता। नई-नई जगह घूमना-फिरना, अच्छे-अच्छे रेस्टोरेंट में सरप्राइज पार्टी रखना, छोटे-छोटे अवसरों को भी बड़े मनोरंजक ढंग से सेलिब्रेट करना और उसके मनचाहे गिफ्ट लाकर देना आदि मानो गजेन्द्र के लाइफस्टाइल में अहम रूप से शामिल हो गया था। इन सबके पीछे एक ही मंशा था-सोनम को हमेशा खुशहाल रखना।

समय बीतता गया। सोनम भी पढ़ी-लिखी थी। घर पर यूँ ही खाली बैठे रहना उसे अच्छा नहीं लगता। बेंगलोर जैसे शहरों में तो अवसर की कोई कभी भी नहीं थी। उसने भी जॉब कर ली। अब उसे भी अकेलापन महसूस नहीं होता।

घर की आमदनी भी दुगुनी हो गई थी। गजेन्द्र को भी थोड़ी राहत मिली और काम करने से सोनम का भी मन लगा रहता था। साथ ही, धीरे-धीरे उसमें आत्मनिर्भरता की भावना भी आने लगी थी। यह उसके लिए अच्छी बात थी।

''वह बहुत ही गुडलक है, जिसे आप जैसी ब्युटी क्वीन एंड टेलेंटेड वाइफ मिली हो।''-बंटी ने आज ऑफिस में मिलते ही सोनम को यह बात कही थी।

''थैंक यू....यू....यू....यू!''-सोनम ने भी बड़ी प्यारी सी मुस्कान के साथ ''यू'' को गीत लहरियों में पिरोकर उसका शुक्रिया अदा किया।

आज सचमुच वह बहुत ही खूबसूरत लग रही थी। वैसे वह बेशक खूबसूरत थी, पर आज उसके लिए खास दिन था इसीलिए कुछ ज्यादा ही सज-सँवर कर ऑफिस आई थी। आज उनका फस्ट मैरिज एनिवर्सरी था। हाफ डे के लिए ऑफिस आई थी। ऑफिस में यह खबर फैलते ही सभी ने आकर उसे बधाई दी। खुद बॉस भी उसके पास आकर बोले- ''सोनम जी! कंग्रेचुलेशन्स ऑन योर फस्ट मैरिज एनिवर्सरी, और यह हमारे ऑफिस की ओर से छोटी सी भेंट।'' कहकर उन्होंने गिफ्ट का एक पैकेट उसे थमा दिया।

सोनम घर तो आ गई थी किंतु, उसका मन अभी भी ऑफिस में ही चौकड़ियाँ भर रहा था। अपनी सुंदरता को लेकर ऑफिस में मिले कॉम्प्लीमेंट से वह फूली नहीं समा रही थी। वह जानती थी कि वह खूबसूरत है किंतु, इतनी ज्यादा खूबसूरत है इस बात का अहसास उसे आज पहली बार हुआ था। उसमें भी बंटी के शब्दों ने तो मानो उसे किसी सेलेब्रिटी के समकक्ष लाकर खड़ा कर दिया हो। ब्यूटीक्वीन, टेलेंटेड, वाह! वाह! क्या बात कही थी उसने। आज तक गजेन्द्र ने भी उसकी तारीफ़ में ऐसे शब्दों का प्रयोग नहीं किया था या कभी किया भी होगा तो उसे नोटिस नहीं किया गया था। इसमें सच्चाई भी है, अगर पति तारीफ़ में अच्छे शब्दों का प्रयोग करे तो पत्नियों का ध्यान उसके शब्दों की ओर नहीं जाकर शब्दों के पीछे के कारणों की ओर चला जाता है कि आखिर जरूर कुछ बात है, इसीलिए खुशामद कर रहे हैं। पति द्वारा की गई तारीफ पत्नियों की नज़र में खुशामद बन जाती है, इसीलिए सही जजमेंट नहीं हो पाता।

शाम को घर आते ही सोनम ने ऑफिस की सारी दास्तान गजेन्द्र को सुनाई। उसने सबकुछ सुना किंतु, उतने इंटरेस्ट के साथ नहीं जितना कि सोनम अपेक्षा करती थी। पतियों की भी तो यही मानसिकता होती है कि अपनी पत्नी की तारीफ़ या निंदा का सिर्फ उन्हें ही फण्डामेंटल राइट प्राप्त है। अगर उसकी पत्नी की तारीफ़ या निंदा कोई और करे तो उन्हें लगता कि उनके फण्डामेंटल राइट का किसी ने अतिक्रमण कर लिया हो। कुछ ऐसा ही अनुभव गजेन्द्र को भी हुआ था। इसीलिए उसने भी टॉपिक को बदलते करते हुए कहा- ''अच्छा छोड़ो इन बातों को। आगे का क्या प्लानिंग है?''

सोनम ने कहा- ''चलते हैं किसी रेस्टोरेंट में।''

''ओ.के.''

दोनों रेस्टोरेंट चल दिए।

बंटी सोनम के ऑफिस में उसका सहकर्मी था और अब तक वह कुँवारा ही था। वह हैण्डसम था, किंतु अभी तक उसकी शादी नहीं हुई थी या यूँ कह लें कि वह शादी के बंधन में बँधना ही नहीं चाहता था। अब तक वह कई लड़कियों के संपर्क में आ चुका था। उनके साथ घूमना-फिरना, मौज-मस्ती सबकुछ करता था। यहाँ तक कि कई लड़कियों के साथ उसने फिजिकल रिलेशन भी बना लिया था लेकिन, शादी की बात सामने आते ही उससे कन्नी काट लेता था। सोनम के प्रति भी उसके दिल में सॉफ्ट कॉर्नर था किंतु, वह इस बात को भी इग्नोर नहीं कर सकता था कि सोनम शादी-शुदा थी। सोनम ने भी इस बात को नोटिस किया था कि बंटी का उसके प्रति आकर्षण है किंतु, उसने बंटी को कभी भाव नहीं दिया था। वैसे भी सुन्दरता के प्रति आकर्षित होना तो मानवीय स्वभाव है।

किंतु, उस दिन से सोनम और बंटी के बीच बातचीत का सिलसिला बढ़ने लगा। पहले हाय... हेलो... तक ही बातें सीमित थी लेकिन, अब दोनों धीरे-धीरे अपने मन की बातों को भी एक-दूसरे से शेयर करने लगे थे। कभी-कभार दोनों केफेटेरिया में जाकर एक साथ कॉफी भी पी आते थे। शुरू-शुरू में ऐसा करना सोनम को जरा अनकम्फर्टेबल लगता था पर, धीरे-धीरे आदत सी हो गई थी। जिस बंटी को देखते ही कभी उसे चिढ़ होती थी, अब उसके साथ होना

अच्छा लगता था। बंटी भी इसका खूब फायदा उठा रहा था। वह उसकी तारिफ पर तारिफ करता जाता। उसे खूबियों का भण्डार साबित करने का प्रयास करता रहता था। वैसे लड़कियाँ पटाने के मामले में वह मँझा हुआ खिलाड़ी था। उसने अपने सारे दाँव लगा दिए। अपनी प्रशंसा सुनना भला किसे अच्छा नहीं लगता? सोनम को भी उसकी प्रशंसा भरी बातें अच्छी लगती थीं। दोनों के बीच का मेलेजोल धीरे-धीरे दोस्ती में बदल गया।

बंटी ज़रा मॉडर्न एवं खुले विचारों वाला लड़का था। जीवन में उसका ना कोई आदर्श था और ना ही वह किसी प्रकार की जिम्मेदारी उठाना चाहता था। जिम्मेदारियाँ उसे बंधन लगती थीं। समाज के रीति-रिवाज, नियम-कायदे सब उसे ढकोसला लगता था। वह स्वच्छंद जीवन का हिमायती था। बादलों की तरह बंधनमुक्त जीवन जीना चाहता था।

संगत का प्रभाव सोनम पर पड़ने लगा था। धीरे-धीरे उसके स्वभाव में परिवर्तन आने लगा था। दिन भर चहकने और मुस्कराने वाली सोनम बदलकर गंभीर और थोड़ी चिंतित रहने लगी थी। कई सारे सवाल उसके दिमाग में कीड़े की तरह सुगबुगाने लगे थे। उसका चैन छिन गया था और दिल पर बेचैनी ने डेरा डाल लिया था। इस परिवर्तन को उसने खुद आमंत्रित किया था। जिस गजेन्द्र को वह पहले दिलोजान से प्यार करती थी, उसके प्रति वह पूरी तरह समर्पित थी, अब उसी गजेन्द्र की हर खूबी और खामी की तुलना वह बंटी के साथ जोड़कर करने लगी थी।

एक दिन केफेटेरिया में चाय की चुस्की लेते हुए सोनम ने बात छेड़ी- "बंटी जी! इफ यू डोंट माइंड, एक बात पूछूँ?"

"हां बिलकुल पूछिए।"

"आपने अभी तक शादी क्यों नहीं की है?"

बंटी एक पल के लिए रुका, फिर बोला- "एक्चुअली सोनम जी! क्या बताऊँ अभी तक आप जैसी कोई मिली ही नहीं।"

"आप जैसी, मतलब?"

''ब्युटीफुल, स्मार्ट एंड टेलेंटेड।''

''बस रहने दीजिए! अति सर्वत्र वर्जयेत।''-सोनम ने कहा।

''दिस इज़ द फेक्ट सोनम जी! आजकल यदि आप जैसी सुन्दर और टेलेंटेड लड़की किसी को मिल जाए तो समझ लीजिए कि उसने पिछले जनम में जरूर कोई पुण्य का काम किया होगा।''

''व्हाट्स अमेजिंग! आप भी पाप-पुण्यों जैसी बातों में बिलिव करते हैं?'''

''हां, कभी-कभी करना पड़ता है।''

इसी तरह दोनों के बीच बातचीत का सिलसिला जारी रहा और बंटी जितना संभव हो सका सोनम के करीब जाने के लिए उसकी तारीफ़ करता गया। सोनम भी एक दो वाक्य बंटी की तारीफ़ में कह देती थी। बंटी भी खुश और इधर सोनम भी खुश। दौर बदला, लोगों की मानसिकता बदली, यह अच्छी बात है; क्योंकि बदलाव प्रकृति का नियम है किंतु, विडम्बना यह है कि यहाँ बदलाव का रथ अच्छाई की तरफ नहीं जाकर बुराई की ओर जाने लगा था। सोनम को गजेन्द्र से अच्छा बंटी लगने लगा था। बंटी की प्रशंसा भरी चिकनी-चुपड़ी बातें उसे खुश कर देतीं किंतु, गजेन्द्र की जिम्मेदारीपूर्ण बातें उसे बोरिंग लगने लगी थीं। बंटी उसे खुश मिजाज लगने लगा था, जबकि गजेन्द्र ऊबाऊ। सोनम के दिमाग में कम्पेरिजन का कीड़ा घुस गया था, जो उसके वैवाहिक जीवन को अंदर से नष्ट करने लगा था।

जब स्वार्थ की भावना मन में आती है तो उसका प्रभाव व्यवहार पर भी पड़ना स्वाभाविक है। ऐसा ही सोनम के साथ भी होने लगा था। गजेन्द्र की जिन चुलबुली बातों पर वह पहले ठहाका मारकर हँसती थी अब उसकी वही बातें उसे दिखावा लगने लगी थीं। गजेन्द्र जो उसका आदर्श था अब वह छलिया लगने लगा था। उनके पारिवारिक जीवन में खटपट शुरू हो गई थी। दोनों के बीच शिकवे-शिकायत का दौर शुरू हो गया था। एक-दूसरे पर आरोप-प्रत्यारोप का दौर चला। अंततः गजेन्द्र को लगा कि इन सारे फसाद की जड़ सोनम की नौकरी है, इसीलिए कड़ा कदम उठाते हुए उसने घोषणा कर दी कि तुम कल से नौकरी

पर नहीं जाओगी। लेकिन, सोनम को उसका यह निर्णय नागवार लगा। उसने साफ़ शब्दों में कह दिया- ‘‘चाहे जो भी हो जाए किंतु, मैं जॉब नहीं छोड़ सकती।’’

‘‘तुम्हें जॉब छोड़नी होगी, दिस इज़ माई अल्टिमेटम।’’

‘‘मैं अपनी जॉब छोड़कर तुम्हारी गुलाम नहीं बन सकती।’’

बात इतनी बढ़ी कि दोनों के बीच हाथापाई भी हो गई। सोनम घर से निकलकर चली गई और एक अलग कमरा लेकर रहने लगी। यह बात दोनों के घर तक पहुँच गई। दोनों के घरवालों ने अपने-अपने स्तर पर दोनों को समझाने का काफी प्रयास किया किंतु, बात नहीं बनी। नौकरी छोड़ने के लिए ना ही सोनम राजी हुई और ना ही गजेन्द्र उसे अपने साथ रखने के लिए राजी हुआ। दोनों एक ही शहर में रह रहे थे इसीलिए कई बार वे दोनों आमने-सामने भी हो जाते थे किंतु, एक-दूसरे को इग्नोर कर आगे निकल जाते थे। दोनों ऐसे रिएक्ट करते मानो वे आपस में कभी मिले ही नहीं हों। दोनों जो कभी एक जिस्म दो जान हुआ करते थे आज अजनबी बनने का नाटक कर रहे थे। ईगो भी क्या चीज है। लोग कहते हैं इंसानियत सबसे बड़ी चीज है किंतु, यहाँ लग रहा था कि इगो इंसानियत से भी बड़ी चीज है जो इंसानियत के सीने पर पाँव रखकर आगे बढ़ जाता है। वहाँ दोनों के बीच वही तो हो रहा था।

उधर बंटी और सोनम के बीच घनिष्ठता बढ़ने लगी थी। बंटी सोनम के अकेलेपन का भरपूर फायदा उठाने की फिराक में लगा हुआ था। अपनी चिकनी-चुपड़ी बातों और प्यार का दिखावा कर आखिरकार वह सोनम का विश्वास जीतने में कामयाब रहा। अब सोनम के कमरे पर भी वह आने जाने लगा था। सोनम को भी इससे कोई एतराज नहीं होता। एक दिन घुटने के बल खड़ा होकर उसने अपने प्यार का इजहार कर ही दिया- ‘‘सोनम जी! आई लव यू। मैं आपको जी-जान से प्यार करता हूँ। आपके साथ जिन्दगी के सारे ख्वाब सजाना चाहता हूँ। आपके साथ जीना-मरना चाहता हूँ। क्या आप मुझे इस लायक समझती हैं?’’’

सोनम कुछ जवाब तो नहीं दे पाई, किंतु उसे अपने हाथों से पकड़कर

उठा लिया और सीने से लगा लिया। वह जरा भावुक हो गई थी। आँखों से आँसू निकल आए थे। बंटी ने अपने हाथों से उन्हें पोंछ दिया। इस क्रम में वह फफक कर रो पड़ी और बोली- ''बंटी! गजेन्द्र दिल से बुरा नहीं है। उन्हें जरूर हम दोनों को लेकर कुछ गलतफहमी हुई होगी अन्यथा मेरे साथ वह इस तरह कभी नहीं पेश आते। मैं उन्हें अच्छी तरह से जानती हूँ। मैंने भी ताव में आकर उन्हें बहुत उल्टा-सीधा कह दिया था, नहीं तो बात यहाँ तक नहीं पहुँचती। इन हालात के लिए मैं ही गुनहगार हूँ। उस समय मेरी ही मति मारी गई थी।''

''सोनम जी! भुला दीजिए पुरानी बातों को। पीछे मुड़ने के बारे में आप क्यों सोच रहीं हैं? आपकी भी अपनी लाईफ है, आप सेल्फ डिपेण्डेड हैं तो फिर दूसरों की गलती को भी अपने सर क्यों मढ़ रही हैं?''

सोनम को बंटी ने अपनी बाँहों में भरते हुए कहा- ''जानू! आप सिर्फ हाँ कर दो, फिर मैं दुनिया की सारी खुशियाँ आपके कदमों में लाकर रख दूँगा।''

सोनम के मन में दुविधा थी। वह किसी और की पत्नी थी। अभी तक गजेन्द्र से उसका तलाक भी नहीं हुआ था। किंतु, फिर भी बंटी की बाँहों में उसे अच्छा लग रहा था। आखिर बंटी भी तो उससे काफी प्यार करता था। बंटी के बाँहों का कसाव मजबूत होता जा रहा था। वह डूबकर प्यार करने के लिए उतावला हो रहा था। सोनम भी अपोज नहीं कर रही थी। बंटी का साहस और बढ़ता गया। दोनों के जिस्म में आग दहकने लगी थी। कुछ ही पल में दोनों एक-दूसरे में समा गए। दो जिस्म एक जान हो गए। बंटी ने अपने उद्देश्य का चरम पा लिया था। वह खुश था। किंतु सोनम को ना खुशी थी और ना ही पश्चाताप। वह बस बिन विचारे परिस्थिति के साथ बह रही थी। उसके विपरीत जाने की हिम्मत उसके पास नहीं थी।

दोनों के प्रेम मिलन का दौर चलता रहा। इस सतरंगी दुनिया में बंटी को तो काफी मजा आ रहा था लेकिन, सोनम के अंदर किसी कोने में दुबक कर बैठी नैतिकता उसे ऐसा करने से रोक रही थी। उसने बंटी को ऐसा करने से रोकने का भी काफी प्रयास किया, किंतु बंटी की जिद के आगे वह निरुपाय हो जाती। बंटी के प्यार के आगे वह बेबस होकर अपने हथियार डाल देती। बंटी पर उसने सब कुछ लुटा दिया था। बंटी भी हर रोज प्यार के नए-नए तरीके अपनाकर उसे

इम्प्रेस करने का प्रयास करता था।

गजेन्द्र के दोस्त ने एक दिन उन दोनों के बारे में उसे पूरी जानकारी दी। यह सुनकर गजेन्द्र तो आग बबूला हो उठा। सोनम के लिए उसके दिल में जो प्यार था वह अब नफ़रत में बदल गया था। उसका शक सही निकला था। सोनम की दगाबाजी ने उसे बावला बना दिया। उसके सर पर खूनी भूत सवार हो गया था। उसके दोस्तों ने काफी समझाया, बुझाया और उसे शांत किया। सभी ने मिलकर उसे तलाक ले लेने की नसीहत दी, क्योंकि सोनम के साथ रिश्ता निभाने का अब कोई सवाल ही नहीं था।

एक दिन मिली जानकारी के हिसाब से पूरी प्लानिंग कर गजेन्द्र अपने दोस्तों के साथ सोनम के पास जा पहुँचा, जहाँ उन दोनों को रंगे हाथ पकड़ लिया गया। गजेन्द्र ने तो बंटी पर लात-घूँसे बरसाने शुरू कर दिये, किंतु दोस्तों ने उसे पकड़ लिया।

गजेन्द्र आग बबूला था। उसने दाँत पीसते हुए कहा- ''साले कमीने! आई'ल किल यू। मेरी बीबी पर हाथ डालता है।''

बंटी भी कॉलर झाड़ते हुए उठा और बोला- ''कौन है तेरी बीबी? पूछ, है तेरी बीबी?''

गजेन्द्र फिर उस पर झपटा लेकिन, दोस्तों ने उसे पकड़कर अलग कर दिया।

बंटी ने भी अपना ताव दिखाया- ''चल हट साले! यहाँ बड़ी मर्दानगी दिखा रहा है; मर्द था तो अपनी बीबी को सँभाल नहीं सका, नामर्द कहीं का।''

तब तक वहाँ काफ़ी भीड़ जमा हो चुकी थी। आसपास के लोग यही मानते थे कि बंटी ही उसका पति है। किंतु, आज जब उन्हें सच्चाई का पता चला तो वे लोग दंग रह गए। आज सोनम का चरित्र सभी के सामने आ चुका था। सोनम सिर झुकाए एक कोने में दुबककर सिसकियाँ भर रही थी। पल्लू से उसका मुँह ढका हुआ था। लोगों को अब वह मुँह दिखाने के काबिल नहीं थी। उससे तरह-तरह के सवाल पूछे जा रहे थे। लोगों का हर सवाल उसके दिल को तीर की

तरह बेधता जा रहा था। वहाँ पहुँचे आसपास के लोगों ने सभी को समझा-बुझाकर मामला शांत करा दिया। अगले दिन गजेन्द्र के वकील ने तलाक के पेपर्स पर उन दोनों से साइन करवा लिया। कुछ ही दिनों में दोनों का तलाक भी हो गया।

बंटी और सोनम भले ही दोनों साथ रह रहे थे किंतु, दोनों के बीच अभी तक ना कोई कानूनन और ना ही कोई सामाजिक रिश्ता कायम हुआ था। एक तरह से कह लें तो वे दोनों 'लिव इन' रिलेशनशिप में रह रहे थे। भले ही भारतीय समाज इस तरह के प्रचलन को हज़म नहीं कर पा रहा हो, किंतु कानून ऐसे रिश्तों के संरक्षण में जरूर आगे आता है। हालांकि, फ्रांस, कनाडा, जापान, अमेरिका और इंग्लैण्ड जैसे देशों की तरह अभी तक हमारे देश में इसपर कोई ठोस कानून नहीं बना है, फिर भी, यह प्रचलन एक खास वर्ग के तबके में बड़े धड़ल्ले से फल फूल रहा है। बड़े-बड़े शहरों के फ्लैट कल्चर ने इस प्रचलन के लिए उपयुक्त जमीन तैयार कर दी है, जहाँ ना कोई समाज का बखेड़ा है और ना ही पड़ोसियों की शातिर निगाहों का डर।

आज की युवा पीढ़ी भले ही वेस्टर्न कल्चर की ओर आकर्षित होती है, उसे अपनाती है, किंतु उनके रगों में तो इंडियन कल्चर का ही लहू दौड़ता है। इंडियन कल्चर में ही वह पला बढ़ा होता है, अपने बड़े-बुजुर्गों को इसी कल्चर में जीते देखता है तो भला खुद को इससे अलग वह कैसे रख सकता है? यही वजह है कि वेस्टर्न कल्चर की जिस खुशबू से मदहोश होकर वे उधर आकर्षित होते हैं कुछ समय बाद उन्हें वहाँ की उसी खुशबू के साथ निहित बदबू का भी आभास होने लगता है और वहाँ उनका दम घुटने लगता है। फिर बेतहाशा अपने घर की ओर दौड़ पड़ते हैं। ऐसा ही कुछ सोनम और बंटी के साथ भी हुआ था। कुछ वर्षों तक साथ रहने के बाद दोनों की पटरी डगमगाने लगी। लिव इन रिलेशनशिप का फंडा अब उन्हें उबाऊ लगने लगा। सोनम को अब इनसेक्युरिटी का डर सताने लगा। वह बंटी पर शादी का दबाव बनाने लगी, किंतु बंटी अपनी आदत से बाज़ नहीं आया और वह टाल-मटोल करने लगा। वह शादी के बंधन में नहीं बँधना चाहता था। उसे आभास हो गया था कि इसके साथ अब ज्यादा दिन निभाना संभव नहीं है। उसने दूसरी मुर्गी की तलाश शुरू

कर दी थी। जल्द ही उसका रिलेशन सोनिया के साथ सेट हो गया था, जो उसके कॉलेज के दिनों की फ्रेण्ड थी। शादी की तैयारी उधर शुरू हो गई।

इधर बंटी को हाथ से निकलते देखकर सोनम बौखला गई। उसके साथ बंटी ने दगाबाजी की थी। लाइफ पार्टनर बनने का झाँसा देकर गजेन्द्र से उसका डायवर्स करवाया था। सोनम के हाथ अब कुछ नहीं बचा था। वह पूरी तरह लुट चुकी थी। वह इतना आगे निकल चुकी थी कि पीछे मुड़ना उसके लिए असम्भव था और इस सफ़र में केवल बंटी ही उसका एक सहारा था। घर-परिवार, नाते-रिश्ते, समाज, दुनियादारी सबकुछ बहुत पीछे छूट गया था। उसने कभी कल्पना भी नहीं किया था कि ऐसे मोड़ में लाकर उसे बंटी दगा दे देगा। अब उसके पास कोई चारा नहीं था।

उधर बंटी और सोनिया की शादी की तैयारी जोर-शोर से चल रही थी। इधर सोनम की बेचैनी बढ़ती जा रही थी। समाज के सामने जाकर अब वह अपने हक की गुहार भी नहीं लगा सकती थी। समाज को पहले ही ठेंगा दिखाकर वह आगे बढ़ गई थी। समाज की बातें उसे दकियानूसी लगी थी। समाज उसे आडम्बर का पिटारा लगता था। किंतु, आज उसी की ओर वह लालायित दृष्टि से देख रही थी। मदद की गुहार के लिए तड़प रही थी।

कोई और चारा नहीं देखकर अंत में उसने बंटी पर यौन शोषण का मुकदमा ठोंक दिया। शादी के दिन पुलिस गयी बंटी को मंडप से उठाकर ले गयी।

बंटी सलाखों के अंदर बैठे-बैठे आँसू बहा रहा था। पिछली सारी घटनाएँ बार-बार उसकी स्मृतियों में उभरने लगी थी। नई-नई लड़कियों को अपने प्रेम जाल में फँसाना, उनके साथ मौज-मस्ती करना और फिर उन्हें चुइंगम की तरह उगल फेंकना, जो उसका लाइफ का फंडा था आज उसी फंडे के जाल में फँसकर बंदा सलाखों के अंदर चला गया था। उसे उसके गुनाहों का फल मिल रहा था।

किन्तु, सोनम तो पूरी तरह लुट चुकी थी। उसकी हालत धोबी के कुत्ते की तरह हो गई थी, जो न घर का होता है और ना ही घाट का। पश्चाताप की

अग्नि में वह तिल-तिल जल रही थी। बंटी के प्यार के झाँसे में पड़कर उसने अपने स्वर्ग-से जीवन का गला घोंटा था। अपना सर्वस्व लुटाया था। जिसे वह अपना सच्चा प्यार समझ बैठी थी, वह तो मन का वहम था, वह तो मन की मृगतृष्णा मात्र थी। जैसे-जैसे वह उसके करीब गई, उसका मोह भंग होता गया। अपने चिंतन की दुनिया से जैसे ही वास्तविक दुनिया में लौटी, तब तक पार्क में अँधेरा हो चुका था। लोग वहाँ से जा चुके थे। वहाँ पूरी तरह सन्नाटा छा गया था। जीवन की इस बेला में उसके अंदर और बाहर सिर्फ और सिर्फ सूनापन था।

पश्चाताप के आँसू

दीनानाथ चौधरी उर्फ डी.एन. चौधरी, रेलवे से रिटायर्ड जूनियर इंजीनियर, मरणासन्न अवस्था में सरकारी हॉस्पिटल में पड़ा था। बीच-बीच में हिचकियों से उसका पूरा तन बदन काँप उठता था। डॉक्टर सलाइन पर सलाइन लटकाए जा रहा था। उसे अचानक दिल का दौरा पड़ा था ऐसा हर कोई मानता था पर, सच कुछ और था। दिल का दौरा उसे अचानक नहीं बल्कि आज का अखबार देखने के बाद पड़ा था। आज का अखबार उसके लिए कड़वे सच का बवंडर लेकर आया था, जिसकी उसने ना कभी कल्पना की थी और ना ही कल्पना करना उसके वश की बात थी। एक ही साथ दो-दो कड़वे सच।

आखिर ऐसा क्या छपा था आज के न्यूज पेपर में, जिसने जीते-जागते चीते की तरह दहाड़ने वाले, आधुनिकता के सिपाही की कमर तोड़ दी थी? उसे बिस्तर पर लाकर पटक दिया था और जिन्दगी और मौत के बीच का पेंडुलम बना कर रख दिया था। सच कड़वा होता है, पर आज का सच उसके लिए कड़वे से

भी कुछ अधिक था। इस अवस्था में ऐसे सच का सामना करने की उसके पास हिम्मत शेष नहीं बची थी। जिन्दगी में आशा की एक ही किरण शेष थी, जो अब अस्ताचल में धीरे धीरे निस्तेज होकर विलीन होने के कगार पर आ चुकी थी।

आज उसके दृष्टिपटल पर बार-बार रघुवर शर्मा की छवि उभर कर आ रही थी। उनकी कही बातें ना चाहते हुए भी बार-बार काले बादलों की तरह उसके दिमाग में उमड़-घुमड़ रही थीं। अचानक फिर उसकी हिचकी तेज हो गई। सभी ने मिलकर उसके हाथ पैर दबाए रखा। डॉक्टर स्टैथौस्कोप सीने पर लगाकर धड़कन की गति मापने लगा। कुछ देर में फिर वह शांत पड़ गया। केवल साँसें चल रही थीं। वह निर्जीव सा पड़ा था। आज अस्पताल में भी उसके पास अपना कोई नहीं था। हार्टअटैक आने पर उसके लेण्डलॉर्ड ने झटपट लाकर उसे सरकारी हॉस्पिटल में एडमिट करा दिया था। उसने ऐसा इसलिए नहीं किया था कि उसका अपना कोई नहीं था या उसके साथ लैंडलॉर्ड की सहानुभूति थी, बल्कि इसलिए कि कुछ अनहोनी होने पर कानूनी दाँव पेंच से बचा जा सके।

बात आज से करीब 10-12 साल पहले की है। तब उसकी पोस्टिंग राँची में थी। धुर्वा राँची में वह किराए के मकान में रहता था। सामने वाला मकान रघुवर शर्मा का था। वह किराए पर नहीं रहता था। उसका अपना मकान था, अपने सिद्धांत थे और अपनी परम्परा थी। अपना संस्कार, अपनी संस्कृति थी। यानी सबकुछ अपना था। वह स्कूल भी अपना था, जिसका वह प्रिन्सिपल था। उसके दो बच्चे थे-बेटी संजना और बेटा मनभरन शर्मा, जिसे घर में प्यार से मनु कहकर बुलाया जाता था। पत्नी राधिका बड़ी संस्कारी एवं धर्मभीरु थी। हर वक्त पूजा पाठ में लगी रहती थी। चौबीस एकादशी बारह पूर्णिमा और ना जाने महीने में कितनी बार उपवास रखती थी। सारे देवी-देवता उससे खुश रहते। तभी तो उस परिवार का जीवन सुखमय था। ना कोई आकस्मिक विपत्ति आयी थी और ना कोई बड़ी उलझन। जीवन की गाड़ी बड़े मजे में द्रुत गति से चल रही थी।

किंतु, डी. एन. चौधरी की उस परिवार से कभी बनी नहीं। दोनों के बीच कोई पुरानी दुश्मनी तो नहीं थी पर, दोनों की विचारधाराएँ अलग-अलग जरूर थी। डी. एन. चौधरी खुद को बड़ा मॉडर्न किस्म का इंसान समझता था; एकदम लेटेस्ट वर्जन वाला। उसके पास कुछ भी अपना नहीं था। नाम था

दीनानाथ चौधरी लेकिन, उसे यह नाम पुराने ज़माने का लगता था। लेटेस्ट वर्जन वाली थॉट्स में यह नाम सटीक नहीं बैठ रहा था। इसीलिए उसने अपना नाम बदलकर डी. एन. चौधरी कर लिया था। एक बेटी थी सुनैना जिसका नाम बदल कर अब 'ब्युटी' हो गया था। पत्नी की आकस्मिक मौत हो चुकी थी (या मार दिया गया था) जो अब भी लोगों के बीच रहस्य का विषय था। अब पत्नी कहने के लिए कोई अपनी थी नहीं। बस उसका जब मन मचलता तो एलिसा के पास से रिफ्रेश होकर लौट आता। एलिसा भी उन औरतों में से एक थी जिसे अलग-अलग मर्दों की बाँहें प्यारी लगती हैं। अपने पति से उसका अभी तक कानूनन तलाक तो नहीं हुआ था पर, म्युचुअल डायवर्स के साथ वह एक किराए के मकान में अकेले रह रही थी। कई मर्दों के साथ उसके जिस्मानी संबंध थे। डी. एन. चौधरी के साथ उसका कुछ ज्यादा ही अटैचमेंट था। कई बार चौधरी ने लाइफ पार्टनर बनने तक का प्रस्ताव भी उसके सामने रख दिया था किंतु, वह फिर वही गलती दोबारा करने के लिए तैयार नहीं थी। वह एक मर्द की बाँदी बनकर नहीं रहना चाहती थी।

यहाँ डी.एन. चौधरी का सबकुछ बिल्कुल पराया था, सिवाय अपनी बेटी के। घर पराया था। शहर पराया था। नाम भी अब मॉडीफाई होकर पराया-सा बन गया था। संस्कार भी अपना नहीं रहा था, या यूँ कह लें उसे वह रखना ही नहीं चाहता था। अगर उसे वेस्टर्न कल्चर का कट्टर प्रचारक कहा जाए तो कोई अतिशयोक्ति नहीं होगी। पहनावे से लेकर जुबान तक वेस्टर्न कल्चर के गाढ़े रंग में रंग चुका था। अपना धर्म, अपनी परम्परा, अपनी संस्कृति से उसे चिढ़-सी हो गयी थी। धर्म-कर्म सब उसकी नज़र में ढकोसला था, समाज को पीछे धकेलने वाला था, लोगों की मानसिकता को संकुचित करने वाला था, प्रगति पथ का रोड़ा था। तो भला उसे वह अपने कंधों पर बोझ बनाकर क्यों ढोता?

सुबह-सुबह शर्मा जी के घर से आने वाली आरती की ध्वनि उसे गालियों सी लगती। कई बार वह मन-ही-मन सुबह की नींद खराब करने के लिए उसे कोस चुका था। शर्मा जी को वह दकियानूसी सोच वाला पढ़ा-लिखा गँवार मानता था। उससे कहीं ज्यादा चिढ़ उसे तब होती जब शर्माजी संस्कारों की पगडंडी पर अपने बच्चों को चलने के लिए ट्रेण्ड करते। उन्हें रामायण, गीता के

उपदेशों की कसौटी पर कसकर जीवन जीने का संदेश देते। हर कार्य नैतिकता की आग में तपाकर करने की नसीहत देते। जिम्मेदारियों के धागे में बाँधकर उसे अपने मन मुताबिक चलाने का प्रयास करते।

डी. एन. चौधरी ने कई बार उन्हें अपने पास बुलाकर झाड़ भी पिलाई थी। वे कहा करते कि शर्मा जी आप अपने बच्चों की जिंदगी चौपट कर रहे हैं। उनका बचपन मार रहे हैं। उनकी आजादी छीन रहे हैं। उन्हें अपने जैसा बनाने का प्रयास मत करिये। उनके अपने विचार हैं। वे अपने तरीके से जीना जानते हैं। उनके अरमानों का कत्ल मत करिए। आप अपनी परंपरा, संस्कार, रीति-रिवाज उनपर जबरदस्ती थोपने की भूल मत करिए वरना एक दिन वह आपसे बगावत कर बैठेंगे।

चौधरी की इन नसीहतों को सुनकर शर्माजी बस इतना ही कहते-''अपने परिवार को चलाने ले लिए मुझे आपकी नसीहत की जरूरत नहीं है; बेहतर यही होगा कि आप दूसरों के कॉलर छोड़कर अपना कॉलर ठीक कर लें।''

वैसे शर्माजी थे बड़े ही भले किस्म के इंसान। ना कभी किसी की बुराई के बारे में सोचते और ना ही किसी का बुरा करते। उन्होंने कई बार चौधरी जी को समझाने और सही राह दिखाने का प्रयास भी किया था। अपनी परम्परा का महत्त्व समझाया था। पर चौधरी भी अपने किस्म का विरला इंसान था। विलायती ठाठ बाट का रंग उस पर ऐसा चढ़ा था कि उतरने का नाम ही नहीं ले रहा था।

उसकी बेटी ब्युटी बड़ी हो रही थी। कॉलेज गोइंग गर्ल तो थी ही पर, अभी से ही उसे बार जाने की लत भी लग गई थी। लड़कों के साथ घूमना-फिरना तक तो ठीक था लेकिन, देर रात लड़कों के साथ बार से शराब पीकर वापस आना, पिता की गैरहाजिरी में लड़कों को अपने घर बुलाना शर्मा जी को कुछ अच्छा नहीं लगता था। कहते हैं न कि एक सड़ी मछली पूरे तालाब को गंदा कर देती है। यही डर शर्मा जी को भी कभी-कभार परेशान करता था। आखिर उनके घर पर भी तो जवान बेटा-बेटी थे। भले ही उन्होने सुसंस्कारों की घुट्टी उन्हें गले तक पिलाई थी, पर ऐसा भी कोई गारंटी सर्टिफिकेट उनके पास नहीं था कि उनके बच्चों पर गलत संगत का असर बिलकुल नहीं पड़ेगा।

एक दिन उसने चौधरी को आगाह किया- ''देखिए, चौधरी जी! ब्युटी को इतनी आज़ादी देना भी ठीक नहीं है। उसे बेलगाम मत होने दीजिए, वर्ना एक दिन पश्चाताप के अलावा और कुछ भी नहीं बचेगा आप के पास।''

शर्माजी की इस बात पर चौधरी काफी भड़का था और खूब खरी-खोटी सुनाई थी। नेरो माइंडेड से लेकर अंग्रेजी की न जाने कितनी उल्टी-सीधी उपाधियाँ उन्हें दे डाली थी। बेचारे शर्मा भी चुपचाप सुनकर वहाँ से चले गए थे। उसी दिन से दोनों के बीच बोलचाल बंद हो गई थी। दोनों के बीच मानो ना टूटने वाली पत्थर की दीवार-सी खड़ी हो गई थी। इधर शर्मा जी अपनी दुनिया में व्यस्त हो गए और उधर चौधरी भी अपने जहान में मसरूफ़ हो गया।

शर्मा जी ने अपने बच्चों को आगे की पढ़ाई करने दिल्ली भेज दिया था और उधर चौधरी जी ने भी ब्युटी को मुम्बई भेज दिया था मॉडलिंग के लिए। दोनों की संतानों के क्षेत्र अलग-अलग थे। शर्माजी के बच्चे सरकारी सेवक बनना चाहते थे और उधर चौधरी जी की इकलौती संतान ब्युटी रंगमंच की अदाकारा।

समय बीतता गया। शर्मा जी का सबकुछ अपना था। अपना घर, अपने सिद्धांत, अपनी परम्परा, अपना संस्कार। अपनी संस्कृति, अपना स्कूल। उसका सबकुछ अपना था इसीलिए वह अपने घर पर ही अपना बनकर रह गया। उधर चौधरी का कुछ समय बाद वहाँ से बनारस ट्रांसफर हो गया था। यहाँ भी उसका सबकुछ पराया था। पराया शहर, पराया मकान, पराए लोग, पराई दुनिया। सबकुछ पराया था इसीलिए वह कभी किसी का अपना नहीं हो सका।

आज के उस न्यूज पेपर से एक नहीं दो-दो तीर निकलकर उसके सीने में बेरहमी से आ घुसे थे। एक अपनी बेटी के साथ सीना तानकर खड़े शर्मा की न्यूज पेपर में छपी तस्वीर और दूसरी पुलिस की गिरफ्त में काले स्कॉर्फ से मुँह ढके ब्युटी चौधरी की तस्वीर। दोनों ही तस्वीरें आज के न्यूज पेपर में छपी थीं। पर दोनों ही तस्वीरों के प्रतिबिंब में आकाश-पाताल का फर्क था। संजना का चेहरा गर्व से दीप्तिमान था तो उधर ब्युटी का चेहरा शर्म और ग्लानि से कालिमामय था। एक ने अपने कुल खानदान का नाम रौशन किया था तो दूसरी ने कलंकित।

शर्मा जी आज फूले नहीं समा रहे थे। उनकी बेटी ने अखिल भारतीय सिविल सर्विस एग्जाम में टॉप 10 में जगह बनाकर अपने माता पिता का नाम रौशन कर दिया था। उसने सफलता की बुलंदियों को छुआ था। शर्मा जी के लिए इससे बढ़कर और खुशी की बात क्या हो सकती थी? उनका सीना दो इंच और चौड़ा हो गया था। उनकी दिली तमन्ना पूरी हो गई थी।

उधर ब्युटी चौधरी सेक्स रैकेट चलाने के जुर्म में पुलिस के हत्थे चढ़ गई थी।

पुलिस ने खुलासा किया कि मुंबई जाकर उसने मॉडलिंग के लिए काफी संघर्ष किया और दर-दर की खाक छानती रही। पर मुंबई नगरी ठहरी माया की नगरी; वह इतनी आसानी से किसी पर मेहरबान कहाँ होती है? अंत में थक हार कर उसने जिस्मफरोशी का काम शुरू कर दिया था। उसने अपने पिताजी को भी अँधेरे में रखा था। वह हमेशा चौधरी को दिलासा देती रही कि बहुत जल्द मैं अपने मकसद में कामयाब हो जाऊँगी। पर कभी ना कभी तो उसका असली चेहरा दुनिया के सामने आना ही था। किंतु आज की इस घटना को एक संयोग ही कहा जा सकता है कि दोनों के कर्म का फल एक ही साथ दुनिया के सामने आया।

चौधरी ने एक बार फिर दम लगाकर उठने का प्रयास किया, पर आज उसे बेबसी के आलम ने इस प्रकार से जकड़ा था कि उससे मुक्त होना उसके लिए आसान नहीं था। उसे शर्मा जी की बात फिर याद हो आई- ''देखिए चौधरी जी! ब्युटी को इतनी आज़ादी देना भी ठीक नहीं है। उसे बेलगाम मत होने दीजिए, वर्ना एक दिन पश्चाताप के अलावा और कुछ भी नहीं बचेगा आप के पास।''

उसने पीने के लिए पानी माँगा। शर्मा जी की वह बात फिर याद हो आई- ''अपने परिवार को चलाने ले लिए मुझे आपकी नसीहत की जरूरत नहीं है। बेहतर यही होगा कि आप दूसरों का कॉलर छोड़कर अपना कॉलर ठीक कर लें।''

उसे शर्मा जी की बातों की सच्चाई का अहसास हो गया था। उसका

मन ग्लानि से भर उठा। पश्चाताप के आँसू रह-रह कर गालों पे ढुलक रहे थे और बिस्तर भींग रहा था। किंतु, अब कुछ नहीं किया जा सकता था। अब पछताये होत जब चिड़िया चुग गई खेत। अब सिर पीटने के अलावा उसके पास कोई चारा नहीं था। वेस्टर्न कल्चर की जिस स्वच्छंद फसल को उसने भारतीय जमीन पर उगाने का प्रयास किया था, वह यहाँ की मिट्टी में उग नहीं पाई, बल्कि मिट्टी में लोट-पोट होकर अपना स्वत्व विलीन कर चुकी थी।

5

लीचड़ों की बस्ती में

मैंनें सुना था अनपढ़ गँवार लोग ही लीचड़ाली करते हैं। मेरे बाप दादा ने यही बतलाया था। थोड़ा बड़ा होने पर आस-पास के लोगों के मुख से भी अकसर यही सुना था। वे अपने-अपने बच्चों को भी यही कहा करते और नहीं पढ़ने पर उन्हें डाँटा करते- ''पढ़ोगे लिखोगे तो समझदार बनोगे और नहीं पढ़ोगे तो अनपढ़ गँवार रहकर लीचड़ बनोगे।'' ऐसी बातें मैंने किसी एक के मुख से नहीं बल्कि, बड़े होते-होते ऐसे लफ्ज मेरे कानों में कई बार सीधे तीर की तरह घुस चुके थे। मेरे पूजनीय पिताश्री ने भी मुझपर कई बार यही डायलॉग मारा था। उस समय तो मुझे ज्यादा कुछ समझ में नहीं आता था पर, जब मेरी कॉलेज जाने की उम्र हुई तो मैं कॉलेज जाने लगा था किंतु, गाँव के बाकी साथी तब तक अपने बाप की नज़रों में लीचड़ बन चुके थे। वे अपने-अपने बच्चों को अकसर कहा करते कि देख तुम लोग सब लीचड़ रह गए हो लेकिन, मुझे वे लोग बड़ी इज्जत की नजरों से देखते थे। वजह क्या था पता नहीं लेकिन, मुझे इतना समझ में जरूर आ रहा था कि मैं कॉलेज जा रहा हूँ इसीलिए मैं उन लोगों की नजरों में

इज्जतदार बना हूँ किंतु, बाकी सारे गुण तो उन लड़कों में और मुझमें लगभग समान ही थे। उन लोगों का दिनभर का समय उस गाँव के सालों-साल पुराने बुदुआ इमली के पेड़ की छाँह में ताश के पत्ते फेंटने में गुजरते। किट्टी, फ्लैश, ट्वेंटी नाईन, दहला पकड़, तीन पत्ती, रम्मी, जजमेंट जैसे खेलों में वे इतना मशगूल हो जाते कि कब सुबह से शाम हो जाती पता ही नहीं चलता। मैं भी उन लोगों के दल में कॉलेज से आने के बाद शामिल हो जाता था। धीरे-धीरे पढ़ाई में मेरी व्यस्तता बढ़ने लगी और मैं अपने गाँव के उन गेमलर साथियों से दूर होता चला गया।

यह 'लीचड़' शब्द मेरे लिए बड़ा जटिल था और यह मेरे दिमाग में अँट नहीं रहा था। मैंने दायें-बायें अपना दिमाग खूब दौड़ाया पर ज्यादा कुछ हासिल नहीं हुआ। एक दिन मैंने अपने दादाजी से पूछ ही लिया- ''दादाजी ये लीचड़ आखिर में होता क्या है?''

उन्होंने मुझे बड़े प्यार से सामने बैठाया और लीचड़ों पर अच्छा खासा व्याख्यान दिया। रामायण महाभारत और ना जाने कहाँ-कहाँ से प्रसंग उठा-उठाकर मुझे समझाने का प्रयास किया कि लीचड़ आखिर में होता क्या है। दादाजी के सारे व्याख्यान, सारे प्रसंग सुनकर निष्कर्ष बस यही निकाला जा सकता था कि अनपढ़, गँवार और निकम्मे लोग ही लीचड़ होते हैं।

लेकिन, नहीं आज यहाँ की दशा, यहाँ का कल्चर, यहाँ के लोग, उनके रवैये देखकर मैं पूरा विश्वास के साथ कह सकता हूँ कि लीचड़ की सही परिभाषा क्या होती है। लीचड़ सिर्फ अनपढ़, गँवार और निकम्मे लोग ही नहीं होते हैं, इसकी परिभाषा की परिधि इससे भी कहीं ज्यादा विस्तृत है। इस केटेगरी में वे लोग भी शामिल हैं, जिनके पास बड़ी-बड़ी डिग्रियाँ तो होती हैं, वे समाज की नजरों में उच्च शिक्षित तो होते हैं लेकिन, अपनी नीच प्रवृत्ति के कारण लीचड़ बन जाते हैं; समाज में बेशर्मी से गंदगी फैलाने लगते हैं।

बात आज से दस साल पहले की है जब मैं लीचड़ों की बस्ती में पहुँचा था। उस बस्ती के लोग समाज में अच्छा खासा रुतबा रखते थे। वे समाज की नजरों में प्रतिष्ठित थे। उनके पास ऊँची-ऊँची शैक्षिक डिग्रियाँ थीं, जिनमें कुछ जुगाड़ू डिग्रियाँ भी शामिल थी। वे लोग विद्यालय में शिक्षणकार्य जैसे पावन

व्यवसाय से जुड़े हुए थे। ऐसे लोगों पर भला कोई आउटसाइडर कैसे अँगुली उठा सकता था। देखा जाए तो गलती से ही सही या दुर्भाग्य से ही कह लें लेकिन, मैं उस बस्ती में इनसाइडर बनकर पहुँच गया था। वहाँ मैं लीचड़ बनने के लिए नहीं बल्कि लीचड़ों की माँ बहन करने के लिए पहुँचा था। वहाँ मेरी एंट्री हुए अभी सप्ताह भर ही हुआ था कि उस बस्ती में यत्र-तत्र कूड़े-करकट की तरह फैली लीचड़ाली की बदबू मेरी नाक तक पहुँचने लगी थी। उसकी दुर्गंध धीरे-धीरे कुछ ज्यादा ही बढ़ने लगी थी। महीने भर होते-होते वहाँ मेरा दम घुटने लगा था। मैंने भी कमर कस ली और उनमें से एक-एक की कर्मकुंडली खँगालनी शुरू कर दी थी। इसके लिए मैंने बड़ा जतन किया था। उनके बारे में मैंने चुन-चुन कर जानकारियाँ जुटाई थी और जानकारियाँ भी कोई ऐसी-वैसी नहीं बल्कि, सब पक्की थीं। अब जानकारियाँ भी इतनी ज्यादा इकट्ठी हो गई थीं कि उसपर पीएचडी की थीसिस लिखी जा सकती थी।

आइए, आपको मिलाते हैं पहले लीचड़ एम.के. सिंह से जो उस विद्यालय का टीजीटी हिन्दी टीचर, भागलपुर युनिवर्सिटी से मास्टर डिग्री में गोल्ड मेडलिस्ट था। वह हट्टा-कट्टा, गोरा-चिट्टा दोहरे बदन का सॉलिड मानुस था। पहले ही दिन हैंडसेक के वक्त उन्होंने अपना परिचय दिया था- "मैं भागलपुर युनिवर्सिटी पी.जी. बैच 1996 का यूनिवर्सिटी टॉपर एवं गोल्ड मेडलिस्ट टीजीटी हिन्दी मिस्टर एम के सिंह।"

उन्होंने एक ही साँस में पूरा वाक्य उगल दिया था। मैं उनसे बड़ा प्रभावित हुआ। मन ही मन गर्वित भी हुआ कि ऐसे दिग्गजों के मार्गदर्शन में मुझे यहाँ अध्यापन का मौका मिला है। अहो भाग्य मेरा!

किंतु, सप्ताहभर में ही उसकी पोल खुलने लगी थी। हर दिन उसके बारे में मुझे एक-एक नई जानकारियाँ मिल रही थीं और वह मेरी नजरों में नंगा होता जा रहा था। एक दिन दसवीं के एक स्टुडेण्ट मनीष भगत ने आकर मुझसे कहा- "सर, आप नए हैं इसीलिए आपको यहाँ के बारे में कुछ भी पता नहीं है। लेकिन, धीरे-धीरे आप भी यहाँ के बारे में सबकुछ जान जायेंगे। एम. के. सर, जिसे आप बहुत इज्जत देते हैं ना किंतु, वह इज्जत पाने के लायक है ही नहीं। उनका केरेक्टर अच्छा नहीं है। उन्हें इस उमर में ऐसी हरकतें शोभा नहीं देंती। वे

बाल बच्चेदार हैं, उन्हें कुछ तो शर्म करना चाहिए।''

उस लड़के ने मेरे सामने ही उस टीचर की माँ-बहन कर दी थी, जिसे मैं अपना आदर्श मानता था। एम. के. सिंह के खिलाफ उसके मुख से निकला एक-एक शब्द मेरे लिए मानों मेरे गालों पर जड़े गए जोरदार तमाचे थे। यह मेरे लिए अनबिलीवेबल था। उसकी इतनी हिम्मत। इतनी बड़ी बदतमीजी, इतना संस्कारहीन, इतना अनडिसिप्लिंड कि स्टुडेण्ट होकर भी टीचर की अँगुली करे, उस पर कीचड़ उछाले। मेरे लिए तो यह असह्य था। मैंने भी तय कर लिया था कि उसकी बदतमीजी का उसे दण्ड जरूर मिले। इसीलिए मैं उसकी शिकायत उसके पेरेंट्स बुलवाकर प्रिंसिपल सर से करने वाला था। किंतु, यह खबर जब एम.के. सिंह तक पहुँची तो वे खुद मेरे पास आकर बोले- ''छोड़िए श्रीमान! यहाँ के बच्चे थोड़े अनडिसिप्लिंड हैं। इस पर ओवर रिएक्ट करने की जरूरत नहीं है। ऐसी मामूली बातें यहाँ चलती रहती हैं। अगर आप इन छोटी-छोटी बातों पर ऐसे रिएक्ट करेंगे तो यहाँ आपके लिए टिकना मुश्किल हो जाएगा। आजकल टीचर कानून के हाथों बँधे हैं। स्टुडेण्ट्स को हम ना शारीरिक दंड दे सकते हैं और ना उन पर मानसिक दवाब बना सकते हैं। इसीलिए भलाई इसी में है कि आप भी हमारे जैसे समय की धारा के साथ बहना सीख लें।''

मैं अवाक था। हैरानी से उसे देख रहा था। मुझे लगा था कि यह खबर सुनते ही वह आग बबूला हो जाएगा। उस लड़के पर तो आफत ही आ जाएगी। लेकिन, ऐसा कुछ हुआ नहीं, बदले में उन्होंने मुझे ही उपदेश का चेप्टर पढ़ाना शुरू कर दिया था। मुझसे कानून बतियाने लगे थे। मुझे इसपर ज्यादा दिमाग लगाने की क्या पड़ी थी। आगे वो जाने और उसकी करतूत जाने। मैं तो अपने कामों में व्यस्त हो गया। लेकिन, एम. के. सिंह अब मेरे संदेह के घेरे में आ चुके थे।

अगले दिन इंटरवल के समय केम्पस गार्डन में मैं यूँ ही टहल रहा था। उसी वक्त मनीश भगत फिर मेरे पास आया। लेकिन, आज उसपर मुझे गुस्सा नहीं आ रहा था। मैंने केजुअली पूछा- ''बताओ क्या बात है?''

वह बड़ी विनम्रता से शुरू हुआ- ''सॉरी सर! कल मैंने जो कुछ बताया उसे सुनकर आपको बुरा लगा होगा लेकिन, एम. के. सिंह सर के बारे में सब

कोई जानते हैं। हर स्टुडेण्ट उनका केरेक्टर जानता है।''

उनके केरेक्टर के बारे में जानने की मेरी भी जिज्ञासा बढ़ गई थी। मेरी ओर से सकारात्मक इशारा पाकर उस लड़के ने बोलना आरम्भ किया- ''सर, हमारे ही स्कूल की एक पास आउट डिम्पी दीदी हैं, उसके साथ एम. के. सर का अफेयर है। उसे भगाकर एक बार गोवा चले गए थे। बाद में सबको पता चल गया। पिछले साल आकांक्षा मैम के साथ एक बार लेडिज टॉयलेट में सर पकड़ाए थे। इतना ही नहीं और कई लड़कियों के साथ उनका फिजिकल रिलेशन है। वे एकदम फालतू टीचर हैं। हमारी क्लास की लड़कियाँ तो उन्हें गंदी-गंदी गालियाँ देती हैं।''

अब मुझे उनके बारे में और अधिक जानने की इच्छा नहीं रही थी। उसके केरेक्टर की नख-शिख थ्योरी मुझे पूरी तरह समझ में आ गई थी। बात यहीं खत्म नहीं होती है। चलिए अब थोड़ा और आगे बढ़ते हैं और आपको मिलवाते हैं दूसरे लीचड़ जे. के. त्रिपाठी से। उनका परिचय भी कुछ उसी तरह हुआ था। पहले ही दिन परिचय के वक्त उन्होंने कहा था- ''आइ'म जे. के. त्रिपाठी, बायो पीज़ीटी, पी. जी. यूनिवर्सिटी टॉपर फ्रॉम जे. पी. यूनिवर्सिटी छपरा।''

वह गोल-मटोल और थोड़ा ढीला-ढाला सा आदमी था किंतु, उसका केरेक्टर उससे भी कहीं ज्यादा ढीला-ढाला था। स्कूल से छूटते ही वह समरी की झोपड़ी में पहुँच जाता था। वहाँ देशी शराब मिलती। प्योर होम मेड प्रोडक्ट। पी कर वह मस्त रहता और देर रात घर लौटता था। कई बार उसकी शिकायत भी हुई थी। वह निलंबित भी रहा था पर, ढाक के तीन पात। उसकी न पीने की आदत छूटी और न ही उसका स्कूल छूटा।

अब मिलते हैं तीसरे लीचड़, वहाँ के स्पोर्ट टीचर अमर पटवारी से।

वह एथलिट का स्टेट लेवल चैम्पियन रह चुका था। देखने में वह दुबला-पतला, डील-डौल छरहरा बदन वाला मासूम छोकरा था। उसकी उम्र लगभग छब्बीस सत्ताईस की रही होगी। हर वक्त कुछ बच्चों को लेकर वह फील्ड में कुछ न कुछ एक्टिविटिज करता रहता था। पहली मुलाकात में ही वह बंदा काफी मिलनसार

लगा। थोड़े ही दिनों में हम दोनों एक-दूसरे से काफी घुल-मिल गए थे। हम एक-दूसरे के कमरे में भी आने जाने लगे थे। हम लोगों का आवास लगभग दो मील के फासले पर रहा होगा।

एक दिन किसी काम से शाम को मैं उसके पास गया था। उसका कमरा बंद था और अंदर से कुंडी लगी हुई थी। बाहर तीन जोड़ी चप्पलें रखी हुई थीं, जिसमें दो जोड़ी लेडिज की और एक जेंट्स की थी। अंदर से बातचीत की धीमी-धीमी आवाज़ आ रही थी। मैंने दरवाजा नॉक करना उचित नहीं समझा। उल्टे पाँव वापस आ गया। अगले दिन जब मैंने इस बात पर उससे चर्चा की तो उसने कहा- ''हां, मेरी सिस्टर्स आईं हुई हैं, कुछ दिन वे यहीं रुकेंगी।''

फिर तो मैंने उसके पास जाना बंद ही कर दिया था। सप्ताह भर बाद एक दिन उसने काफी जिद कर मुझे अपने पास बुलाया था। ज्योंही मैं उसके कमरे में दाखिल हुआ, उसने उन दोनों लड़कियों को कमरे से बाहर जाने का इशारा कर दिया। वे दोनों बाहर तो चली गईं लेकिन, उन्हें देखकर मैं यकीन के साथ कह सकता था कि वे किसी भी सूरत में उसकी बहनें नहीं हो सकती थीं। उनका रूप रंग ही कुछ ऐसा था। ऊपर से मैले-कुचेले कपड़े, उलझे हुए बाल और बदन से अजीब किस्म की बदबू आ रही थी। मुझे तो वहाँ उबकाई आने लगी थी।

उसने सफाई देना शुरू किया- ''मोहित सर! आपको आज मैं इसलिए बुलाया हूँ कि उस दिन मैंने आपसे जो कुछ कहा था वह झूठ था। ये लड़कियाँ मेरी सिस्टर्स नहीं, बल्कि मेरी फ्रेण्ड हैं। इनके परिवार में कुछ मुकद्दमाबाजी चल रही थी, जिसमें इन लोगों को भी एक्युज्ड कर दिया गया है। इसीलिए कुछ दिनों के लिए ये मेरे पास रहने आई हैं। वहाँ सबकुछ सेटल होते ही ये लोग चली जायेंगी।''

अपनी ओर से उसने मेरे सामने सफाई परोस दी थी किंतु, अब भी उसकी बातों पर मुझे विश्वास नहीं हो रहा था। उन लड़कियों को देखकर मुझे यकीन ही नहीं हो रहा था कि वे इसकी फ्रेंड हो सकती हैं। उसके हाव-भाव से साफ़ लग रहा था कि अब भी वह मुझसे सरासर झूठ बोल रहा है। वह बातें भी मुझसे नजरें बचाकर कर रहा था। मैं भी पक्की मिट्टी का बना था। इतनी सहजता

से मैं उसकी बातों पर आँख मूंदकर भरोसा कैसे कर सकता था? मैंने भी उससे कई क्रॉस क्वेश्चन करना शुरू कर दिया था। वह पसीना पसीना होने लगा। उसने भी काफी तिकड़म भिड़ाया किंतु, मेरे प्रश्नबाणों के आगे उसकी सारी कोशिश विफल हो गई। अंत में उसने हथियार डालने में ही बुद्धिमानी समझी। किंतु, उसने मेरे सामने एक शर्त रख दी थी कि ये बातें मैं किसी और को नहीं बताऊं। मैंने भी उसकी शर्त मंजूर कर ली थी।

उसने बोलना शुरू किया- ''मोहित सर! प्लीज किसी को बताइएगा मत। दरअसल, इन लड़कियों को हम सप्ताहभर के लिए भाड़े पर लाए हैं। इसमें मैं अकेला नहीं हूँ राजू सर और मेथियस सर ने भी शेयर किया है। उन्हीं लोगों के कहने पर मैंने इनको रूम में लाया था। प्लीज आप मुझे गलत मत समझिएगा, मैं वैसा नहीं हूँ पर, उनलोगों की संगत में रहकर थोड़ा बिगड़ गया हूँ। लेकिन मैं अब आगे से ऐसा नहीं करूँगा... आई प्रोमिस।''-कहकर उसने अपना कंठ अँगुलियों से छू लिया था।

सबकुछ बड़ी बेशर्मी से उसने मेरे आगे उगल दिया था। हाथ जोड़कर वह मेरे सामने गिड़गिड़ा रहा था। मिन्नतें कर रहा था। मैंने भी उसे दिलासा दिया कि ये सारी बातें मैं अपने पास ही सीमित रखूँगा और फिर उसे जमकर डांट लगाई- ''आपलोगों को तो शर्म आनी चाहिए ऐसी ओछी हरकतें करते हुए। आपलोग तो टीचर के नाम पर कलंक हैं, कलंक। खुद इतनी नीच हरकत करेंगे तो भला आपलोग स्टुडेण्ट के बीच क्या आदर्श रखेंगे? उनका भविष्य तो भगवान के ही भरोसे है। मुझे सचमुच आपलोगों से घिन आने लगी है।''

इतना कहकर मैं वहाँ से निकल गया। मुझे खुद पर तरस आ रहा था कि मैं आखिर कहाँ फंस गया हूँ? खुद पर गर्व करने की तो यहाँ कुछ बात ही नहीं थी। जिधर देखो लीचड़ ही लीचड़ नजर आते थे। अपनी शर्म-हया मानो सब घोलकर वे लोग पी गए हों। उन लोगों को न इज्जत की कोई परवाह थी और न ही धर्म का कोई डर। मुझे बड़ा अजीब लग रहा था कि आखिर पढ़े-लिखे लोग इस हद तक कैसे गिर सकते हैं? अगर वे ऐसी ओछी हरकतें करते हैं तो फिर उन्हें पढ़ा-लिखा कैसे माना जा सकता है? वे किसी भी रूप में एजुकेट नहीं लग रहे थे। सिर्फ डिग्रियाँ हासिल कर लेने मात्र से ही कोई एजुकेटेड नहीं

हो जाते हैं। एजुकेशन तो हमें एक निर्मल चरित्र का निर्माण करने एवं आदर्श जीवन जीने की कला सिखाती है।

अब मिलाते हैं आपको मोस्ट पॉवरफुल लीचड़ डॉ0 सी. के. प्रसाद से। वे उस अनडेवलप्ड शहर के डेवलप्ड माने जानेवाले विद्यालय के प्रिंसिपल थे। उनके चेम्बर में प्रवेश करते ही मुझपर मदहोशी छाने लगी थी। क्या खुशबुदार केबिन था उसका। स्पॉज चेयर पर इशारा पाकर बैठते ही केबिन की लाईट बदलकर मद्धिम हो गई थी। म्युजिक सिस्टम से निकलने वाली सुमधुर गीतलहरी के सुकूनदेही वातावरण में मन मेरा भावविभोर हो उठा था। वह क्या ऐश्वर्यपूर्ण माहौल में जीता था। अपनी तरफ से केबिन को जन्नत के प्रतिरूप में तब्दील करने का उसने भरसक प्रयास किया था। उसका ठाठ-बाट भी कुछ वैसा ही शाही अंदाज का था। वह सुटेडबुटेड था और मुँह में जबड़े के बीच फँसाए पान का बीड़ा धीरे-धीरे चबा रहा था। कुर्सी पर बैठते ही उन्होंने कॉलगेटी मुस्कान के साथ मेरा स्वागत किया। मैंने भी हैंडसेक के लिए अपना हाथ बढ़ाया किंतु, उन्होंने अपने दोनों हाथ जोड़ लिये। यहाँ मुझे थोड़ी शर्मिन्दगी महसूस हुई। लेकिन, कोई बात नहीं शायद हैंडसेक का प्रचलन वहाँ पर नहीं हो या फिर उन्होंने भारतीय संस्कृति को तवज्जो दिया हो। इसपर ज्यादा दिमाग लगाने का वक्त मेरे पास नहीं था। अगले ही क्षण उनके मुख से मेरे लिए पहला वाक्य निकला- ''आइए श्रीमान! हमारे विद्यालय में आपका हार्दिक स्वागत है।''

मैंने भी संक्षेप में बस इतना ही कहा- ''धन्यवाद सर।''

फिर हम दोनों के बीच बातचीत का सिलसिला आगे बढ़ा। कई प्रश्न उन्होंने मुझसे किए। मैं केवल सहज और सरल भाव से उनके प्रश्नों का जवाब देता गया। यहाँ कई प्रश्न मेरे मन में भी थे। लेकिन, वहाँ पूछना मुनासिब नहीं समझा। इस दौरान कई ऐसे प्रश्न भी उन्होंने मुझसे किए जिसे सुनकर मेरे दिमाग में झुरझुरी उत्पन्न हो गई थी। मन अंदर ही अंदर बौखला रहा था। ''आप मैरिड हैं?'' यहाँ तक तो ठीक था, किंतु, आगे के प्रश्न बहुत ही बेतुके थे। आपका कोई चक्कर-वक्कर? एक्स, वाय, जेड कोई भी? आप किस कास्ट से बिलांग करते हैं? जैसे प्रश्नों को उन्होंने ना जाने किस मकसद से पूछा था किंतु, ऐसे अनावश्यक प्रश्नों को सुनकर मैं अंदर ही अंदर खिसियाहट महसूस कर रहा था।

उनके ऐसे बेतुके प्रश्नों का मैं बस सपाट जवाब देता गया। एक तरह से कह लें तो उन्होंने मेरा पूरा इंटरव्यू ले लिया था। पढ़ाई-लिखाई से लेकर घर-परिवार और मेरे कैरेक्टर तक का, जबकि मेरी एजुकेशन और सब्जेक्ट कमाण्ड ही उनके लिए ज्यादा महत्त्वपूर्ण थी लेकिन, इस क्षेत्र को उन्होंने छूआ तक नहीं था। जो भी हो, बात हुई, गई और खत्म हो गई। लेकिन, केबिन से बाहर निकलते ही मेरे दिमाग में कई प्रश्न उठ खड़े हुए थे।

समय बीतता गया। मैंने भी डॉ0 सी. के. प्रसाद की कर्मकुण्डली के एक-एक पन्नों को बड़ी गहराई से पढ़ना शुरू किया। एक-एक कर जानकारियाँ इकट्ठी होने लगी थीं। यह कार्य मेरे लिए थोड़ा रिस्की था, क्योंकि इस बार पंगा सीधे बॉस के साथ था। मैंने भी मन बना लिया था कि यहाँ से मुझे जाना ही है, ऐसे माहौल में जीना मेरे बस की बात नहीं थी। लेकिन, जाऊँगा पर इतनी आसानी से नहीं, बल्कि इन लीचड़ों की बस्ती में आग लगा के जाऊँगा।

वहाँ मैं सुरभी और ज्योत्सना से भी मिला था। वे दोनों उस विद्यालय में पार्ट टाइम टीचर थीं, जो डॉ0 सी. के. प्रसाद के रहमो करम पर जीने को मजबूर थी। वे दोनों केवल अनुभव सर्टिफिकट की प्राप्ति के लिए वहाँ पढ़ा रही थीं ताकि बी. एड. करने में उसे सहूलियत हो सके। उनके लिए जो भी तनख्वाह ऊपर से आती उसका आधा हिस्सा प्रिंसिपल के खाते में चला जाता। सिर्फ इतना ही नहीं, हर सप्ताह कुछ नज़राने लेकर उन्हें प्रिंसिपल के आवास पर भी जाना पड़ता था। आगे के बारे में उन लोगों ने ज्यादा जिक्र नहीं किया। उनकी बातों से पता चला कि उनका फेमिली बैकग्राउण्ड ज्यादा मजबूत नहीं था इसीलिए मजबूरन उन्हें यहाँ नौकरी करनी पड़ रही थी। वरना ऐसी नौकरी को तो वे कब की लात मारने को तैयार थीं। सचमुच मैं भी मान गया था कि प्रिंसिपल है बड़ा धूर्त ।

एक दिन मैं सरोजिनी बहन से मिला। वहाँ वह सफाई कर्मी के रूप में कार्यरत थी। उसकी उम्र तीस बत्तीस के आस-पास रही होगी। उसका रूप-यौवन भी कुछ ऐसा ही था कि वह किसी को भी अपने प्रेमपाश से बाँध सकती थी। ऐसी सुन्दरी अगर महलों में होती तो वह ‘मिस वर्ल्ड’ के खिताब की हकदार जरूर बनती किंतु, परिवार की दयनीय दशा ने उसे उस विद्यालय में झाड़ू-पोंछा करने

के लिए मजबूर कर दिया था। जिस सुन्दरता पर औरतों को सर्वाधिक नाज़ होता है, जिसके आगे वह पूरी दुनिया को नतमस्तक कराने की चाह रखती हैं, आज वही सुन्दरता सरोजिनी बहन के लिए जी का जंजाल बनी हुई थी। अपनी जिस सुन्दरता पर वह कभी इठलाती फिरती आज उसी सुन्दरता से उसे नफरत हो रही थी।

उस दिन वह मेरे कमरे में शाम को आई थी। मैं कुछ लिखने में व्यस्त था। आते ही मैंने उसे बैठने के लिए कुर्सी दी। वह कुर्सी पर बैठने में थोड़ी हिचकिचाई, किंतु, मेरा आश्वासन पाकर वह बैठ गई। उसके सामने ही मैं भी बैठ गया। वह मुझे बहुत पसंद करती थी, इसलिए नहीं कि वह मुझ पर डोरे डालती, बल्कि इसलिए कि मेरे अंदर और बाहर का दोनों चेहरा एक था। जो कुछ मेरे अंदर था वही मैं बाहर भी जाहिर करता। न मैं मन में कुछ छिपा के रखता और न ही बाहर कुछ और दिखाने का प्रयास करता। मेरा मन तो निर्मल झील का वह पानी था जहां हर कोई उसकी तली में पड़ी हर चीज को पूरी स्पष्टता से देख सकता था। यही कारण था कि वह मुझे सबकुछ बता देती थी। उस दिन तो मेरा खून खौलने लगा जब उसने प्रिंसिपल साहब की काली करतूत सुनाई।

सरोजिनी बहन का विवाह हुए दस साल हो गया था। पति पहले बहुत शराब पीता था, किंतु, अब शराब छूट गई थी लेकिन हमेशा बीमार रहता था। उसकी दवा-दारू में वह दिन-रात लगी रहती थी। उसकी आमदनी का आधा हिस्सा पति की दवा-दारू में ही चला जाता था और जो कुछ शेष बचता उसी से वह अपनी गृहस्थी की गाड़ी आगे खींचने का प्रयास करती थी।

स्कूल में उसके लिए ऊपर से साढ़े तीन हजार रुपये की तनख्वाह आती, पर उसे मात्र ढाई हजार ही दिया जाता था। एक हजार उसे प्रिंसिपल को नज़राने के रूप में भेंट करना पड़ता था। वह इसका विरोध करने की स्थिति में नहीं थी, क्योंकि प्रिंसिपल उसे स्कूल से निकालने की धमकियाँ देता रहता था। सिर्फ नजराने तक ही बात सीमित होती तो कोई बात नहीं थी किंतु, उससे आगे की भी कई बातें ऐसी थीं, जिसे वह मुझे साफ-साफ बता नहीं पाई लेकिन, अप्रत्यक्ष रूप से बहुत कुछ उसके बारे में संकेत कर दिया था। लोगों के मुँह से

भी मैंने सुन रखा था कि प्रिंसिपल उसके साथ रंगरेलियाँ भी मनाता है, पर मुझे विश्वास नहीं होता था, लेकिन आज सरोजिनी बहन की बातों ने तो साफ कर ही दिया था कि लोगों की कही बातें सच थी। छीः! प्रिंसिपल कितना नीच किस्म का इंसान था। एक तो उसकी तनख़्वाह से भी रुपये हड़प लेता और ऊपर से उसके साथ ऐसी नीच हरकत भी करता था। छी! उससे मुझे घृणा होने लगी थी। कमीनेपन की भी एक हद होती है, जिसे वह लांघ चुका था। उसने मानवता को परास्त कर दिया था। यदि समाज में कभी जाति या व्यक्ति विशेष के अधिकारों का हनन हुआ है, तो उनके जैसे स्वार्थी और नीच लोगों के कारण ही।

उसका पाप का घड़ा अब भर चुका था। मुझे भी उसने बाकी लोगों की तरह ही सब धान बाईस पसेरी समझने की भूल कर दी थी। मेरी पहली तनख्वाह जब आयी तो स्कूल के एकाउंटेण्ट ने आकर प्रिंसिपल का फरमान मुझे सुनाते हुए कहा- ''आपकी यह पहली सेलेरी है, तो इसका 25 परसेंट आपको वापस लौटाना हैं। यह प्रिंसिपल सर के एकाउंट में जाएगा।

मैंने पूछा- ''लेकिन क्यों?''

उसने कहा- ''यहाँ का यह नियम है। हर किसी को अपनी पहली सेलेरी से प्रिंसिपल सर को नजराने देने पड़ते हैं।''

मैंने कहा- ''आप लोगों से भी लिया गया था?''

उसने कहा- ''हां, यह नियम सभी पर लागू है।''

मुझसे रहा नहीं गया। मैंने कड़क आवाज में कहा- ''नियम किसने बनाया है?''

उसने थोड़ा सहमे हुए जवाब दिया- ''सर, पता नहीं, पर प्रिंसिपल सर ने मुझे ऐसा करने के लिए कहा है।''

उससे ख़ामख़ाह उलझना मुझे उचित नहीं लगा। इसके लिए तो मुझे सीधे प्रिंसिपल से ही निपटना था। मैंने उसे कह दिया- ''ठीक है, मैं इसके बारे में प्रिंसिपल सर से बात कर लूँगा।''

वह तो चला गया, लेकिन मेरे अंदर विचारों की सुनामी आ चुकी थी।

अब लड़ाई आर-पार की थी। मेरे पास अब दो ही विकल्प थे; हथियार डालने का या फिर बगावत करने का। हथियार डालना तो मेरे वश की बात नहीं थी। मैं न किसी पर अत्याचार करता और न ही खुदपर किसी का अत्याचार सहता। अपने सिद्धांतों के साथ मैं हरगिज सौदा नहीं कर सकता था। मैं सबकुछ सहन कर सकता हूँ, किंतु, अपनी आत्मा की धिक्कार कभी सहन नहीं कर सकता। अगर मैं कुछ लालच में पड़कर अपने सिद्धांतों से आज समझौता कर लेता हूँ तो मेरी आत्मा मुझे जीवनभर इस बात के लिए धिक्कारेगी।

अगले दिन उन्होंने सभागार में एक बैठक बुलायी। वहाँ उन्होंने लंबी-चौड़ी डींगें हाँकनी शुरू की। अपनी ताकत का दुरुपयोग करते हुए उन्होंने सब पर रौब जमाने का प्रयास किया। खुद के बनाए नियमों को एक बार फिर सबके सामने उन्होंने दोहराया। वहाँ उन्होंने केवल धमकी भरी बातें की और सभी को बार-बार चेताया कि उनके द्वारा बनाए गए नियमों को कोई तोड़ने का प्रयास नहीं करे। बैठक समाप्त हुई। हर कोई एक-एक कर बाहर चला गया, लेकिन, मुझ जैसे कुछ विद्रोही स्वभाव वाले या उनके इशारों पर नहीं नाचने वालों को अंदर ही रोककर रख लिया गया था। हम सभी को अलग से नसीहत दी जा रही थी। मेरे अलावा बाकी लोग उनकी हर बात पर 'जी हां' किए जा रहे थे, पर मैं चुप्पी साधा हुआ था। अंत में मेरी बारी आई।

उन्होंने मुझसे एकदम साफ शब्दों में कहा- "क्या श्रीमान! आपने रुपए जमा करा दिया?"'

उसने यह बात ऐसे अधिकारपूर्वक कही मानो मेरी तनख्वाह पर उसकी बपौती अधिकार हो।

मैंने जवाब दिया- "नहीं सर!"

वे आगे फिर बोले- "क्यों आपको एकाउंटेंट ने बताया नहीं?"'

मैंने भी साफ कह दिया- "हां सर, उन्होंने तो मुझसे ये बात कही थी किंतु, मैं अभी रुपये देने में असमर्थ हूँ।"

उसने कहा- "क्यों अभी तक तुम्हारी सेलैरी नहीं आई है क्या?"'

मैंने कहा- ''नहीं सर, सेलेरी तो आ गई है, किंतु अभी मैं रुपये नहीं दे सकता हूँ।''

उन्होंने कहा- ''दे नहीं सकता हूँ मतलब! कहना क्या चाहते हो?''

मैंने साफ-साफ कह दिया- ''वही सर, जो आप समझ रहे हैं, मैं देना नहीं चाहता हूँ।''

अब उस पर गुस्से का असर होने लगा था। भौंहें तन गई थीं। आँखें लाल लाल हो गई थीं। दाँत पीसने लगा था। अपनी कड़क आवाज में बोला- ''तुम्हारी इतनी हिम्मत कि तुम मुझसे जुबान लड़ा रहे हो?''

मैंने कहा- ''सर! सेलेरी मेरी है। मेहनत मैंने की है तो फिर रुपये मैं आपको वापस क्यों दूँ? अगर आपको रुपए वापस चाहिए तो आप मुझे उसकी रिसिप्ट दीजिए।''

उन्होंने कहा- ''तुम मुझे नियम सिखा रहे हो?''

मैंने कहा- ''नहीं सर! मैं सिर्फ अपनी जायज बातें आपके समक्ष रख रहा हूँ। बाकी आप इसे जो समझें।''

उनका चेहरा गुस्से से लाल पीला होने लगा था। वे दाँत पीसते हुए बोले- ''आप ऐसे नहीं मानोगे। गार्ड बाहर निकालो इस बदतमीज को। मेरी नजर से, इसे दूर हटाओ, मुझसे बदतमीजी कर रहा है।''

ईंट का जवाब पत्थर से देने के लिए मैंने भी कमर कस ली थी। मैंने भी ताव भरे लहजे में कहा- ''सर आप ये गलत कर रहे हैं। आप अपनी सीमा लाँघ रहे हैं। अगर आपने मेरे साथ कोई बदतमीजी की तो मैं सीधे आपके विरुद्ध लेबर कोर्ट में केस दर्ज करूँगा।''

मेरा इतना कहना था कि वह आपे से बाहर हो गया। उसने उठकर सीधे मेरा कॉलर पकड़ लिया। मैंने भी उसका कॉलर पकड़ लिया था। तब तक वहाँ और कई टीचर आ गए थे। उन लोगों ने हम दोनों को पकड़कर अलग कर दिया। मैं स्कूल कैम्पस से तुरंत बाहर चला आया और सीधे पुलिस थाने पहुँचकर उनपर एफआईआर दर्ज करा दिया। उन्होंने समझौता करने के लिए मेरे पास

अपने चमचे भेजे किंतु, मैंने समझौता करने से साफ इनकार कर दिया था। धीरे-धीरे मेरा पलड़ा भारी होने लगा था। कई बागी टीचर उनके खिलाफ बगावत कर चुके थे। वे लोग कोर्ट तक मेरे पक्ष में चलने के लिए तैयार थे। मैंने प्रिंसिपल के खिलाफ बहुत सारे सबूत जुटा लिये थे। अब बाकी लोग भी निडर होकर आगे आ रहे थे। उनके विरुद्ध यौन शोषण से लेकर भ्रष्टाचार के कई मुकदमे दर्ज हो चुके थे। चंद ही दिनों में उन्हें अरेस्ट कर लिया गया। लीचड़ों की बस्ती में आग लग चुकी थी। आग की तपन अब धीरे-धीरे मेरे लिए असहनीय हो चली थी। मैंने भी अपना सामान समेटा और चल दिया उस बस्ती से बहुत दूर अपने प्यारे-से गाँव की ओर, जहाँ डूबते हुए सूरज ने अपनी लालिमा से पूरा वातावरण सिंदूरी कर दिया था। वहाँ का पूरा दृश्य ही बड़ा मनभावन था, जिसे देखकर मुझे एक बार फिर बचपन के वो दिन याद हो आये थे जब मैं इन्हीं साँझ की बेलाओं में अपने साथियों के साथ गिल्ली-डंडा खेला करता था।

बड़े दिलवाले

एडमिशन काउंटर पर फॉर्म पाने की धक्का-मुक्की चल रही थी। वहाँ लड़के-लड़कियों के अलग-अलग काउंटर बने थे फिर भी, भीड़ दोनों जगह लगभग एक जैसी ही थी। हर कोई काउंटर तक पहुँचने की जद्दोजहद में था। लड़के तो लड़के, लड़कियाँ भी फॉर्म पाने के लिए एक-दूसरे के ऊपर चढ़ी जा रही थी। उनके जोश-जज्बे को देखकर ऐसा लग रहा था कि अब वह दिन दूर नहीं जब भारत अपना पितृसत्तात्मक दर्जा गवाँ बैठेगा। उसी भीड़ का हिस्सा मानस भी था। पहली बार में पस्त होकर वह चबूतरे पर जा बैठा था। कुछ सोचा। नल पर जाकर मुँह हाथ धोया, पानी पीया, हिम्मत जुटाया और चल दिया दोबारा भिड़ने उसी भीड़ की ओर।

इस बार वह फॉर्म पाने में सफल रहा। आसानी से नहीं मिला था फॉर्म उसे बल्कि, इस बार पहली बार से ज्यादा कलेजा लगा था। लेकिन, उसने भी ठान ली थी कि इस बार फॉर्म लेकर ही बाहर आऊँगा और वैसा ही किया। उसने

इधर-उधर देखा वहाँ कोई जान-पहचान का भी नहीं था। वह सामने बने चबूतरे पर जा बैठा और फोल्डर खोला। एक पेन, एक पेंसिल, एक इरेजर, एक गम की डिबिया और फोटोग्राफ की खाम निकाली। पेंसिल इसलिए कि काउंटर पर निर्देश दिये गए थे कि फ़ॉर्म पहले पेंसिल से भरना, फिर कलम से ताकि फॉर्म पर काट-छाँट की हरकत से बचा जा सके। आइडिया बुरा नहीं था, इसीलिए मान लिया वरना इतनी आसानी से किसी का निर्देश मानने की उसे आदत कहाँ थी।

उसका फॉर्म फिल अप लगभग हो गया था, अगल-बगल उसने नज़र दौड़ाई तो वहाँ चबूतरे पर कुछ और लड़के-लड़कियाँ अपने-अपने फॉर्म भरने में व्यस्त थे। वहाँ सब उसके लिए अनजान थे, किंतु, उसके मन में उन लोगों से बात करने की उत्सुकता थी। हाँ, लड़कियों में हेजिटेशन कुछ ज्यादा ही थी। इक्की-दुक्की बातें लड़कों से तो उसकी हो गई थीं लेकिन, लड़कियों की वेटिंग में था, वो भी पीली सूट वाली की। कसम से वह जबर्दस्त लग रही थी, देखकर गुदगुदी हो रही थी मन में। हालांकि, उसने फॉर्म भर लिया था किंतु, झूठ-मूठ का नौटंकी कर रहा था वहाँ पर। कभी पेन दाँत में दबाए दिमाग पर प्रेशर डालने का तो कभी इरेजर फॉर्म पर रगड़ने की एक्टिंग कर रहा था वह, ताकि उन लड़कियों को फील ना हो कि वहाँ फोकट में बैठा वह उन्हें लाईन मार रहा है। मन-ही-मन वह मना रहा था कि उनकी पेन का इंक खत्म हो जाए या फिर गम की डिबिया उन्हें ना मिले। इसी बहाने उन लोगों से एक बार इंट्रेक्शन तो हो जाता उसका लेकिन, मन जैसा चाहता है वैसा होता कहाँ है। फॉर्म भरा और वहाँ से चल दी तितलियों टोली, हाँ उठते समय तिरछी निगाहों से एक बार पीली सूट वाली ने उस पर नज़र जरूर डाली थी। दिल खुश हो गया था उसका, मन को शाबासी दी और वह भी चल दिया उनके पीछे-पीछे।

लड़कों के साथ यही प्रॉब्लॉम्स है; हवा में कुछ जल्दी ही उड़ना शुरू कर देते है। किसी लड़की से अगर नज़र टकरा गई तो मन में लड्डू फूटने लगते हैं। हर तरफ उन्हें हरियाली ही हरियाली नजर आने लगती है। मन में अनगिनत ख्वाब आकार लेने लगते हैं। आगे पीछे ऊपर नीचे चारों तरफ दिमाग घुमा घुमाकर सोचने लगते हैं। तो मानस भी इसका अपवाद कैसे हो सकता था? हुआ वही, एडमिशन ले लिया, क्लास नेक्स्ट मंथ से स्टार्ट थी। मानस बहुत

एक्साइटेड था, इसलिए नहीं कि उसे कॉलेज की डिग्री हासिल होगी, उसका नॉलेज बढ़ेगा बल्कि, एक्साइटेड वह इसलिए था कि वहाँ लड़कियाँ होंगी, उनके साथ चक्कर चलेगा और फाइनली किसी के प्यार के चक्कर में पड़ेगा और... और... और उससे आगे कुछ नहीं सोच पाया था। फिल्मों में भी तो बस इतना ही होता है। उससे आगे की लाइफ कहाँ दिखाई जाती है? तो भला हमें अधिक दिमाग खपाने की क्या जरूरत?

आज उसका कॉलेज में पहला दिन था। वहाँ एकदम वह झाड़ के गया था, सेंट-वेंट लगाकर। आखिर फुलझड़ियाँ भी तो वहाँ आयेंगी लीपा-पोती करके। पिछले तीन साल का स्कूलिंग बड़ा फीका रहा था, सिर्फ मानस के लिए नहीं बल्कि, उसके जैसे उस शहर के सभी लफंगों के लिए जो पढ़ते साले कम थे फंटुसगिरी ज्यादा करते थे। पढ़ने वालों के लिए वह स्कूल ठीक था, क्योंकि ध्यान भटकने का कोई चांस ही नहीं था, वहाँ कमसिन कामिनियाँ जो नहीं थीं। उसके शहर में सेवंथ के बाद लड़कों और लड़कियों के अलग-अलग स्कूल हो जाया करते थे, लड़कियाँ गर्ल हाईस्कूल तो लड़कों को जे बी सी हाईस्कूल के मरुस्थल में डाल दिया जाता था, जहां के केम्पस की दीवार इतनी ऊँची हुआ करती थी कि बाहर की रंगीन दुनिया की सेंट तक नहीं पहुँचती। आज मानस उस घुटन भरे माहौल से निकलकर फुलझड़ियों के मस्त माहौल में पहुँचा था। हर तरफ हरियाली थी। दूसरी साईड की भी कंडिशन लगभग वैसी ही रही होगी, वर्ना छूटते ही शोरूम से निकली ड्रेसेस में ही क्यों पहुँचती वे इठलाती हुई कॉलेज। जो भी हो पर यहाँ एकदम दिलखुश माहौल था। ना मॉर्निंग प्रेयर का झमेला, ना ड्रेस कोड की सख्ती। क्लास अटेण्ड करने की भी बड़ी फ्लेक्सिबिलिटी थी। ना होमवर्क ना प्रोजेक्ट का झंझट था।

इसी तरह सप्ताह भर बीत गया था। अर्नव, अभिषेक, मंटु और अंशु मानस के कॉलेज मेट की लिस्ट में आ चुके थे। लड़कियाँ फिलहाल इस लिस्ट से बाहर थीं। दिन बड़ी मस्ती से गुजर रहे थे, दोस्त लोग भी मिले थे उसके ही ढंग के, सिवाय अभिषेक के। वो बंदा ज़रा पढ़ाकू और शरीफ़ था। बिलकुल आदर्शवादी। हालाँकि उनकी हरकतों का वह कभी अपोज नहीं करता था लेकिन, उपदेश का घूँट एक बार जरूर पिलाने का वह प्रयास करता। बाँकी सब एक ही

थाली के चट्टे-बट्टे थे। सब कुछ ठीक चल रहा था लेकिन, मानस की आँखें उसी लड़की को तलाशने की कोशिश कर रही थी, जिससे एडमिशन के समय नज़र टकराई थी। पंद्रह दिन गुज़र गए थे, पर वह अब तक कॉलेज में नज़र नहीं आई थी।

उस दिन मानस के दोस्त लोग जल्दी आ गए थे। ट्रेन से उतरते ही अर्नव फटा- ''अब्बे मानस! कल साले कहाँ गायब हो गया था तू?''

उसने भी बड़ी केजुअली कहा- ''क्यों बे! एक दिन नहीं आया तो साले कोई भूचाल आ गया क्या?''

मंटु शर्मीली मुस्कान बिखेरते हुए बोला- ''हां, कुछ वैसा ही समझ लो।''

''मतलब?''

अंशु- ''कल तो साला गजब हो गया था, धूम मच गयी थी कॉलेज में। एकदम माइंड ब्लोइंग। क्या माल थी। पूरा कॉलेज उसके पीछे हो गया था।''

अर्नव- ''हां, एकदम पटाखा थी यार! और जानते हो, मजे की बात तो ये है कि वह सैम स्ट्रीम की है। कल उसने सभी क्लासेस अटैन की हमारे साथ।''

अभिषेक- ''तुम लोग ना, कभी नहीं सुधरोगे। कितनी सुशील थी वह, और तुम लोग अनाप-शनाप बोल रहे हो उसके बारे में। छी! शर्म करो जरा, वह भी तो किसी की बहन होगी।''

मंटु- ''ओए, उपदेशक महाराज! शांत रहो; रक्षा बंधन आ रहा हैं उससे राखी बँधवा लेना।''

तमाशा खत्म। वे लोग कॉलेज पहुँच गए। मानस के मन में भी क्यूरियोसिटी बढ़ रही थी। साले इतने एक्साइटेड थे वो लोग, तो बात कुछ उसमें खास तो होगी ही। उसने दो चार चुइंगम भी ले लिया था, स्टाइल मारने के लिए। पर सच तो ये है कि आज तक मुझे चुइंगम चबाने में कोई स्टाइल दिखा ही नहीं।

वे लोग बेसब्री से क्लास के बाहर वेट कर रहे थे। सुबह 9:30 से क्लास थी, 9:28 होते ही चार लड़कियों के झुंड के साथ पिंक सूट में उसकी एंट्री हुई। सारी क्लास मुड़ गई थी उसकी ओर। कमर तक लहराते लंबे काले घने बाल को वह झटककर आगे बढ़ गयी थी। उसके बदन से आती हुई परफ्यूम की सेंट से मानस का मन मदहोश होने लगा था। उसकी नज़र एकटक उसी को निहारने में बेहाल थी।

लड़की वही थी, जिसको लेकर उसके दिल में लड्डू फुटा था। मन में गुदगुदी हुई थी, चारों ओर हरियाली दिखी थी। उसे देखते ही एक गजब का अपनापन सा फिलिंग आता। सामने आते ही उसकी सिट्टी-पिट्टी गुम होने लगती। उसका मन मयूर बन बरसते सावन में झूमने लगता, धड़कन की गति तेज हो जाती, माथे से पसीने छूटने लगते। पता नहीं क्यों पर ऐसा ही होता। उसका लड्डू बना जा रहा था वह। हर दिन इसी फिराक में रहता कि एक बार आँखें लड़ जाँये। बातें करने की वह हिम्मत जुटा नहीं पाता था। कई बार हिम्मत जुटाकर वह सामने आया पर उससे नज़र टकराते ही उसकी हवा निकल जाती। टाँय-टाँय फुस्स हो जाता। उसकी व्हाट लग जाती।

वैसे मानस का ग्रुप अन्य ग्रुपों से कहीं ज्यादा मुँहफट था, वजह यही थी कि उसके ग्रुप में अभी तक कोई लड़की शामिल नहीं थी, बाकी के ग्रुपों में दो-चार लड़कियाँ शामिल जरूर थीं, इसीलिए उन्हें ब्रह्मचारी ग्रुप का दर्जा मिला था। मानस और उनके साथियों ने मिलकर अपनी ओर से क्लास की सभी लड़कियों की जीवन कुंडली बना रखी थी। उन लोगों ने नामकरण भी कुछ हट के किया था, ताकि लड़की क्या उसके बाप को भी इसे समझने के लिए रिसर्च करना पड़ता।

गोल्डन, पासपोर्ट, इंटरसिटी जैसे कई निकनेम दिए थे लड़कियों को। बस एक लड़की वही थी जिसके नाम के लिए काफी माथापच्ची होती रही। सभी अपने-अपने ढंग के नाम सुझाते रहे। एक-एक कर सब रिजेक्ट होता गया। मानस से सब चिढ़ चुके थे। किंतु, वह चाहता था कि उस लड़की का नाम कुछ हटके हो, कुछ अलग नाम उसे दिया जाए लेकिन, मानस का भी दिमाग का दरवाजा बंद हो चुका था। वह भी कुछ यूनिक सोच नहीं पा रहा था। सब कोई

अपना-अपना दिमाग खपा रहे थे।

अचानक अभिषेक चिल्लाया- ''तहलका डॉट कॉम?''

''यस!'

अर्नव, मंटु और अंशु ने एक ही स्वर में अपनी-अपनी सहमति की मुहर लगा दी थी इसपर। मानस को भी यह नाम जँच गया था इसीलिए उसने भी इसपर अपनी मुहर लगा दी।

सभी ने मिल कर अभिषेक को कंधे पर उठा लिया था।

अर्नव नें अभिषेक को घुड़की दी- ''साले इसे हम निकम्मा समझ बैठे थे लेकिन, है बड़ा काम का। जहाँ हमारा दिमाग बंद होता है, वहीं से इसका चालू होता है।''

मंटु- ''अब धीरे-धीरे साले लाइन पे आ रहा है। इसी तरह लगा रह, तरक्की करेगा।''

इसी तरह दिन गुजरते गए। धीरे-धीरे कॉलेज में मानस की भी अपनी एक इमेज बन चुकी थी। पढ़ने वालों की काउंट में नहीं था वह, बाकी सबमें अच्छा था। स्पोर्ट में वह काफी अच्छा था, कविताएँ भी अच्छी कर लेता था, एक्टिंग का तो उसे बचपन से ही शौक था, इसीलिए कॉलेज में होनेवाले नाटकों में भी वह बढ़-चढ़कर हिस्सा लेता था। यहाँ तक कि नाटक भी वह खुद ही लिखता था और उसपर वह एक्टिंग भी करता था। इन सबसे अलग और खास, जो उसकी सबसे पॉपुलर इमेज थी, वह था उसका लड़ाकू स्वभाव। अच्छे-अच्छों से वह भिड़ जाता था। कई बार लॉक अप में भी वह घंटों बिता चुका था किंतु, अबतक कोई मेजर केस के पेच में नहीं पड़ा था। आए दिन उसका लड़ना झगड़ना लगा रहता था। उसका हाथ कुछ जल्दी ही उठ जाता था। इसे उसकी कमजोरी या बहादुरी जो चाहें समझ लें। कई बार वह पीटता तो कई बार पिटाया भी था। एक बार तो वह इतना पिटाया था कि सप्ताह भर बेड से उठ भी नहीं पाया था।

उसकी लाइफ कुछ ऐसे ही बिंदास थी। न कोई लक्ष्य था और ना ही

कोई खास इरादा। पढ़ाई को वह इंज्वाय कर रहा था। शुरूआत में वह तहलका डॉट कॉम पर डोरे डालने के बारे में सोच रहा था लेकिन, वेलेंटाइन डे की इंसीडेंट से तो उसने अपना कान पकड़ लिया था कि लाइफ में चाहे कुँवारा ही क्यों न रह जाऊँ, लेकिन अब उसके बारे में सोचूँगा भी नहीं।

वेलेंटाइन डे के दिन मोहित, जो कि कॉलेज के सबसे स्मार्ट लड़कों में से एक था रोज़ देने गया था उसे। क्या हश्र किया था उसका, अपनी सेंडल उतारके उसे दौड़ा-दौड़ाकर मारा था। इसको लेकर कॉलेज भर में हंगामा हुआ था, सारी लड़कियाँ एकजुट हो गई थीं इस पर। मोहित को 15 दिनों के लिए क्लास से सस्पेंड भी कर दिया गया था। सबके सामने कान पकड़कर उसे सॉरी भी बोलना पड़ा था। बेचारा था वह सीधा-सादा, किसी के बहकावे में आकर ही उसने ऐसा किया था किंतु, उसे लेनी की देनी पड़ गई थी। शर्म के मारे वह दोबारा फिर कॉलेज नहीं आ पाया। बाद में उसने वहाँ से सीएलसी ले लिया था। यही होता है शरीफ़ लड़कों के साथ। उसके साथ नाक जुड़ी होती है, थोड़ी सी बेइज्ज़ती हुई कि सुसाइड पर उतर आते है और साले उन लफंगों को देखो, जो रात दिन लड़कियों के लात घूँसे खाते, फिर भी मजे से रहते हैं, गली कूचों में लड़कियों पर सीटियाँ बजाते फिरते हैं।

अब साल भर इसी तरह बीत गया था। कुछ दोस्तों के साथ मिलकर कहीं पिकनिक पर जाने का उन लोगों की प्लान बनी। तीन ग्रुप इसमें और शामिल हुए थे। जाने से एक दिन पहले पता चला कि पिकनिक के लिए तहलका ग्रुप ने भी ज्वाइन कर लिया है। वैसे तहलका ग्रुप में चार लड़कियाँ थीं-तहलका डॉट कॉम उर्फ ऋचा, श्वेता, मधु और महिमा। इन सबका अपना केवल लड़कियों का ग्रुप था। कॉलेज में एकमात्र लड़कियों का ग्रुप, यही वजह थी कि सब लड़के इस ग्रुप में अपनी एंट्री पाने के लिए लालायित रहते थे लेकिन, इस ग्रुप में थी सभी लड़कियाँ अपने किस्म की। किसी लड़के को भाव ही नहीं देती थीं, ग्रुप में एंट्री देना तो दूर की बात थी।

अगले दिन सभी पूरी तैयारी के साथ पिकनिक स्पॉट पहुँच गए थे। दिनभर खेल कूद, मौज़ मस्ती हुई। वहाँ कई ऐसी एक्टीविटीज हुई जिसमें सभी ने मिलकर भाग लिया था। उन लोगों ने साथ-साथ खेला कूदा और खाया पिया

भी। वहाँ मानस को कई बार ऋचा से बातें करने का भी अवसर मिला। उसे करीब से देखने, जानने और समझने का भी मौका मिला। अब ऋचा के साथ उसकी हेजिटेशन भी दूर हो गई थी। आज पहली बार उसे ऋचा की आँखों में आँखें डालकर उससे बातें करने की हिम्मत हुई थी।

ऋचा ने उसे अपने पास बुलाया और कहा- ''मानस! इधर सुनो।''

वह उसके पास पहुँचा तो ऋचा बोली- ''एक बात पूछूं?''

''हां पूछो।''

''तुम इतने नॉटी क्यों हो?''

''मतलब?''

''सबकुछ ठीक है तुम्हारे साथ, लेकिन तुम इतने लड़ते-झगड़ते क्यों हो?''

''बस ऐसे ही, मुझे गुस्सा थोड़ा जल्दी आ जाता है।''

''तो अपना गुस्सा कंट्रोल करने की कोशिश करो। तुम्हारे गुस्से की वजह से तुम्हारे पेरेंट्स को भी तो परेशानी होती होगी?''

''ठीक है कोशिश करूँगा।''

''प्रॉमिस?''

''हां।''

बड़ी मासूमियत से उसने जवाब दिया था।

शाम को जब वह घर लौटा तो सब कुछ बदला-बदला-सा फील हो रहा था। रात को उसे नींद नहीं आ रही थी। ऋचा के एक सवाल-तुम इतने नॉटी क्यों हो? ने उसके मन में अनगिनत सवालों की झाड़ियाँ उगा दी थी, आखिर उसने मुझसे ऐसा पूछा क्यों? उसने मुझे ही क्यों बुलाया था? मेरे लड़ने-झगड़ने से उसे क्या मतलब? मेरे पेरेंट्स की फ़िक्र उसे क्यों थी? क्या वह मुझसे कहीं.................? नहीं, नहीं ऐसा नहीं हो सकता है, पर........... रातभर

इन्हीं सवालों की झाड़ियों में उलझकर वह रह गया। अपने मुताबिक वह इस सवाल में छिपे हुए सच को जानने का प्रयास करता रहा। इसी प्रश्न के जरिये उसके दिल के हर एक कोने में वह बड़ी सजगता के साथ मुआयना कर रहा था।

अगली सुबह वह देर तक सोया रहा। अब महीने भर उसे कॉलेज तो जाना था नहीं, क्योंकि समर वेकेशन हो चुका था। इस दौरान वह कई जगह घूमने गया, नाते रिश्तेदारों के यहाँ भी गया। साल भर में समर वेकेशन में ही तो रिश्तेदारों के यहाँ जाने को मिलता है। महीने भर में वह पूरी तरह से रिफ्रेश हो गया था।

अगले दिन से क्लास स्टार्ट थी। वह अब काफी सुधर चुका था। लड़ाई-झगड़ा भी उसने कम कर दिया था लेकिन, एकदम से छोड़ नहीं पाया था। इसके लिए प्रयास जारी था। माँ-बाप कह कहकर थक चुके थे लेकिन, उसका ज्यादा प्रभाव नहीं पड़ा था, किंतु, ऋचा की एक जुबान ने पता नहीं, उसे क्यों खुद को बदलने के लिए मज़बूर कर दिया था।

कॉलेज केम्पस में मिलते ही ऋचा ने चहकते हुए पूछा- ‘‘कैसी बीती तुम्हारी छुट्टियाँ?’’

‘‘बहुत अच्छी, और तुम्हारी?’’-मानस ने मुस्कराते हुए कहा।

‘‘एकदम मस्त, खूब एंजॉय किया।’’-हथेलियों से चुटकी बजाते हुए दोनों हाथ हवा में लहराकर ऋचा बोली।

दोनों के बीच बातचीत का सिलसिला जारी रहा। कभी नज़रों से तो कभी इशारों से बातचीत का दौर चलता रहा। मानस के व्यवहार में धीरे-धीरे काफी परिवर्तन आ गया था। दिनभर लफुआगिरि करने वाला लफंगा काफी सुधर गया था। लड़ाई-झगड़े सब पीछे छूट गए थे। मन को अब एक मनमीत मिल गया था। उसी की यादों में उसका अधिकांश समय गुजरने लगा था। हर वो चीज अब उसके साथ होने लगी थी जो प्यार में पड़ने वालों के साथ होती है।

उसकी कल्पनाएँ अब हकीकत में बदल रही थीं। उसने जैसा सोचा था कुछ वैसा ही हो रहा था। उसे भी अब फख्र से गर्लफ्रेंड कहने के लिए एक

लड़की मिल गई थी। दोस्त लोग पीछे छूट गए थे। कॉलेज में अधिकांश फ्री टाइम अब ऋचा के साथ बीतने लगा था। केंटिन, लाईब्रेरी, पार्क सभी जगह मानस और ऋचा साथ-साथ होते। कुछ लड़कों ने शुरूआत में अड़ंगा बनने का प्रयास किया लेकिन, मानस ने उनकी ऐसी की तैसी कर दी थी। अब ऋचा को भी उसके साथ होने में कोई प्रॉब्लॉम नहीं होती। वे दोनों पार्क में बैठकर ढेर सारी बातें करते। कुछ पढ़ाई लिखाई, कुछ प्यार मोहब्बत तो कुछ देश दुनियाँ की बातें होतीं। धीरे-धीरे मानस ने नोटिस किया कि ऋचा के व्यवहार में काफी परिवर्तन आ गया है। पहले वह सिर्फ एक दोस्त की तरह पेश आती थी पर अब वह उसपर अधिकार जताने लगी थी।

एक दिन ऋचा ने अपने परिवार के बारे में सारी बातें मानस को बताई थी। उसके पिताजी एडवोक्रेट थे और माँ टीचर। मूल रूप से वे लोग भागलपुर के रहनेवाले थे लेकिन अब जामताड़ा में परमानेंटली सेटल हो गए थे। उसका एक भाई था जो जमशेदपुर से इंजीनियरिंग कर रहा था। दादा-दादी भागलपुर में ही रहते थे। आगे उसने बताया कि घर पर उसकी शादी की बात चल रही थी। कई लड़के लिस्ट में थे, जिनमें से किसी एक से उसकी शादी होना तय था। बस उसके घरवाले फाइनल एक्जाम हो जाने की प्रतीक्षा में थे।

ऋचा वैसे बहुत ज़्यादा मॉडर्न किस्म की लड़की नहीं थी किंतु, पुराने ख़यालात की भी नहीं थी वह। वेस्टर्न कल्चर की भले ही वह सपोर्टर नहीं थी लेकिन, पुरानी रुढ़िवादिता को भी वह आँख बंदकर स्वीकार नहीं करती थी। वह अपने मन का ही करती थी पर, अपने सामाजिक संस्कारों के दायरे में रहकर। ऋचा की सोच; उसके सिद्धांतों से मानस काफी प्रभावित था। वह कई मायने में मानस से भी कहीं ज़्यादा मैच्योर थी।

उस दिन शाम को ऋचा ने ही मानस को अपने घर पर बुलाया था। उस दिन ऋचा के घर पर कोई नहीं था। उनके पेरेंट्स भागलपुर गए हुए थे। वहाँ पहुँचकर मानस काफी घबराया हुआ था। उसे इस बात का डर था कि अगर कहीं उसके घरवालों को इसकी भनक लग गयी तो उसकी खैर नहीं। उसे सोफे पर बिठाकर ऋचा फ्रीज से कुछ निकालने चली गयी। मानस सहमा हुआ था। ऋचा ने उसकी मनोदशा भाँप ली थी। कोल्ड ड्रिंक का ग्लास उसे थमाते हुए वह बड़ी

कांफिडेंटली बोली- ''डरो मत, कुछ नहीं करूँगी मैं और न ही कुछ करने दूँगी।''

उसकी बातों से मानस का आत्मविश्वास थोड़ा बढ़ा और वह नॉर्मल होने का प्रयास करने लगा।

फिर उन दोनों ने मिलकर साथ में डिनर किया। दोनों के बीच बातचीत का सिलसिला जारी था। पता नहीं लेकिन, ऋचा आज लगातार बोले जा रही थी। आज वह मानस के सामने खुली हुई किताब की तरह खुल गई थी। उसके सामने अपने दिल के हर कोने को खोलकर रख दिया था। मानस ने उसके दिल में झाँककर देखा। आज उसके दिल में अपनी छवि को वह स्पष्ट रूप से देख पा रहा था; जिसे खोजने का अबतक वह प्रयास करता आ रहा था। आज वह बहुत खुश था।

काफी देर हो गई थी। मानस को अब घर वापस जाना था। उसने जाने की इच्छा जताई और वह खड़ा हुआ। लेकिन, ऋचा ने अपनी कातिल नज़रे मानस की नज़रों में टिका दी थी। उसकी आँखों के जादू को मानस अपने सीने में महसूस करने लगा था। उसके अंदर कुछ खलबली-सी मचने लगी थी। धड़कन तेज हो गयी थी। साँसों की गरमी और बढ़ गई थी। अंदर एक अद्भुत-सी बैचेनी महसूस हो रही थी। ऐसी फीलिंग उसे पहली बार हो रही थी। ऋचा ने अपने हाथों से उनकी दोनों हथेलियों को थाम लिया। ऋचा के हाथों का स्पर्श पाते ही उसके पूरे बदन में एक सिहरन उत्पन्न हो गयी थी। अब वह खुद को रोक नहीं सका। ऋचा को उसने अपनी बाँहों में भर लिया। ऋचा ने भी कोई विरोध नहीं जताया। कुछ ही क्षणों में ऋचा के ऊष्ण एवं भीगे होठ मानस के होठों पर थे। उसके कोमल मखमली दबाव मानस की रगों में मादकता घोल रहा था। उसके सीने के उभारों की गर्माहट मानस अपने सीने में महसूस कर रहा था। अनायास ही उसके हाथ ऋचा के उभारों तक पहुँच गये थे। उसकी अंगुलियाँ अपना करतब दिखाने लगी थीं। ऋचा की बाहों की जकड़न और कसती जा रही थी। कुछ क्षणों तक वे दोनों अपना-अपना अस्तित्व भूल चुके थे। मानस का हाथ धीरे-धीरे ऋचा की कमर तक पहुँच गया था। अचानक ऋचा ने मानस का हाथ पकड़ लिया। उसे आगे बढ़ने से रोक लिया और खुद को एक ही झटके में उससे अलग कर

लिया था।

ऋचा ने बड़े फिलॉस्फिकल अंदाज में कहा- ''मानस! सबकी अपनी कुछ सीमाएँ होती हैं, जिसे हम वक्त से पहले लाँघ नहीं सकते। या फ़िर मैं उसे लाँघना नहीं चाहती हूँ। मुझे अपने दायरे में ही रहना पसंद है। हमें पता है कि इससे और आगे बढ़ना हमारे लिए उचित नहीं होगा। मैं तुम्हें बहुत प्यार करती हूँ। जी-जान से चाहती हूँ। तुम्हारे साथ सारी जिन्दगी बिताना चाहती हूँ। लेकिन.................।'' आगे और वह कुछ नहीं बोल सकी और फफककर रो पड़ी। उसकी आँखों से बस आँसू गिर रहे थे।

मानस को समझ नहीं आ रहा था क्या करे। ऋचा के आँसू उसने पोंछ दिए और उसे दिलासा देते हुए कहा- ''ऋचा! मैं भी तुम्हें बहुत प्यार करता हूँ। तुम्हें हासिल करने के लिए मैं कुछ भी कर सकता हूँ। कल मैं तुम्हारे घरवालों से बात करूँगा।''

''नहीं मानस! तुम ऐसा नहीं करोगे। मेरे पापा इसके लिए कतई तैयार नहीं होंगे।''

''क्यों? क्यों तैयार नहीं होंगे पापा? मैं तुम्हें बहुत खुश रखूँगा। मुझसे ज्यादा तुम्हें और कोई प्यार नहीं कर सकता है।''

''ये सब मैं जानती हूँ मानस! लेकिन पापा मेरी शादी एक बड़े घराने में करना चाहते है। उनकी इच्छा है कि मैं महलों की रानी बनकर जीऊं।''

दोनों के बीच कुछ देर तक चुप्पी छायी रही। मानस एक साधारण व्यवसायी परिवार से था। वह ऋचा को महलों की रानी तो नहीं लेकिन, अपने दिल की रानी जरूर बनाकर रख सकता था। मानस को चिंतित देखकर ऋचा बोली- ''देखो! एक उपाय है। मेरे घरवाले ऐसे तो मानेंगे नहीं लेकिन, अगर तुम कहीं जॉब कर लो तो मैं तुम्हारे साथ रिस्क लेने को तैयार हूँ। हमारे पास इसके लिए वक्त भी ज्यादा नहीं है। मैं बस साल भर ही इसके लिए वेट कर सकती हूँ।''

''ठीक है मैं सालभर में ज़ॉब लेकर रहूँगा। आई प्रॉमिस यू।''-मानस

के मुझाए हुए चेहरे पर उम्मीद की एक किरण दौड़ गयी।

एकबार फिर ऋचा ने मानस के गालों को चूम लिया था। मानस ने भी उसके सर को चूमा और वहाँ से चल दिया।

अब पूरी तरह मानस की लाइफ बदल चुकी थी। उसे लक्ष्य मिल गया था। जीने का एक खास मकसद मिल गया था। उस रात भी उसे नींद नहीं आई थी। अब उसके दिल पर छाए संशय के बादल छँट गये थे। दिल का आसमान साफ़ हो चुका था। ऋचा दिल से उसकी हो चुकी थी और वह ऋचा का हो चुका था। अब उसके सामने जीवन की असली लड़ाई थी, जिसमें हार या जीत उसके जीवन की दिशा को बदल सकता था। रात भर वह सोचता रहा। इस बार उसकी सोच का केन्द्रबिन्दु ऋचा नहीं, बल्कि नौकरी थी। ऋचा अब उसकी हो चुकी थी किंतु, नौकरी वह जरिया थी जिसके माध्यम से वह ऋचा तक पहुँच सकता था।

यह कॉलेज का फाइनल इयर था। एग्जाम में दो महीने बाकी रह गए थे। कॉलेज जाना लगभग बंद हो गया था। एग्जाम की तैयारी ज़ोर-शोर से चल रही थी। मानस के लिए सब कुछ बदल गया था। उसके जीने के तौर-तरीके बदल गए थे। देर से सोकर उठने वाला लड़का अब चार बजे भोर में उठकर पढ़ने लगा था। दिन भर बाहर भटकने वाला अब एक कमरे में कैद होकर रह गया था। किताबों से सदा दूर भागने वाला अब बुकवार्म बन चुका था। पढ़ाई का ऐसा भूत उस पर सवार हुआ कि सारी बीमारी एक ही साथ दूर हो गई थी।

एग्जाम से निपटते ही उसने अपना बिस्तर बाँधा और चल दिया पटना की ओर, जिसे पढ़ाकुओं का गढ़ माना जाता है। उसने धुआँधार तैयारी शुरू कर दी थी। पढ़ाई के इतर अन्य सभी बातों को उसने साल भर के लिए विराम दे दिया था। न ही उसने अपने यार दोस्तों को कभी कॉल की और न ही ऋचा को। हां, ऋचा की यादें हर वक्त उसके सीने में ऊधम जरूर मचाती रहती थीं। कभी-कभी वह अपनी माँ से बातें जरूर कर लेता था, क्योंकि माँ माँ होती है, जिसकी तुलना हम किसी और से नहीं कर सकते हैं। उसकी माँ को भी वही चिंता लगी रहती, जो लगभग हर भारतीय माँओं को रहती है। बेटा, खाना ठीक से खाना, ठीक से रहना, ज्यादा बाहर घूमना मत, मन लगाकर पढ़ना जैसी अनगिनत चिंताएँ, जिनका निदान मुझे नहीं लगता कि कोई लाइफ टाइम में भी कर पाया हो।

सालभर बाद अचानक किसी अननोन नंबर से मानस के मोबाइल पर कॉल आयी। उधर से किसी जेंट्स की आवाज थी- ''हेलो!'

मानस ने भी रिप्लाई किया- ''जी, हेलो कौन?''

उधर से फिर आवाज़ आई- ''मानस?''

''हां बोलिए, मैं मानस हूँ।''

फिर तो उधर से गालियों की बरसात होने लगी थी- ''साले कमीने! कुत्ते! तू अब तक जिन्दा है! मुझे लगा था तू कहीं जाकर मर गया है साले! तुझ जैसे बेरहम.... साले अगले जनम में तू जरूर नाली का कीड़ा बनेगा। सालभर बीत गया एक बार भी याद करने की तुझे फुरसत नहीं मिली?'''

मानस ने उस आवाज़ को पहचान लिया था। वह उसका दोस्त अर्नव था। उसे भी पछतावा हो रहा था कि सालभर उसने अपने सभी साथियों को भुला दिया था और उनसे कोई सम्पर्क नहीं किया था। अर्नव का नाराज़ होना तो स्वाभाविक था।

अपनी तरफ़ से उसने माँफी माँगते हुए कहा- ''सॉरी यार! गलती हो गयी; तुझे कॉल नहीं कर सका।''

अर्नव ने कहा- ''साले! आजकल तू बड़ा तमीजवाला बन गया है; गलती करके सॉरी बोलता है। भाड़ में गई तेरी सॉरी।''

मानस- ''नहीं यार! तुम जानते हो............,'' बीच में ही मानस की बात काटकर अर्नव फिर शुरू हो गया- ''देख, यहाँ तेरी बकचोदी सुनने के लिए मैंने तुझे कॉल नहीं किया है। साले! हम दोस्त हैं, कमीने हैं इसीलिए तू हमें भुला सकता है लेकिन, तूने उसको कैसे भुला दिया?''

''किसको?''

''वही तेरी मीराबाई ऋचा को। सालभर बेचारी तेरे नाम की माला जपती रही और अब ....!'-बोलते हुए वह थोड़ा रूक गया था।

''और अब.... अब क्या हुआ उसको?'' घबराते हुए मानस ने पूछा।

उसकी धड़कन तेज हो गई थी। कुछ अनहोनी की आशंका से वह पूरी तरह घबरा गया था। एक पल भी झेलना उसके लिए मुश्किल हो रहा था। कुछ देर तक कोई जवाब नहीं मिला तो वह अर्नव पर भड़क उठा- ''तू कुछ बोलता क्यों नहीं साले? क्या हुआ उसे? सब ठीक है तो?''

अर्नव ने उतरे हुए मन से कहा- ''हां सब ठीक है किंतु, कल उसकी शादी है।''

''क्या?''-मानस का मुँह खुला का खुला रह गया था।

''हां, कल वह मेरे पास आई थी। रो-रोकर बुरा हाल था उसका। उसके मामा ने लखीसराय में उसकी शादी तय कर दी है। लड़का उसे पसंद नहीं है। वह दबंग टाईप का है। उसपर कई रेप केस चल रहे हैं। उसके पिताजी रिप्युटेड पोलिटिशियन हैं और अपने इलाके में उनका खूब दबदबा है। दहेज की भी उन लोगों ने कोई माँग नहीं रखी है इसीलिए एडवोकेट साहब भी मान गए हैं किंतु, ऋचा की माँ तैयार नहीं है, पर साले, औरतों का सुनता कौन है?''

उसने आगे बोलना जारी रखा- ''साले! तुम जानते हो, देवता मानती है वह तुझे। उसने सबकुछ मुझे बता दिया है। साले! तूने प्रॉमिस किया था उससे। वह तेरे लिए सालभर रुकी। उसे पूरा भरोसा था कि तू अपना वादा जरूर पूरा करेगा लेकिन तूने उसके साथ चीटिंग किया है, उसका भरोसा तोड़ा है। न ही तूने उससे कभी बात की और न ही उसकी कोई खोज खबर ली। लाइफ में तू बहुत पछताएगा, देख लेना; इतना प्यार करने वाली लड़की तुझे दोबारा नहीं मिलेगी। तुझे खबर दे देने के लिए कल उसी ने आकर मुझसे कहा था, वर्ना तुझ जैसे सेल्फिश की तो ऐसी की तैसी हो।''

मानस को सारा माजरा समझ में आ गया था। वह इसी मुगालते में रहा कि ऋचा को वह सरप्राइज देगा। सीधे वह ऋचा के घरवालों से उसका हाथ मागने जाएगा। उसका सेलेक्शन एसएससी में इनकम टैक्स इंस्पेक्टर के रूप में हो गया था और कोलकाता में पोस्टिंग मिली थी। कल ही उसकी ज्वाइनिंग था। क्या विडम्बना है? कैसा संयोग है? जिसको हासिल करने के लिए उसने दिन रात एक कर नौकरी ली थी अब वही उससे छिन रही थी। मानस की दुविधा बढ़

गई। उसे समझ नहीं आ रहा था कि क्या करे। अब ज्यादा सोचने-समझने का वक्त भी उसके पास नहीं था। जो भी करना था शीघ्र करना था।

अचानक उसके दिमाग में कुछ आइडिया सूझा। उसने अर्नव को फोन मिलाया और गिड़गिड़ाते हुए उससे गुहार लगाई- ''यार! जितना भी गरियाना हो बाद में गरिया लेना। लात-घूँसे जो भी चाहो मार लेना लेकिन, अभी मेरे लिए एक काम कर दो प्लीज।''

''क्या?''

''कल उसे पाँच बजे शाम को थाना मोड़ आने के लिए कह देना, मैं वहीं थाने में उसे कल लेने आऊँगा।''

अर्नव भड़क गया था- ''साले! तेरा दिमाग खराब तो नहीं हो गया है। कल उसकी शादी है और तू उसे थाने में लेने आएगा?''

मानस ने उसे दिलासा देते हुए कहा- ''तू टेंशन मत ले। मैं सब सम्भाल लूँगा।''

अर्नव- ''तू क्या सम्भाल लेगा? तेरे बाप का राज चलता है क्या? साले, गोली से उड़ा देगें वे लोग तुझे। बिहार के पॉलिटिशियन हैं ज़रा सोच-समझकर ही कोई कदम उठाना।''

उससे कोई बात बनने वाली नहीं थी। उसे समझाना बेकार था इसीलिए मानस ने अगला दाँव खेला- ''क्या तू मुझे किसी तरह ऋचा से बात करवा सकता है?''

''क्यों?''

''अब सवाल मत करो प्लीज।''

उसने पल भर के लिए कुछ सोचा और फिर कहा- ''ठीक है उसका नम्बर कहीं से देता हूँ।''

पाँच मिनट बाद उसके मोबाइल पर एक मैसेज आया। उसमें केवल 10 डिजीट का नम्बर था, आगे-पीछे कुछ लिखा हुआ नहीं था। मानस के दिल

की धड़कन तेज हो गई थी। उसने काँपते हाथों से उस नम्बर को डायल किया। रिंग होने लगी।

कॉल रिसीव करते ही उधर से आवाज आई- ''हेलो!'' वही जानी-पहचानी-सी आवाज़। कानों से होकर दिल में पहुँचते ही मानस का रोम-रोम तृप्त हो गया था। उसे अनुपम सुकून का अहसास हुआ। उससे रहा नहीं गया। आँखों में आँसू उमड़ आए। काँपते अधरों से वह बस इतना ही बोल पाया- ''रि...रि..रि.ऋचा!''

''मानस!''

फिर उन दोनों की आवाज़ें जवाब दे गईं। होठों से शब्द नहीं फूट रहे थे। केवल फोन पर दोनों ओर से सिसकियाँ उभर रही थीं। दोनों को एक-दूसरे के रोने की आवाज़ ही सुनाई पड़ रही थी। मानस ने परिस्थिति को भाँपते हुए खुद को मजबूत किया और उसे संक्षेप में सारी दास्तां बता दी। झटपट उसने अपनी सारी प्लानिंग उसे समझा दी थी। कल कैसे क्या करना था। मानस की योजना सुनते ही वह खिल उठी थी। ऐसा लग रहा था मानो सूरज की तपती आग में झुलसते फसलों पर बारिश की बौछार पड़ गई हो। जैसे डूबते हुए को किनारा मिल गया हो।

क्षण भर बाद ऋचा बोली- ''घर में बहुत सारे गेस्ट आए हुए हैं, अब मैं ज्यादा बात नहीं कर पाऊँगी। कल शाम पाँच बजे थाने में इंतजार करूँगी, तेरी दुल्हन बनकर। 'तेरी दुल्हन बनकर' शब्द पर ज़ोर देती हुई वह बोली और कॉल डिस्कनेक्ट कर दी।

मानस ने अब बहुत हद तक परिस्थिति को अपने नियंत्रण में कर लिया था। उसने अपने सारे सामान की पैकिंग की और कोलकाता जाने वाली ट्रेन पकड़ ली। अगले दिन सुबह वह हावड़ा स्टेशन पहुँचा। वहीं पर वह फ्रेश हो लिया। ज्वाइनिंग लेटर के मुताबिक 10 बजे तक वह वेन्यू कार्यालय पहुँच गया। वहाँ ज्वाइनिंग की सारी फॉर्मलिटिज पूरी कर 1 बजे उसने अपने घर के लिए ट्रेन पकड़ ली। रास्ते में ही उसने अपने सभी दोस्तों को फोन कर समय पर पहुँचने का निर्देश दे दिया था।

शाम ठीक 4.45 बजे वह अपने शहर पहुँच गया था। रेलवे स्टेशन से उसने टैक्सी ले ली और सीधे पुलिस थाने पहुँच गया। वहाँ पहुँचते ही उसकी धड़कन तेज हो गई थी। साँसे फुलने लगी थी। अंदर डर और उल्लास मिश्रित अद्भुत-सी फीलिंग उसे हो रही थी। लगभग दौड़ते हुए वह थाने के अंदर दाखिल हुआ। वहाँ का नजारा देखकर उसका तन और मन ठहर-सा गया था। दुल्हन के रूप में सजी ऋचा अपनी सहेलियों से घिरी हुई अद्भुत लग रही थी। मानस पर उसकी नज़र पड़ते ही वह शरमाती हुई खड़ी हो गई थी। मानस कुछ बोलता उससे पहले ही उसके मोबाइल की घंटी बजी। अर्नव का कॉल था। उसने रिसीव किया- ''हेलो! अर्नव!'

''हां बे! तू कहाँ तक पहुँचा है?''

''थाने में पहुँच गया हूँ।''

अर्नव ने कहा- ''अच्छा ठीक है लेकिन, ऋचा के घरवालों को पता चल गया है। वकील साहब कुछ लोगों को लेकर थाने के लिए निकल गए हैं। वहाँ तू जरा सावधान रहना। हमलोग भी पीछे से पहुँच रहे हैं तुम्हारे घरवालों को लेकर।''

इतना कहकर अर्नव ने कॉल डिस्कनेक्ट कर दी। तब तक मानस और ऋचा ने भी अपनी लव स्टोरी थानेदार साहब को बता दी थी। थानेदार साहब ने उन्हें दिलासा देते हुए कहा- ''बेटे! तुम लोग घबराओ मत। हम पुलिस प्रशासन तुम्हारे साथ हैं। तुम दोनों को अब कोई भी जुदा नहीं कर सकता है।''

अब क्या था, मानस की स्थिति बलि के लिए खूँटे में सर डाले हुए बकरे की सी हो गई थी। अब उसके हाथ में कुछ नहीं था। जो होना था सो तो होना ही था। वह इंतज़ार कर रहा था अगले पल का। उसके मन से डर भी जाता रहा। अगली चुनौतियों का सामना करने के लिए उसने दिल को मजबूत कर लिया था। थानेदार साहब ने भी हिम्मत दी थी। अपने घरवालों से तो उसे डर नहीं था, क्योंकि उनकी रजामंदी उसे मिल चुकी थी। परेशानी थी तो बस ऋचा के बाप से। उनकी माँ ने अपनी रजामंदी दे दी थी और ऋचा को थाने तक पहुँचाने का सारा इंतजाम भी उसकी माँ ने ही किया था।

कुछ ही देर में ऋचा के घरवाले वहाँ पहुँच गए थे। उसी समय मानस के घरवाले भी वहाँ पहुँच गए। वहाँ मानस के दोस्त भी थे और दुश्मन भी थे। पहले तो खूब हंगामा हुआ। मारने काटने की धमकियाँ दोनों ओर से मिली। धीरे-धीरे भीड़ भारी हो गई थी। थानेदार साहब ने अतिरिक्त पुलिस बल भी मंगा लिए गए थे। वहाँ की स्थिति को देखकर प्रशासन ने जरा सख्ती दिखाई और फिर भीड़ पर काबू पा लिया। इसके बाद बातचीत का दौर शुरू हुआ। पहले वहाँ खूब माथापच्ची हुई। एक-दूसरे पक्ष पर आरोप-प्रत्यारोप लगाए जा रहे थे। अंत में थानेदार साहब की अगुआई में समझौता हुआ। तुरंत पंडित बुलाए गए। थाना परिसर में ही उन दोनों की शादी सम्पन्न करा दी गई। सभी के आशीर्वचन के साथ मानस और ऋचा सदा के लिए एक हो गए।

अर्नव ने आकर मानस के कंधे पर एक चपत लगाई और कहा- "साले तू तो बड़े दिलवाले निकला।'' और उनदोनों के साथ खड़े होकर तुरंत एक सेल्फी ले ली।''

पाखण्डी समाज

साँझ का समय था। किसनलाल अपने बैलों को चारा खिलाने में मगन था। मंद-मंद पुरवा चल रही थी। कुछ पल के लिए वह ठिठक गया और कमर सीधी करते हुए नथुने फुलाकर इधर-उधर सर घुमाते हुए कुछ पयान करने लगा। जोर-जोर से साँसें ले रहा था, सीआईडी कुत्ते की तरह जैसे, किसी चीज का सुराग खोज रहा हो। हाँ, वह सुराग ही खोज रहा था। बासमती चावल की खीर की सुगंध का सुराग। खीर की सुगंध आ कहाँ से रही थी इसका अंदाजा लगाने का वह भरसक प्रयास कर रहा था। बसमतिया खीर का वह बड़ा रसिक था। कान के साथ-साथ उसकी नाक भी खूब तेज़ थी। सही पयान आखिरकार उसने कर ही लिया। यह खुशबू उसके घर की रसोई से ही आ रही थी। वह बड़ा गदगद हुआ। उससे रहा नहीं गया, ज़ोर से हाँक लगाई- ''बबुआ की माई! का बन रहा है? आज तो पूरा घर गमगमा रहा है।''

बबुआ की माँ रसोई घर से ही बोली- ''सोची, बहुत दिनों से कुछ भल-

मंद नहीं हुआ है इसीलिए आज बसमतिया खीर बना दे रही हूँ। खीर खाए भी बहुत दिन गुज़र गए हैं।''

''आज लगता है सूरज पच्छिम से उगा था का जो तुम्हें बसमतिया खीर की याद अचानक आई।''-किसनलाल ने कुछ छेड़ने के अंदाज में व्यंग्य तीर चलाया।

''हुँह! पेटमधवा कहीं के। कितनों खिलाओ सबूर नहीं।''-बबुआ की माँ तुनक कर मुँह टेढ़ा करते हुए बोली।

''काहे बबुआ की माँ, एतना जल्दी रूठ काहे जाती हैं? हम तो यूँ ही मजाक कर रहे थे। पर, आप तो सीधे दिल पे लगा लेती हैं।''

''अब हमारी मजाक करने की उमर रही का? आप तो जितना बेसार हो रहे हैं उतना ही ज्यादा रँगीले होते जा रहे हैं; जरा उमर का भी लिहाज रखिए।''

दोनों के बीच बातचीत का सिलसिला जारी था। अँधेरा अपने आगोश में सब कुछ समेटता जा रहा था। झींगुरों का स्वर तीव्र हो गया। मौसम अपना रुख बदल रहा था। आसमान में इक्का-दुक्का बादलों के टुकड़े भटकते हुए चले आए थे। दो-चार तारे भी टिमटिमाने के लिए उतावले हो रहे थे। गाँव के बच्चे भी खेलकूद कर वापस अपने-अपने घरों में जा रहे थे। शोरगुल कम हो गया था। शांति का डेरा पड़ने लगा था। किसनलाल अपने बैलों को खिला पिलाकर गोहाल में बाँध आया।

रसोई से बबुआ की माँ बोली- ''सुने! बिहान बबुआ का फोन आया था। बोल रहा था अपने साथियों के संग बंबई जाएगा। मैंने साफ मना कर दिया। कह दिया घर आकर हम लोगों से एक बार मिल लेवे। अब कितना पढ़ेगा लिखेगा? ईए बीए पास हो गया। अब सयान भी तो हो गया है। बियाह शादी कर अब अपना घर गिरस्ती सँभाले। साल भर की खोराक तो अपनी खेती से आ ही जाती है। कहाँ देश-दुनिया पेट खातिर भटकता फिरेगा? ठीक कहती हूँ ना? आप क्या कहते हो?''

''हां.... हां.... काहे नहीं। अब हम लोगों का भी तो हाड़-मास कमज़ोर

होने लगा है। वही तो हमारे लिए एक सहारा है। घर आते ही हम उसे समझा देंगे। अब बंबई-उंबई कहीं ना जाएगा। एक बढ़िया खानदानी लड़की देख उसका बियाह करा देंगे। अपना दायित्व निपट जाएगा।''-पत्नी की बातों में रजामंदी जताते हुए किसनलाल ने अपना निर्णय सुना दिया।

किसनलाल एक साधारण किसान था। आठ दस बीघे खेत का मालिक, एक छोटा-सा सदानीर पोखरा। घर-बार भी कमज़ोर नहीं था। लकड़ी का बना मजबूत दो चरचल्ला मकान था। दो हर धुर था और दो दुधारू गायें जिनकी सेवा में वह रात दिन लगा रहता था। अगर आज के संदर्भ में देखा जाए तो उन पशुओं से किसनलाल को जितना लाभ होता था उससे कहीं ज्यादा उसे हानि उठानी पड़ती थी। बैलों से तो बस खेती के समय ही काम लिया जाता था और सालभर बैठे बिठाए खिलाना पिलाना पड़ता था। साथ ही, बच्चों की तरह देखरेख भी करना पड़ता था। गाय से सालभर में जितना दूध मिलता उससे कहीं ज्यादा उसके चारे में खर्च हो जाता था। फिर एक साल तो मुफ़्त में बैठे बिठाए खिलाना पड़ता था। ऐसा इकोनॉमिकल कैल्कुलेशन उसने कभी किया ही नहीं था या फिर वह करना ही नहीं चाहता था। निःस्वार्थ भाव से पूरे आनंद के साथ वह गोसेवा में लगा रहता था। लेकिन, अब दौर कितना बदल गया है। लोग पढ़-लिख ज्यादा गए हैं, पर उनका दिल छोटा होता जा रहा है, और आज का आलम तो ये है कि लोग अपने माता-पिता की सेवा-सुश्रुषा में भी इकोनॉमिकल कैलकुलेशन करने लगे हैं। वाह! डेवलपमेंट की कैसी पश्चिमी बयार चली, जिसने नैतिकता के मूल को ही झकझोर डाला। पशुओं की सेवा तो दूर की बात; लोग अपने माता-पिता की सेवा से भी कतराने लगे हैं।

बबुआ किसनलाल की एकमात्र संतान था, जो शहर में रहकर पढ़ाई कर रहा था। किसनलाल की पत्नी रत्नावली ज्यादा पढ़ी-लिखी नहीं थी पर, थी सांसारिक सुझबूझ की मालकिन। जिन मामलों में किसनलाल भी पछाड़ खा जाता वह उसे बड़ी चतुराई से सलटा देती थी। उसी की इच्छा से बबुआ को पढ़ने-लिखने शहर भेजा गया था। उस गाँव में लोग पढ़े-लिखे कम ही थे, और थे बड़े धूर्त किस्म के। कोई सुख-चैन से जिए तो बाकि उसे पचा नहीं पाते थे। उसके खिलाफ तिकड़मबाजी होने लगती। सुख चैन छीनने की चालबाजी शुरू

हो जाती थी। किसनलाल की पत्नी बड़ी अग्रसोची थी। भावी आगत-विगत सब वह भाँप गई थी इसीलिए बबुआ को होशियार बनने शहर भेज दिया था।

बबुआ पूरे दस साल बाद गाँव लौट रहा था। गाँव की धरती पर पाँव रखते ही उसका रोम-रोम गदगद होने लगा। चारों ओर हरियाली थी। शहर की भागमभाग भरी जिन्दगी से दूर गाँव का शांतिमय वातावरण उसे बहुत लुभावना लग रहा था, किंतु, गाँव की बिनबदली दशा देखकर उसे आश्चर्य भी हुआ। वही पुरानी सड़क, तालाब, खेत-खलिहान, लोगों की चाल-ढाल व रहन-सहन सबकुछ वैसे ही था जैसे दस साल पहले था। वहाँ इक्का-दुक्का नई झोपड़ियाँ सिर्फ़ बनी थीं।

किंतु, समय के साथ वहाँ के कल्चर में एक अनोखा बदलाव जरूर आ गया था। दस साल पहले उस गाँव में एक विशाल इमली का पेड़ था। उस पेड़ की छाँव में गाँव के रसिक लोग दिन की धूप भरी दोपहरी में झूमर लगाया करते थे और माँदर के ताल पर थिरक-थिरक कर अपना मनोरंजन किया करते थे। वह पेड़ वहाँ आज भी था किंतु, अब न झूमर के रसिक लोग उस गाँव में रहे और न ही उनकी झूमर मंडली। माँदर की धुन तो मानो उनके साथ ही स्वर्ग सिधार गयी। अब उन झूमर के रसिक लोगों की जगह गाँव के अनपढ़ुवे छोकरों ने ले ली थी। ओल्ड जेनेरेशन झूमर की रसिक हुआ करती थी और ये न्यू जेनेरेशन जुआ के रसिक हो गए थे। वे लोग सबका मनोरंजन किया करते थे और ये लोग सबका जीना हराम कर रहे थे। पहले उनके माँदर की कर्णप्रिय धुन सुनकर सबका मन आनन्द से झूम उठता था और अब इन जुआरियों के मुँह से निकले गाली-गलौच भरे शब्द कर्णवेधी बनकर सबके दिल को क्षत-विक्षत कर जाते थे।

घर पहुँचते ही उसने माँ बाबूजी के चरण छुए। माँ ने उसकी आरती उतारी और फिर उसे अंदर ले जाकर चौकी पर बिठाया। बेटे को करीब देख माँ की शिथिल देह में भी गजब की स्फूर्ति आ गई थी। मशीन-सी वह दौड़ती फिरती बबुआ के लिए भोजन की तैयारी में लग गई। उसे समझ नहीं आ रहा था कि आखिर क्या बनाये। बबुआ की मनपसंद चीज तो कभी मकई की रोटी और घर का बना अचार हुआ करता था किंतु, अब इतने दिनों से शहर में रह रहा है तो सबकुछ बदल गया होगा। पहले का खाना भला अब उसे क्या सुहाएगा? वह

मन-ही-मन सोच रही थी किंतु, एक बार बबुआ से ही पूछ लेना सही लगा।

उसने पूछ ही लिया- ''बबुआ! तू क्या खाना पसन्द करेगा रे?''

''माँ मकई की रोटी बना दो ना। खाने के लिए मन तरस गया है। शहरों में ये सब कहाँ मिलता है?''-बबुआ ने अपनी इच्छा बता दी।

''वाह बबुआ! तू तो थोड़ा भी ना बदला रे। मुझे लगा तू बाजारू सामान खाते-खाते अब उसे ही पसन्द करने लगा होगा, पर तू तो अब भी वैसा ही है।''

बबुआ की माँ झटपट बेटे का मनपसन्द व्यंजन बना कर उसे अपने हाथों से खिलाने लगी। अपने जातीय स्वभाव से भला वह बाज कैसे आती। बोली- ''बबुआ तू कितना सूख गया है रे! समय पर खाता-पीता नहीं था क्या?''

माँ जब तक बेटे को अपने हाथों से खिला-पिला ना ले उसे बेटे के स्वास्थ्य की शिकायत बनी रहती है चाहे बेटा भीमसेन ही क्यों ना बन गया हो। कुछ देर तक बबुआ माँ की ममतामयी गंगा में गोता लगाता रहा। फिर पिताजी से मेल-जोल कर वह गाँव के दोस्तों के साथ भेंट-मुलाकात करने निकल गया।

घर से बाहर निकलते ही उसे आभास होने लगा था कि वह काफी सयान हो गया है। गाँव की नई-नवेली स्त्रियाँ उसे देखते ही घूंघट मुँह तक सरका लेती थी। गाँव के जोड़ी-पाड़ी सभी साथी अपनी-अपनी बहूरिये ले आए थे। भाभियाँ मज़ाक ही मजाक में उस पर व्यंग्य तीर चलाने लगी थीं और ताने मारने लगी थीं। उन लोगों से निपटकर वह मैदान की ओर चला गया जहां गाँव के साथी सब फुटबॉल खेल रहे थे। वह भी खेल में शामिल हो गया।

शाम को जब वह घर लौटा तो दोस्तों के साथ हुए उछल-कूद में वह थककर चूर हो गया था। सीधे बिस्तर पर जाकर वह निढाल हो गया। विचारों के सागर में गोता लगाते-लगाते कब उनकी आंखें लग गई पता ही न चला।

उसकी माँ भोजन की थाल लेकर आई और सिरहाने के पास बैठकर बेटे के सर पर हाथ फेरने लगी। माँ के हाथों का स्पर्श पाते ही बबुआ की आंखें फिट गईं। माँ ने उसके लिए आसन लगाया और वह भोजन करने बैठ गया। माँ सामने बैठकर पंखा डुलाने लगी। माँ को विचारमग्न देख उससे रहा नहीं गया।

उसने पूछ ही लिया- ''माँ! क्या सोच रही हो ? कोई परेशानी है क्या ?''

बबुआ की बात सुनकर उसकी माँ अचकचा गई थी। मुखमंडल पर हल्की-सी मुस्कान लाकर वह बोली- ''नहीं.... नहीं, कुछ नहीं बबुआ। कोई परेशानी की बात नहीं है। तेरे जैसा लाल जिसके पास हो उसे परेशानी किस बात की रे? ईश्वर की किरपा से सबकुछ अच्छा है बबुआ। तुझे खाने में और कुछ चाहिए क्या ?''

''नहीं।।नहीं माँ और कुछ नहीं चाहिए। पेट एकदम भर गया।''

किंतु, बबुआ को लगा कि माँ उससे कुछ छिपा रही है। कुछ तो बात जरूर है क्योंकि, माँ कुछ चिंतित भी लग रही थी। उसने कुरेदते हुए पूछा- ''नहीं माँ! तुम मुझसे कुछ छिपा रही हो। बताओ ना आखिर बात क्या है ?''

''नहीं बाबू ऐसी कोई बात नहीं है रे। बस तुम्हारे ही बारे में सोच रही थी।''-बेटे को तसल्ली देते हुए माँ बोली।

''मेरे बारे में.... मतलब ?''-जिज्ञासापूर्वक बबुआ ने पूछा।

माँ जरा गंभीर होकर बोली- ''हां बेटा! हम सोच रहे थे कि तुम्हारी पढ़ाई-लिखाई पूरी हो गई है और तू अब सयान भी हो गया है इसीलिए किसी अच्छे खानदान की लड़की देख तेरा बियाह करा दूं। बस हमारी जिम्मेदारी निपट जाएगी और हमलोग भी तो बूढ़े हो चले हैं। गाँव में तुम्हारे जोड़ीदार जितने भी थे सबका बियाह हो गया है इसीलिए अब गाँववाले भी हमें ताने मारने लगे हैं।''

''अच्छा, तो ऐसी बात है। तुम चिंता ना करो माँ। मैं गाँववालों को समझा दूंगा। अब कोई आपलोगों को ताने नहीं मारेगा।''

''नहीं बबुआ ताने मारे या ना मारे लेकिन, तू अभी शादी ना करेगा तो कब करेगा रे? उमर धरी हुई रहती है क्या? बाद में फिर तुम्हारे लायक हम लड़कियाँ कहाँ से ढूँढ़कर लाएंगे?''-बबुआ की माँ ने अपनी परेशानी बयाँ कर दी।

''माँ, अब जमाना बदल गया है। जबतक कमाने लायक नहीं हो जाऊँ, कौन पूछेगा मुझे? कौन अपनी लड़की मेरे संग बियाहेगा?''

''तू एक बार हाँ तो कर, लड़की वाले आधा पांव उठा के रखे हैं। रिश्तेवालों की लोर लग जाएगी। आखिर तुम्हारे जैसा होनहार लड़का आसानी से मिलता कहाँ हैं?''

''माँ किस लड़की की किस्मत फूटी है जो मुझ जैसे बेरोजगार से शादी करेगी?''

''तू बेरोजगार कहाँ है रे? तू इतना पढ़ा-लिखा है, चाहो तो अफ़सर बन सकता है। और हमारी इतनी बड़ी घर-गिरस्ती भी तो है। कौन संभलेगा इसे? सब तुम्हारा ही तो है। हम लोग अब कितने दिन जीएंगे? फिर सारी बागडोर तो तुम्हारे हाथों में ही तो चली आएगी। ना कोई हिस्सेदारी है और ना ही करजदार। सब तुम्हारे लिए ही तो हम लोग समेट के रखे है। लोग तो सबकुछ लूटने को तैयार हैं किंतु, जबतक हम लोग जीएंगे एक तिनका भी इधर-उधर ना होने देंगे।''

इसी तरह माँ बोलती गई। गाँव की रीति-नीति समझाती गई। वह अपनी जगह सही थी किंतु, बबुआ की सोच कुछ अलग थी। वह गाँव की घिसी-पीटी जिन्दगी से जरा ऊपर उठना चाहता था। उसकी आँखों में नित नए सपने पंख फैलाकर उड़ने लगे थे। माँ के साथ ज्यादा तर्क-वितर्क करना उसे उचित नहीं लगा। सो जाने में ही अभी भलाई थी। इसीलिए नींद का बहाना कर माँ को वहाँ से भेज दिया और खुद जाकर बिस्तर पर लेट गया।

बबुआ पढ़ा-लिखा था। उसकी सोच, उसका नज़रिया काफी परिपक्व हो गया था। आधुनिकता के दौर में कैरियर के मायने को भला वह कैसे झुठला सकता था। मन किंकर्तव्यविमूढ़के दलदल में फंसता जा रहा था। माँ को तो नींद का बहाना बनाकर भेज दिया किंतु, नींद उससे कोसों दूर थी। उसे समझ नहीं आ रहा था कि क्या करें। रात भर वह सो नहीं पाया। किसी अकल्पित भंवर में वह फंसता जा रहा था।

सुबह होते ही वह माता-पिता को समझाने में लग गया। जीवन में आनेवाली चुनौतियों से उन्हें अवगत कराया। दोनों ओर से काफी तर्क-वितर्क हुए। अंततः उनके माता-पिता को मानना पड़ा कि उनका बेटा सही है और उचित

कदम उठा रहा है। अब समस्या थी गाँववालों को समझाने की।

सुना था दीवारों के भी कान होते हैं किंतु, आज देख लिया। बबुआ बियाह नहीं करना चाहता है यह बात गाँवभर में आग की तरह फैल गई। इस पर लोगों के मन में तरह-तरह के विचार उमड़ने लगे थे। कोई कहता किसी के प्यार में फंसा है, कोई कहता शहरिया छोकरी को बियाहेगा तो कोई कुछ और। समाज के अधज्ञानी ठेकेदारों को अपना दम्भ दिखाने का एक अच्छा मौका मिल गया था। कहते हैं कि अगर कोई नींद में है तो उसे जगाया जा सकता है किंतु, नींद में होने का अगर कोई नाटक करे तो भला उसे कौन जगा सकता है? समाज के ठेकेदारों की भी दशा कुछ वैसी ही थी। गाँव में समाज की एक बैठक बुलाई गई। उसमें किसनलाल को भी बुलाया गया। बैठक के कारण का जब उसे पता चला तो वह थरथर कांपने लगा था। बैठक के मध्य से गाँव का प्रधान उठा और अपना व्यंग्य बाण बबुआ के ऊपर साधते हुए बोला- ''गाँववालों! आज हमें किसनलाल के बेटे बबुआ पर फख्र है। उसने उच्च तालीम पाकर गाँव का मान बढाया है, गाँववालों का माथा ऊँचा किया है। किंतु हमें खेद है कि वह गाँव की परम्परा, मान-मर्यादा एवं निष्ठा के साथ खिलवाड़ करने जा रहा है। हमारे गाँव में उसके हमउम्र के तमाम लड़के अपना-अपना घर बसा चुके हैं। उन्हें कोई एतराज नहीं हुआ। किंतु, बबुआ को अपनी पढ़ाई पर कुछ ज्यादा ही गुमान चढ़आया है। हमारी परम्परा उसे औछी लगने लगी है। हम उनकी नज़र में रूढ़िवादी हैं, पुराने ख्यालात के हैं, देश-दुनिया की हमें समझ नहीं है। हमारी मर्जी से बियाह करने में उसने एतराज जाहिर किया है। यदि उसके इस अनुचित कदम को रोका नहीं गया तो कल से दूसरे छोकरे भी अपनी मनमानी करते फिरेंगे। हम बड़ों की पूछ नहीं रहेगी। क्यों गाँववालों आप लोगों की क्या राय है? उसके इस अनुचित कदम को रोका जाए कि नहीं?''

''हां.... हां.... रोका जाए। अपनी नजर के सामने जीते जी ऐसा अनर्थ हम नहीं होने देंगे।''-सभा में बैठे प्रधान के चमचों ने अपने हाथ ऊपर उठाते हुए एक स्वर में कहा।

प्रधान के स्वभाव व नीयत से बाकि लोग परिचित थे। उन्होंने कोई प्रतिक्रिया नहीं दी।

''देखिए आपलोगों को कोई गलतफहमी हुई है। ना मुझे अपनी पढ़ाई पर कोई गुमान है और ना ही मैं आपलोगों को रूढ़िवादी और पुरानी ख्यालात का मानता हूँ। आप सभी मुझसे बड़े हैं और मैं आप सभी का सम्मान करता हूँ। आपको दुनियादारी के मामलों में भी मुझसे कहीं ज्यादा अनुभव है। किंतु, आप सभी से मेरा एक अनुरोध है कि अभी के दौर में कैरियर काफी मायने रखता है। इसीलिए मुझे कुछ वक्त चाहिए और फिर मैं आप सबकी रजामंदी से ही शादी करूंगा।'' अत्यंत विनम्रतापूर्वक बबुआ ने अपना पक्ष रखा।

समाज के ठेकेदारों को यह मंजूर कहाँ था? दोनों तरफ से बहस होने लगी। एक तरफ आज का ग्रेजुएट तो दूसरी ओर समाज के पाखण्डी लोग। दोनों पक्षों में दमदार बहस छिड़ी। कई घंटे बीत गये पर बहस थम नहीं रही थी। बहस करने वालों से कहीं ज्यादा सुनने वाले मशगूल थे। समाज के ठेकेदार समाज को अपनी आडम्बरी चादर में ढके रखना चाहते थे किंतु, बबुआ उस आडम्बरी चादर को चीरकर समाज का परिष्कृत रूप सबके सामने लाने का प्रयास कर रहा था। आखिर होना वही था। ग्रेजुएट बबुआ के सामने समाज के ठेकेदार कमजोर पड़ने लगे। बबुआ के तीक्ष्ण तर्क के आगे वे हथियार डालने पर विवश होने लगे। किंतु, अपने दम्भपूर्ण चेहरे को वे नैतिकता की आग में झुलसाना नहीं चाहते थे।

अब कोई और चारा नहीं देखकर गाँव के प्रधान उठे और अपना ब्रह्मास्त्र छोड़ते हुए बोले- ''गाँववालों! हमें खेद है कि आज हमारे सामने देवरूपी समाज की घोर निंदा हुई है और हम मूकदर्शक बने रहे। किंतु, इस निंदक के दुःसाहस को यूँ ही सह लेना हमारी मूर्खता होगी। अगर इसे कड़ा सबक नहीं सिखाया गया तो आये दिन लोग समाज को साग-बैंगन समझने लगेंगे। इसकी अहमियत धूल में मिल जाएगी। और ऐसा अनर्थ हम जीते जी नहीं होने देंगे। इसीलिए अपने बेटे की मूर्खता के कारण किसनलाल को सपरिवार समाज से बहिष्कृत किया जाता है। गाँववालों के साथ उनका हुक्का पानी बंद।''

प्रधान का निर्णय सुनते ही बबुआ की माँ को मानो सांप सूंघ गया। प्रधान के पांव पकड़कर खूब गिड़गिड़ाई। पर सब व्यर्थ। अपने कड़े तेवर के

साथ वह उठा और वहाँ से चल दिया। बाकि लोगों ने भी उनका अनुशरण किया और अपने-अपने घर चल दिए। बबुआ आसमान से छँटते बादल की ओर निहारते हुए सोच रहा था कि काश! इस पाखण्डी समाज से आडम्बरी चादर हट जाता तो समाज कितना प्यारा लगता। बिल्कुल नीले आसमान की तरह सुन्दर एवं मनमोहक।

अलबेलिया

प्रीती आज ऑफिस से जल्दी लौट आई थी। आज उसकी वॉलीबाल टीम का सी-ब्लॉक की टीम के साथ मैच था। वैसे प्रीती अपने पास पिताजी को लाने के बाद लगातार खेल नहीं पा रही थी, पर सेटर के रोल में वह बहुत माहिर थी। सी-ब्लॉक की टीम भी जबरदस्त खेलती थी इसीलिए प्रीती के बगैर खेलना उसकी टीम को रिस्की लग रहा था। वॉलीबाल खेल ही ऐसा बना है कि प्लेयर्स चाहे कितने भी अच्छे क्यों न हो पर, एक अच्छे सेटर के बिना बाकि प्लेयर्स अपना अच्छा प्रदर्शन नहीं कर सकते है। सेटर का रोल वहाँ वैसे ही होता है जैसे किसी पेड़ में रूट का रोल होता है। रूट जैसे जल एवं अन्य सभी मिनरल्स को मिट्टी से ग्रहण कर उसे पेड़ के सभी भागों तक पहुँचाने का काम करता है वैसे ही सेटर भी बॉल को जरूरत के मुताबिक बाकि प्लेयर्स तक पहुँचाने का काम करता है। सभी ने काफी मिन्नतें कर प्रीती को खेलने के लिए राजी किया था।

प्रीती कोर्ट की दायीं ओर बनी सिमेंट की बैठक पर पिताजी को बैठाकर

वह खुद खेलने चली गई। वहाँ मैच देखने के लिए लोगों की काफी भीड़ जमा हो गयी थी। आज मौसम भी कुछ सुहावना था। हल्के बादल आसमान में घिर आए थे। हवा कुछ नमी लिए मन्द-मन्द चल रहीं थी। धीरे-धीरे माहौल कुछ कोलाहलपूर्ण बनता जा रहा था। लोगों की गिल-पिल शुरू हो गयी थी। उसी वक्त रेफरी की सिटी के साथ खेल आरम्भ हो गया था। गुरुचरण कोर्ट के अंदर खिलाड़ियों को इधर-उधर भागता देख रह था। कभी उछालते बॉल को निहार रहा था तो कभी रेफरी के अनबुझ इशारों को। उसे न तो खेल और न ही वहाँ के लोगों की अंग्रेजी मिश्रित हिन्दी भाषा ही पूरी तरह समझ में आ रही थी। खेलों में उसे बस कबड्डी और फुटबॉल की थोड़ी बहुत समझ थी। अपने जमाने में वह भी फुटबॉल का शानदार खिलाड़ी रह चुका था।

बीच-बीच में लोगों के शोरगुल के साथ उनकी तालियाँ बजती थी। गुरुचरण की नज़र कोर्ट के अंदर खेल रही बेटी प्रीति पर टिकी हुई थी। वह बहुत खुश नजर आ रही थी और बड़ी चपलता के साथ खेल रही थी। बीच-बीच में बाकी प्लेयर्स एक-दूसरे की हथेलियों पर थपकियाँ मार जाती। गुरुचरण भाव विभोर होकर सबकुछ देख रहा था। आज उसका मन बड़ा आनन्दित था। खेल जारी था। गुरुचरण की नज़र कोर्ट पर टिकी थी पर, मन पंछी उड़ कर जा बैठा पुरानी यादों की डाली पर....

प्रीति उनकी सबसे छोटी बेटी थी। तीन बेटियों के बाद बेटे की चाह ने उससे क्या नहीं करवाया था। जोग-जाप, मंदिर-मजार से लेकर गुरुद्वारे तक वे माथा टेक आए थे। दान-पुण्य भी खूब किया था, इसलिए नहीं कि स्वर्ग मिले, बल्कि इसलिए कि बस इस बार बेटा हो जाए। मुझे याद है कि मेरे नानाजी के दोनों भुजाओं में तीर और धनुष का परमानेंट ठप्पा हुआ करता था। मैंने एक बार उनसे पूछा था कि नानाजी आपने ये ठप्पा क्यों लगवाया है तो उन्होंने मुझसे कहा कि बेटा मेरा कोई पुत्र नहीं है, मुझे मुखाग्नि कौन देगा इसीलिए भगवान रामचन्द्र के धनुष-बाण का छाप मैंने अयोध्या जाकर लगवा आया है। अब मुझे मुखग्नि की कोई जरूरत नहीं होगी और मृत्यु के बाद मुझे मोक्ष की प्राप्ति होगी अन्यथा पुत्रहीन को मोक्ष नहीं मिलता और मृत्यु के बाद उसकी आत्मा इधर-उधर भटकती रहती है। इसीलिए जब मेरा देहांत हो जाए तो बस मेरा पार्थिव शरीर को

शमशान में ले जाकर तुमलोग जला देना। नानाजी की उस छाप के बारे में मैं जब भी सोचता हूँ तो मुझे यूनान में अपने पापों का प्रायश्चित करने के लिए पादरियों द्वारा बेचे जाने वाले मुक्तिपत्र की याद हो आती है। दोनों में काफी समानताएं है। वहाँ पाप का प्रायश्चित के लिए मुक्तिपत्र बेचे जाते थे और यहाँ मोक्ष की प्राप्ति के लिए छाप लगाए जाते है। खैर जो भी हो किंतु, आज भी गाँव में पुत्रहीन को निरवंश माना जाता है और समाज उसे हर क्षण निर्बल होने का अहसास कराता है। इसीलिए गुरुचरण ने पुत्र प्राप्ति के लिए अपना सबकुछ न्यौछावर करने के लिए भी तैयार था। बेटा होने पर गाँव में मंदिर बनवाने का ऐलान भी कर दिया था। बारह खस्सी काली माँ, सात दुर्गे और नौ सूर्यदेव को पहले ही कबूल चुका था, जैसे देवी-देवता बलि या माँसाहार न मिलने के कारण ही उससे नाराज चल रहे हो।

गाँव भर में गर्भ लक्षण की विशारद मानी जाने वाली सुखिया चाची ने भी पूरी जांच पड़ताल कर भविष्यवाणी की थी- 'गुरु! इस बार तो पक्का बेटा होगा। सब लक्षण यही कहता है। देखो, बहू इसबार ज्यादा अलसाई है, समय भी ज़्यादा लग रहा है और इसे मीठा खाने की भी खूब इच्छा होती है।''

यही नहीं आगे बढ़कर उसने निर्मला के ढ़ोलकीनुमा उभरे पेट पर कान सटा दिया और बोली- 'देखो! अंदर बच्चे की उछल कूद भी ज़्यादा है, सब लक्षण बेटा का है।''

जब निर्मला पेट से थी वह उसे लेकर एक बार सदानन्द बाबा के पास भी गया था। उनका छोटा सा आश्रम था। चारों तरफ भक्तों की भीड़ लगी हुई थी। बाबा भी अद्भुत प्राणी थे, उनके दर्शन पाना बहुत दुर्लभ था। वे अपनी गुफा से बाहर बहुत कम ही निकलते थे। उनके आश्रम के बीचोंबीच जमीन के अंदर एक गुफा थी और उसी गुफा में वे तपस्या में लीन रहते थे। उनके शरीर के कई अंगों में दीमक लग चुका था। देह में मात्र हड्डी शेष बची हुई थी। जटाजूट सदानन्द बाबा की कीर्ति चारों दिशाओं में सूर्यकिरण की तरह फैली हुई थी। लोगों का मानना था कि उनके दर्शन से ही सारे मनोरथ सिद्ध हो जाते हैं।

आज सुसंयोग था कि साक्षात बाबा के दर्शन हो गए। अन्यथा उनके मुख्य सेवक श्रद्धानंद के आशीर्वाद पाकर ही लोग खुद को धन्य मानते थे।

सदानंद बाबा पद्मासन लगाए ध्यानमग्न थे। उनके सम्मुख जाकर दोनों विनीत भाव से हाथ जोड़कर बैठ गए। घंटों बाद बाबा का ध्यान पूर्ण हुआ। नेत्र खोलते ही वह पत्नी सहित साष्टांग हो गया। बाबा का हाथ आशीर्वाद की मुद्रा में उठ गया था। प्रसन्नचित बाबा बोले- ''वत्स! तुम्हारी मनोकामना पूर्ण हो। तुम्हारी पत्नी की कोख में पल रहा अंश तुम्हारे जीवन का सहारा बनेगा।'' इतना बोलने के पश्चात बाबा फिर ध्यानमग्न हो गए।

प्रीती का जन्म अस्पताल में हुआ था। अस्पताल के वार्ड नंबर 4 में निर्मला भर्ती थी। वह वार्ड के बाहर बने चबूतरे पर बैठा था। बीच-बीच में पत्नी की करुण चित्कार उसके कानों को भेदकर दिल पर वार कर जाती थी। उसकी बेचैनी बढ़ती जा रही थी। सारे देवी-देवता का सुमिरन वह मन-ही-मन कर रहा था। तभी अंदर से शिशु की क्याँ... क्याँ... क्याँ... की आवाज उसके कानों में पड़ी। उसका मन भावविभोर हो उठा था। उसने परमपिता परमात्मा को सर्वप्रथम नमन किया। उसके चेहरे पर वैसी ही खुशियाँ पसर गयी जैसे तालाब के शांत जल में सरसों तेल के एक बूंद पड़ते ही क्षण भर में वह चारों ओर पसर जाता है। तभी अंदर से आती हुई नर्स बोली, ''बधाई हो, आपके घर लक्ष्मी आई है''।

पहले पहल तो उसे अपने कानों पर विश्वास ही नहीं हुआ। किंतु, माताजी का लटका मुंह देखकर वह खुद को और अधिक समय तक धोखे में नहीं रख सका। उसका धैर्य जवाब दे गया। उसने दोनों हाथों से अपना माथा पकड़ लिया। सारी मन्नतें, जोग-जाप, लक्षण, भविष्यवाणियाँ निष्फल साबित हुईं। उसे यह दुनिया छलिया लगने लगी थी। आशा के सूर्य को राहु ग्रस चुका था। जीवन में चिरकालीन अंधेरा व्याप गया, जहां रोशनी का प्रवेश असम्भव था। मन में जल रही आशा की लौ बुझ गई थी।

यह ख़बर गाँवभर में आग की तरह फैल गई कि गुरचरणा के घर फिर से 'अलबेलिया' (बिना खाद पानी के खुद उगने वाली एक प्रकार की झाड़ी) पैदा हुई है। शुभचिंतकों का मन आहत हुआ, बैरियों के दिलों को ठंडक मिली। लोग उसके घर आकर दिलासा दे जाते। कुछ ज्ञान भरा उपदेश दे जाते, जैसे वे स्वयं बहुत बड़े संत अथवा विद्वान हों। जब अपने पर बीते तब समझ में आए कि उपदेश देना कितना सरल है और उस पर चलना या निभाना कितना मुश्किल।

वैसे भी हमारे देश में आदिकाल से ही उपदेशकों का बड़ा महत्त्व रहा है। उपदेश देना यहाँ उच्चता का द्योतक माना जाता है। इसी परंपरा का ही तो परिणाम है कि आज कई लोग उपदेशक का नकली चोला पहनकर अपना वारे-न्यारे कर रहे हैं और भोली-भाली जनता को गुमराह कर अपना गोरखधंधे चला रहे हैं।

उसने गौर किया कि धीरे-धीरे लोगों के व्यवहार में भी कुछ बदलाव आने लगा था। राह चलते वे उसे ऐसे देखते मानो उससे कोई बड़ा अपराध हुआ हो। गोतिए की गिद्ध दृष्टि तो उसकी जमीन-जायदाद पर जम गई थी। गाँव में उसका रुतबा धीरे-धीरे जाता रहा। लोग उसपर धौंस जमाने लगे और जब तब नीचा दिखाने के फिराक में लगे रहते। गाँवों में सबकी मानसिकता आज भी जिसकी लाठी उसकी भैंस वाली है। पुत्रहीन को निरीह बनकर जीना पड़ता है क्योंकि उसके पीछे लाठी उठाने वाला कोई नहीं होता।

प्रीती बाकी बहनों से अधिक सुन्दर व चंचल थी। लोग उसे बहुत पसन्द करते थे, पर गुरचरणा को वह फूटी आंख भी न सुहाती। उसे उसका चेहरा देखना तक पसन्द न था। वह प्रीती को अपने जीवन का सबसे बड़ा बोझ समझता था, जिसे ढो पाना उसे मुश्किल-सा लगता। क्या सपना पाला था बेटा होगा तो उसके जीवन के अंतिम सफर में उसका सहारा बनेगा। अपना कुल का नाम रौशन करेगा और उसकी पगड़ी कभी झुकने नहीं देगा, किंतु, इस अलबेलिया ने जन्म लेकर गुरुचरण के सारे सपनों पर पानी फेर दिया था। उसे मानो पहाड़ की ऊंची चोटी पर ले जाकर किसी ने धक्का दे दिया था।

समय कहाँ रुकता है? वह अपनी गति से चलता रहा। प्रीती डगडगाती हुई बड़ी हो रही थी किंतु, उसका मन पिताजी के लाड प्यार की एक बूंद के लिए भी तरस गया था। बाकि बहनों को तो खूब लाड प्यार मिलता लेकिन, उसे देखते ही न जाने क्यों पिताजी का मन भारी बोझ तले दब जाता था। उसने इसके पीछे की वजह की खोज तो नहीं की लेकिन, उसके दिल के किसी कोने में यह बात घर कर गई थी कि पिताजी उससे नफ़रत करते हैं। उसका चेहरा देखना भी पसंद नहीं करते हैं। तरह-तरह के विचार उसके दिमाग में आने लगे थे। कभी उसे लगता कि वह उसकी अपनी संतान नहीं है और उसे बाजार से खरीदकर लाया गया है।

एक दिन उसने अपनी मौसी को यह बात बताई तो मौसी ने उसके जन्म

की सारी दास्तान उसे सुना दी। उसी दिन से उसने खुद को बदल लिया था। बेटा तो वह बन नहीं सकती थी, पर बेटों वाली जिम्मेदारियों को पूरा करने में उसने अपने-आपको झोंक दिया। उसने खुद को डुबो दिया पढ़ाई में। पढ़ाई ही एकमात्र साधन था, जिसके सहारे वह खुद को बेटों के बराबर साबित कर सकती थी। शारीरिक बल से भले ही वह कमजोर पड़ सकती थी किंतु, बुद्धिबल में वह बेटों से भी आगे बढ़ना चाहती थी। उसने दृढ़संकल्प कर लिया था कि वह बेटों की बराबरी करेगी और अपने पिताजी की नजरों में बेटा बनकर जीएगी। उन्हें पुत्रहीनता की भावना से उबारकर एक प्रतिष्ठित जीवन देगी। समाज में उसकी पगड़ी को कभी झुकने नहीं देगी।

कहते हैं जहां चाह वहीं राह। प्रीति ने ठान लिया था तो ठान लिया था। अब उसके इरादों को कोई डिगा नहीं सकता था। कुछ ही महीनों में वह अपने स्कूल के सबसे तेज विद्यार्थी बन गयी थी। पढ़ाई-लिखाई से लेकर खेलकूद हर क्षेत्र में वह अव्वल आने लगी। पूरे स्कूल में सबकी चहेती बन गई थी। वहाँ हर किसी के दिल में राज करने लगी थी।

एक दिन निर्मला खाना परोसकर सामने बैठी प्रीति के बालों को सहलाते हुए बोली- "सुनते हो जी! कल प्रीति के स्कूल से मैडम आई थी। बोल गई छोटिया पढ़ाई में खूब माहिर है। आगे कुछ जरूर बनेगी।"

"हूँह.... इस अलबेलिया को पढ़ा के क्या होग़ा?"-उसके पिताजी ने बड़ी बेरुखाई से जवाब दिया था।

प्रीति कातर दृष्टि से पिताजी को देख रही थी। हालांकि ऐसा अविश्वास पहली मर्तबा उसने प्रकट नहीं किया गया था। पिताजी के ऐसे कड़वे बोल सुनने की प्रीति को लगभग आदत-सी हो गई थी, पर आज पता नहीं क्यों उसका दिल फटा जा रहा था। उसकी आंखें डबडबा आईं। आंसू गालों से सरकते हुए ज़मीन पर ढरकने लगे थे।

गुरुचरणा ने दांत पीसते हुए कहा- "रोती क्या हो? बड़ी दुलारी बनती जा रही हो, हटो सामने से।"

वह दौड़कर कमरे में चली गई। बिस्तर में मुंह छिपाकर फूट-फूटकर

रोई। बेटी थी इसलिए बगावत नही कर सकती थी। उसे पंख तो मिले थे पर उड़ने की आज़ादी नही मिली थी। वह युवावस्था के जोश और जुनून से लबालब भरी थी। वह खूब पढ़ना चाहती, आगे बढ़ना चाहती और जीवन में कुछ बनकर माँ-बाप का सहारा बनना चाहती थी। कुछ करने का जब्बा उसके दिल में कूट कूटकर भरा था। उसके निर्दोष सपने उम्मीदों के पंख फैलाकर असीम गगन में उड़ने को आतुर थे। दसवीं का रिजल्ट आया तो उसका हौसला और बुलन्द हुआ। वह जिले भर में अव्वल आई थी।

गुरचरणा को आज भी याद है, क्या बखेड़ा हुआ था कॉलेज के दिनों में उसके दाखिला के समय। वह कॉलेज में दाखिला लेने के लिए अड़ी थी। खाना पीना भी त्याग दिया था। उसका रो-रो कर बुरा हाल था। समाज सहित गाँव भर इसके खिलाफ थे। सब यही मानते थे कि बेटियाँ आखिर ज्यादा पढ़ लिख कर क्या करेंगी, आखिर हैं तो पराया धन ही जिन्हें दूसरे के घर ही तो बसना है। स्कूली शिक्षा पूरी हो गई, घर गृहस्थी का हिसाब-किताब तो आ ही जाएगा, बस कन्यादान कर पुण्य कमा लें। उनकी मानसिकता बस यहीं तक सीमित थी। वहाँ बेटियों के लिए एक सीमा रेखा खींच दी गई थी, जिसे तोड़ना असम्भव था। इसी सीमा रेखा ने न जाने कितनी बेटियों के अरमानों के पंख कुतर डाले थे और वे सिसक-सिसक कर जीने को मजबूर थीं। घर आंगन के सीमित दायरे में रहकर जीना उनकी नियति बन गई थी। ऐसा नहीं था कि वहाँ की बेटियाँ कुछ कर नहीं सकती थी, आगे बढ़कर दुनिया के सामने अपना विजयी झंडा गाड़ नहीं सकती थी। वे भी उसी मिट्टी की बनी थी जिस मिट्टी की प्रीति थी, लेकिन उनमें और प्रीति में अंतर बस यही था कि प्रीति खुद को अपने बाप का बेटा मानती थी और वे अपने बाप की बेटी।

कहते हैं बदलाव प्रकृति का नियम है, तो भला इसे कौन रोक सकता था? अन्न जल त्यागे आज प्रीति का चौथा दिन था। स्थिति नाज़ुक बनती जा रही थी। उसकी दशा दुर्दशा में बदल चुकी थी। शरीर सूख गया था। मुंह से आवाज़ भी नहीं निकल पा रही थी। आँखों से आंसू सूख चुके थे। देखने के लिए आने वाले लोगों को वह सूनी नज़रों से बस टुकुर-टुकुर निहारती। आशाओं के धूमिल होने के साथ जीवन के सूर्यास्त का दृश्य उसकी नजरों के सामने उभरने लगा था।

खबर मिलते ही अस्सी साल का भोला डंडा के सहारे डगमगाते-डगमगाते आया था। अपना झुर्रीदार हाथ उसके सर पर रखकर बोले-बेटी तुम क्या चाहती हो? तुमने खाना-पीना क्यों त्याग दिया है?

वह कुछ बोलना चाह रही थी, लेकिन आवाज़ उसकी साथ नहीं दे रही थी। गला तक आकर आवाज फंस जा रही थी। उसने इशारों से कुछ बताने का प्रयास किया। पर भोला को समझ नहीं आया। वहीं सामने खड़ी उसकी माँ ने कहा- ''कालेज कें दाखिला चाहती है। इनके बापू ने मना कर दिया।''

''हां बेटी हमारे यहाँ तो जवान लड़कियाँ घर से अकेले बाहर नहीं जाती है। कालेज जाने के लिए तो तुम्हें अकेले ही बाहर जाना पड़ेगा बेचारा गुरुचरणा अकेले कहाँ तक तुम्हारे पीछे-पीछे दौड़ता फिरेगा?''

प्रीति की आंखें बंद हो गयी। आगे वह और कुछ नहीं सुनना चाहती थी। उसकी आत्मा मानो अब शरीर छोड़ने के लिए उतावला हो रही हो।

भोला ने फिर सवाल किया- ''बेटी तुम आगे पढ़ना चाहती हो तो ठीक है, किंतु हमारी नाक नहीं कटाओगी ना?''

प्रीति ने बस ना में सर हिला दिया था।

भोला से उसकी दुर्दशा देखी नहीं गयी। उसने हांक लगायी- ''गुरचरणा! बिटिया को कालेज में दाखिला दिला दो। ऐसे अन्न-जल त्यागकर मरने से भला है इसे अपने मन की कुछ करने दो।''

गुरचरणा भी उसकी जिद्द के आगे विवश हो चुका था। किंतु, समाज का डर उसे आगे बढ़ने से रोक रहा था। भोला का सह पाकर उसकी हिम्मत बढ़ी। वह खुद जाकर कॉलेज में प्रीति का नामाँकन करवा आया था। उसे कॉलेज की ओर से छात्रवृत्ति भी मिल गई थी और हॉस्टल में रहने का इंतजाम भी हो गया था।

लोगों के शोरगुल से उसकी तंद्रा भंग हो गई और वह वर्तमान में लौट आया। प्रीति की टीम मैच जीत चुकी थी। सभी प्लेयर्स उसे कंधे पर उठा लिये थे। प्रीति को वह एकटक निहार रहा था। उनकी आँखों में आंसू छलक आए थे।

प्रीति ने आज बेटी होकर भी ऐसी करदानी कर दिखाई जो आजकल बेटे भी नहीं कर पाते है। आज सचमुच वह अपने माँ-बाप के बुढ़ापा की लाठी बन चुकी थी। उनके जीवन का सहारा बन चुकी थी। नौकरी लगते ही उसने अपने माता-पिता को अपने पास ले आया था। उनकी हर वह तमन्ना पूरी कर रही थी जो एक माता-पिता अपने बेटों से उम्मीद रखती है। वैसे गाँव में भी उनका अब कुछ विशेष रहा भी नहीं था। तीन-तीन बेटियों को ब्याहते-ब्याहते वह दिवालिया हो चुका था और पुरखों की सारी सम्पति हवन हो चुकी थी। अभावों के मारे जीवन दुष्कर होता जा रहा था। दो जून की रोटियाँ जुटाना भी दूभर हो रहा था। ऐसी नाज़ुक स्थिति में उनकी बेटी प्रीति आज अलबेलिया नहीं बल्कि, एक जिम्मेदार संतान बनकर सामने आई थी। आज वह बेटा-बेटी के भेदभाव से बहुत ऊपर उठ चुकी थी। उसकी सफलता गाँवभर में चर्चा का विषय बन चुकी थी और लोग अपनी बेटियों को फ़ख़्र के साथ प्रीति जैसी बनने की नसीहत देने लगे थे।

गुरुचरणा को आज सदानन्द बाबा का आशीर्वचन- "वत्स! तुम्हारी मनोकामना पूर्ण हो। तुम्हारी पत्नी की कोख में पल रहा अंश तुम्हारे जीवन का सहारा बनेगा", पूरी तरह से सच जान पड़ा। प्रीति ने सचमुच उसकी मनोकामना पूरी कर दी थी। उसने देखा दूर आसमान में लालिमा और प्रखर हो उठी थी मानो वह भी प्रीति के जीवन में और रोशनी लाना चाहती हो।

प्रीति रूमाल से माथे का पसीना पोंछती हुई आयी और पिताजी को सहरा देते हुए वहाँ से चल पड़ी।

अपने हिस्से की जिन्दगी

रूपम के हाथों में मेहँदी लग रही थी। उसकी माँ दामिनी चाहती थी कि इसके लिए पार्लर से मेहँदी डिजाइनर बुलवा लें, किंतु रूपम ने साफ मना कर दिया था। उसकी ज़िद के आगे दामिनी को झुकना ही पड़ा। मेहँदी, कपड़े, मेक अप इत्यादि के मामलों में रूपम ने अपनी सहेलियों को ज्यादा तरजीह दी थी। अपने वादों के मुताबिक उसकी सहेलियाँ शादी के चार दिन पहले ही रूपम के घर पहुँच चुकी थी। अपने लहँगे और अन्य कपड़ों की खरीदारी वह नीलिमा के मुताबिक कर रही थी। नीलिमा उसकी बेस्ट फ्रेंड थी जो मुम्बई में रहकर फैशन डिजाइनिंग का कोर्स कर रही थी। मेहँदी और मेक अप की सारी जिम्मेदारी तृषा पर थी, जो दिल्ली से ब्युटीशियन का कोर्स करके वापस आई थी और धनबाद में ही अपना ब्युटी पार्लर खोलने की तैयारी में थी। रूपम का भी सोचना सही था, क्योंकि आज के इस व्यस्त जीवन में दोस्तों से मिलना-जुलना बहुत कम हो गया है। यह आज का कड़वा सच है। लोगों को अपनों के साथ बिताने के पल भी कम पड़ने लगे हैं तो ऐसे हालात में दोस्तों के लिए समय निकालना कितना मुश्किल

होता है। शुक्र है फेसबुक, ट्वीटर, वाट्सअप जैसे आज के सोशल मिडिया का जिसके जरिए कम से कम हम दोस्तों के सम्पर्क में तो रह पाते हैं। भले ही उनसे मिलने का सपना सपना बनकर ही रह जाता है। शादी-विवाह, पर्व-त्योहार जैसे अवसरों पर ही तो दोस्तों से मिलना-जुलना हो पाता है। इसीलिए रूपम ने भी इस मौके का भरपूर लाभ उठाने की कोशिश की थी। इसी बहाने उसे अपनी सहेलियों के साथ कुछ वक्त बिताने का तो मौका मिल गया था।

रूपम दामिनी की बड़ी बेटी थी। आज उसकी मेहँदी की रस्म थी। दो दिन बाद वह अपने अँगना की इस बुलबुल को चाहकर भी उड़ जाने से रोक नहीं पाएगी। रूपम एमबीए करके मार्केटिंग मैनेजर के रूप में एक कम्पनी में कार्यरत थी। अभिनव को अपना जीवन साथी उसने खुद चुना था। वह भी उसी कम्पनी में कार्यरत था जहाँ रूपम थी। दामिनी जब अभिनव और उसके घरवालों से मिली थी तो वह समझ गई कि रूपम का चयन सही है। उसने तुरंत अपनी रजामंदी दे दी।

रूपम को उसकी सहेलिया मेहँदी लगा रही थी। साथ ही कभी खत्म ना होने वाली गॉसिप में वे लोग मस्त थीं। वहाँ सभी लड़कियाँ बिंदास थीं। मेहंदी को अगर छोड़ दी जाए तो यह तय करना मुश्किल था कि आखिर शादी किसकी है। उनकी भाव-भंगिमाओं और मानसिक दशा में कोई फ़र्क नहीं था। रूपम ने अपनी लाइफ की प्लानिंग खुद की थी। उसे ना किसी से शिकवा था और ना ही शिकायत। अपने हिस्से की जिन्दगी अपने मुताबिक जीने की उसे पूरी छूट थी। दामिनी की ओर से उसे पूरा सपोर्ट था। वह जीते जी अपनी बेटियों को अपना इतिहास दोहराने नहीं देगी। यही वजह था कि शादी के अवसर पर भी रूपम के चेहरे पर कोई शिकन नहीं थी। पूरे आत्मविश्वास के साथ वह फ्युचर लाइफ के लिए तैयार थी।

दामिनी को याद हो आते है अपने जीवन के वो खट्टे-मीठे पल।

उसकी जब शादी हुई थी तब वह महज अठारह साल की थी, अर्थात वह जस्ट एडल्ट हुई थी। अपनी अन्य सहेलियों की तरह वह भी आगे पढ़ना चाहती थी। अपने पाँव पर खड़ा होना चाहती थी। कुछ अपने मन का करना चाहती थी। अपने हिस्से की जिंदगी अपने मुताबिक खुलकर, सपनों के पुष्पक

विमान में सवार होकर जीना चाहती थी। किंतु, उस जमाने के माता-पिता उतने लिबरल कहाँ हुआ करते थे? बच्चों को उतनी लिबर्टी कहाँ दी जाती थी? खुद के द्वारा बनाई हुई पटरी पर झोटियाकर चढ़ा देते थे घिस-घिस कर रटरटाते हुए चलने के लिए।

दामिनी को भी अपने माँ-बाप की ज़िद के आगे आखिरकार झुकना ही पड़ा था। उसे अपने अरमानों की बलि देनी ही पड़ी थी। अपने सपनों के गगन को सीमित करना ही पडा था। मैना की तरह चहकने वाली चिड़िया शादी के बाद ससुराल में जाकर एक पिंजरे में कैद होकर रह गई। वहाँ उसके सपनों के पंख को कुतर दिया गया। उसकी चहचहाहट घर-आँगन तक ही सीमित होकर धीरे-धीरे लुप्त हो गई ।

दामिनी का सपना था कि उसकी शादी खूब धुम-धाम से हो। अन्य लड़कियों की भाँति उसकी भी इच्छा थी कि वह भी दुलहन बन अपने राजकुमार की प्रतीक्षा करेगी। बारातियों के बीच घोड़ी पर बैठकर उसका राजकुमार आएगा और डोली में बैठाकर उसे ले जाएगा। वरमाला के वक्त वह सबसे कीमती लहंगा पहनेगी और अपने अंदाज का जलवा वहाँ बिखेरेगी और कई ऐसे ही फलां फलां अरमान किंतु, ऐसा कुछ हुआ नहीं। दहेज में एक मोटी रकम देने के बाद उसके पिताजी के पास शादी में खर्चने के लिए रुपये शेष नहीं बचे थे। इसीलिए उसकी शादी बड़े साधारण तरीके से अंबिका देवी मंदिर में जाकर चंद मिनटों में ही संपन्न हो गई थी। दूल्हा अपने कुछ परिजनों के साथ मंदिर में आया और पंडितजी के चंद मंत्रों के साथ उसे अपना बनाकर ले गया।

दामिनी के पिताजी गिरधारीलाल एक व्यवसायी थे। सिर्फ नाम के व्यवसायी। राशन की एक छोटी-सी दुकान चलाते थे। इसीलिए उनकी गिनती व्यवसायी वर्ग में होती थी किंतु, अपने व्यवसाय के भरोसे उन्हें घर चलाना भी मुश्किल हो रहा था। वह चाहते थे कि कोई दूसरा काम ढूँढ़ लें किंतु, नारायणपुर जैसी मामूली-सी जगह में कोई अन्य विकल्प कहाँ था? उसी राशन दुकान के बलबूते वह अपने जीवन की गाड़ी रटरटाते हुए खींच रहा था। दामिनी उसकी इकलौती बेटी थी, जिसे ब्याहना उसकी सबसे बड़ी चिंता थी। दामिनी सुंदर थी इसीलिए लड़के वाले एक ही नजर में उसे पसंद कर लेते थे किंतु उनकी डिमाँड

के आगे टिकना गिरधरलाल के लिए सबसे बड़ी समस्या थी। अपना पेट काट-काटकर दामिनी की शादी के लिए उन्होंने कुछ रुपये जोड़ रखे थे।

जब सुंदरलाल के बेटे माधव का रिश्ता खुद उनके घर चलकर आया था तो लगा कि सौदा ठीक-ठाक में ही पट जाएगा, किंतु, सुंदरलाल भी उतने रहम दिल नहीं थे। वह अपने बेटे माधव को ब्लैंक चैक मानते थे। कहता भी था ''मेरा माधो तो ब्लैंक चैक है, ब्लैंक चैक। मुँह माँगी रकम मिलेगी मुझे। एकलौता वारिस है मेरी सारी जायदाद का।''

काफी माथा-पच्ची करने के बाद आखिरकार पाँच लाख रुपये नगद, एक मोटर साईकिल और एक 26 इंच की रंगीन टी।वी के साथ सौदा पट गया। गिरधरलाल ने अपनी कुल जमा पूँजी और पत्नी के गहने बेचकर दहेज के रुपये तो किसी तरह जुगाड़ कर लिया किंतु, शादी में होने वाले खर्च के लिए उसके पास रुपये नहीं बचे। काफी सोच-विचारकर तय हुआ कि दामिनी की शादी मंदिर में करा दी जाए। सुंदरलाल भी इसके लिए झट से तैयार हो गया। वह ऐसा सुनहरा अवसर भला हाथ से कैसे जाने दे सकता था। दहेज के चंद रुपये खर्च कर उसने शादी निपटा दी और बाकी रुपयों को जमीन जायदाद खरीदने में लगा दिया।

शादी के बाद दामिनी ससुराल आई। नया परिवार, नये लोग, नया माहौल और नयी जीवनशैली के साथ वह कई दिनों तक जूझती रही। धीरे-धीरे उसकी जिम्मेदारियों का दायरा बढ़ता गया और अरमानों का दायरा सिमटता गया। ससुराल में कदम रखते ही उसकी पूरी जिंदगी ही बदल गई। अपने बाबुल की बगिया में सदा चहकने वाली बुलबुल अब दूसरों के इशारों पर नाचने वाली कठपुतली बन गई थी। उसका हँसना-बोलना, रोना-धोना, खाना-पीना, उठना-बैठना सब कुछ दूसरों के इशारों पर हो रहा था। उसे स्वतंत्रता थी तो बस साँस लेने और पलक झपकाने जैसी निहायत जरूरी चीजों की। सासू माँ नागिन की तरह उसके इर्द-गिर्द फुफवाती रहती। अपनी विषैली जीभ लपलपाती रहती और मौका पाते ही उसपर झपट पड़ती।

इसी तरह सालभर बीत गया। अब ससुराल में उसने खुद को किसी तरह एडजस्ट कर लिया था। एक दिन वह अपनी सासू माँ के साथ मंदिर में पूजा

करने गई थी। वहाँ उसकी सहेली बृंदा मिली। वो अब तक कुँवारी थी और पटना से अर्थशास्त्र में एम.ए. कर रही थी। दो-चार फॉर्मल बातें ही उससे हो पाई और सासू माँ के साथ होने के कारण उसे वापस लौट जाना पड़ा। उसके मन में कई ऐसी बातें थी जो अनकही रह गई। मौका नहीं मिला अपना दुख-सुख बताने का। कुछ मन भर की बातें कर लेने का।

आज पहली बार उसे अहसास हुआ कि वह क्या से क्या बन गई है। उसकी जिन्दगी तो वास्तव में रिमोट कंट्रोल बन कर रह गई है। उसकी आत्मा अब तक मर चुकी थी और मन कोमा में चला गया था। ससुराल में वह कोल्हू का बैल बनकर जी रही थी। ना थोड़ा अंदर और ना ही बाहर बस एक ही परिधि में निरंतर चक्कर काट रही थी। किसी को उसकी भावनाओं का कोई कद्र नहीं थी। वह एक मशीन बन चुकी थी।

दामिनी गर्ववती हुई फिर भी उसके ससुराल वालों का रवैया नहीं बदला। उसकी सासू माँ को बहू के रूप में एक नौकरानी मिल गई थी, जिसे वह सदा अपनी अंगुलियों के इशारों पर नचाना चाहती थी। उसके अरमानों, उसके सपनों और उसकी भावनाओं की ओर तो कभी उसका ध्यान ही नहीं गया था। उस पर अधिकार जताना वह अपना फंडामेंटल राइट समझती थी। थोड़ा-बहुत जो लाड़-प्यार उसे मिलता था उस घर में तो सिर्फ ससुर जी से।

एक दिन शाम को अचानक दामिनी को लेबर पेन शुरू हुआ। उसे झटपट अस्पताल में एडमिट कराया गया। वहाँ उसने एक बच्ची को जन्म दिया। बच्ची का जन्म होते ही उसकी सासू माँ के मन में जो भी उत्साह था सब ठण्डे बस्ते में चला गया। एक पल में ही उसका मुँह उतर गया जैसे घर में कोई विपत्ति आ गई हो।

हद तो तब हो गई जब पंद्रह महीने बाद दामिनी ने एक और बच्ची को जन्म दिया। अब तो उसके ससुराल वाले उसके जानी-दुश्मन हो गए थे। कई रातें उसे भूखे पेट केवल सिसकियाँ भर-भरकर गुजारनी पड़ी थीं। छोटे-छोटे बच्चों को पालना और ससुराल वालों के नित नए नखरों को उठाना उसके लिए आसान नहीं था किंतु, इसे अपनी नियति मानकर वह सबकुछ झेल रही थी। अपने पूर्व जन्म के किसी अनजाने पाप का प्रतिफल समझकर उसे भोग रही थी।

समय ने करवट ली और सुंदरलाल कैंसर का शिकार होकर कुछ ही दिनों में इस दुनिया से सदा-सदा के लिए चले गए और अपनी सारी जायदाद एकलौते वारिस माधव के हवाले कर गये। माधव के ऊपर अचानक घर-परिवार की सारी जिम्मेदारियाँ आ गईं किंतु, इसके लिए वह अभी मानसिक रूप से तैयार नहीं था। परिणाम यह हुआ कि जिम्मेदारियों के साथ वह संतुलन नहीं बना सका और आवारगी पर उतर आया। जीवन में उसका कोई स्पष्ट लक्ष्य नहीं रहा। नेतागिरी, एजेंटगिरी और कई अन्य क्षेत्रों में उसने हाथ आजमाया किंतु, हर क्षेत्र में नाकामयाब रहा और अब उसने शराब खाने की राह पकड़ ली थी। उसका अधिक-से-अधिक समय शराबखाने में जाया होने लगा था।

ससुर के गुजरते ही दामिनी की ससुराल कलह का अखाड़ा बन गयी थी। धन-दौलत भी धीरे-धीरे उसके घर से पलायन करने लगे था। माधव देर रात नशे में चूर होकर घर लौटता और रोज बखेड़ा खड़ा करता। दिन-ब-दिन उसका व्यवहार आक्रामक होता गया। अब उसने दामिनी पर हाथ उठाना भी शुरू कर दिया था। उसके जुल्मों को सहते-सहते दामिनी टूट गई थी, बिखर गई थी। अब उसकी हिम्मत जवाब दे गई थी।

एक दिन नशे में धुत होकर माधव घर लौटा और बेबस, लाचार, बीमार पड़ी दामिनी पर अंधाधुंध हाथ-पाँव बरसाना शुरू कर दिया। उसे अधमरा करके ही उसने दम लिया। दामिनी के बेहोश होते ही वह घर से पलायन कर गया। उसकी माँ ने बहू की हालात की जानकारी उसके घरवालों को दी। अगर तुरंत उसके घर वाले वहाँ नहीं पहुँचते तो शायद दामिनी किसी अनहोनी का शिकार हो गई होती, किंतु ईश्वर को अभी यह मंजूर नहीं था।

दामिनी के माँ-बाप ने अपनी बेटी को तुरंत हॉस्पिटल में भर्ती करवाया और स्वास्थ्य में सुधार होते ही उसे अपने पास ले गये। थाना-पुलिस की नौबत आ गई होती और माधव सलाखों के पीछे चला गया होता अगर दामिनी ने अपने पिताजी के पैरों पर पड़कर उसके लिए माफी की भीख नहीं माँगी होती। औरत का दिल कितना बड़ा होता है। दूसरों के प्रति कितनी दया की भावना पाले रहती है। खुद पर आए सारे दुखों को सह लेगी किंतु, दूसरों को दुखी होते नहीं देख पाती।

दामिनी के जीवन की गाड़ी एक ऐसे मोड़ पर आकर अटक गई थी, जहां से वह न आगे बढ़ रही थी और न ही पीछे मुड़ सकती थी। बड़ी बेटी रूपम अब पांच साल की हो गई थी। उसकी पढ़ाई-लिखाई की चिंता उसे खाये जा रही थी। आज वह खुद को पूरी तरह से असहाय महसूस कर रही थी। क्या नहीं झेला था उसने लेकिन, बदले में उसे क्या मिला? कुछ नहीं। दुख के सिवा उसकी झोली में और कुछ नहीं आया। धीरे-धीरे उसके दिमाग में नकारात्मक विचारों ने पूरी तरह से डेरा डाल लिया था। कभी-कभी वह खुद से इस कदर डर जाती कि सुसाइड तक का ख्याल भी आ जाता किंतु, अपनी बेटियों के लिए वह जीने को मजबूर थी।

उस दिन शाम को बाजार में वह वृन्दा से अचानक ही मिल गयी थी। इस बार वह वृन्दा का सामना नहीं करना चाहती थी। उससे नजरें बचाकर आगे निकलना चाही किंतु, वृन्दा की पैनी नजरों से वह बच नहीं पाई। उसे देखते ही वृन्दा चहक पड़ी- "ओय, हेलो दामिनी!"

अब उससे बचकर भागना संभव नहीं था। पीछे मुड़कर वह बोली- "ओह हाँ, वृन्दा! कब आई?" उसकी बातों में कोई रौनक नहीं था। कोई उत्साह नहीं था। बस एक फॉर्मालिटी मात्र थी।

मैं कल ही आई हूँ। लेकिन तू इतनी बुझी-बुझी सी क्यों है? घर में सबकुछ ठीक है ना?

"हाँ...हाँ, सब ठीक-ठाक है। बस कुछ दिनों से तबीयत ठीक नहीं थी।"

"अच्छा ठीक है। कल मैं शाम को तुम्हारे घर आ रहीं हूँ चाय पीने। बाकी बातें वहीं होंगी, अभी मैं थोड़ी जल्दी में हूँ। ओ के, टेक केयर बाय।"

वृन्दा तो चली गई लेकिन उसके मन में वृन्दा को लेकर चिंता होने लगी थी। कल घर आएगी तो उसे मेरे बारे में सब कुछ पता चल जाएगा। घरवाले तो उसे सब कुछ बता ही देंगे। एक बार मन हुआ कि घर में सबको समझा देंगें कि उसके सामने कुछ भी मेरे बारे में नहीं बतायें लेकिन, आत्मा के किसी भाग ने इसका घोर विरोध किया। आखिर कब तक भागोगी सच्चाई से? कब तक खुद

को धोखा दोगी? आखिर परिस्थितियों का सामना तो करना ही होगा और वृन्दा तो अपनी सहेली है तो फिर उससे बातें छिपाने की क्या जरूरत? हो सकता है मेरी समस्या का कोई समाधान उसकी नज़र में हो। अपने मन को किसी तरह मनाते हुए वह घर पहुँच गई।

अगले दिन शाम ठीक 6.30 बजे वृन्दा उसके घर पहुँच गई। उसे लेकर दामिनी तुरंत अपने रुम में चली गई। दोनों के बीच इधर-उधर की ढेर सारी बातें हुईं। दामिनी सच्चाई से हर बार भागने का प्रयास कर रही थी। अंत में वृन्दा से रहा नहीं गया और बोली- "दामिनी एक बात पूछूँ? शायद तुम मुझे अपना दोस्त नहीं मानती हो इसीलिए अपना दुःख-दर्द मुझसे भी बांटना नहीं चाह रही है। अरे पगली! तुझे क्या लग रहा है मैं इतनी बेवकूफ हूँ जो तुम्हारी गोल-गोल बातों के अंदर के दर्द को न पहचान सकूं। मेरी माँ ने तुम्हारे बारे में मुझे सब कुछ बता दिया है। इसीलिए तो मैं खासकर तुम्हारी कुछ मदद करने यहाँ आई हूँ।''

अब तो वृन्दा से कुछ भी छिपा नहीं था। सब कुछ वह जान चुकी थी। अपने बारे में कुछ बताने से पहले ही दामिनी फफक कर रो पड़ी। उसकी पीड़ा आँसुओ के साथ बाहर आने लगी थी। वृन्दा ने उसे अपने सीने से लगाकर चुप कराया। उसे दिलासा दिया, उसके आत्मविश्वास को बढ़ाया और उसे फिर से एक नई शुरुआत करने की सलाह दी। उसके सामने जीने के सारे विकल्प गिनाए। उसे जिन्दगी को सही तरीके से जीने का रास्ता दिखाया।

वृन्दा के सुझाए रास्तों पर चलकर उसने कपड़े सिलाई का काम सीखना शुरू कर दिया। अपनी लगन और मेहनत की बदौलत छ: महीने में ही वह कपड़े की कटाई-सिलाई में काफी माहिर हो गई।

वृन्दा खुद बैंक में कार्यरत थी। उसने दामिनी को बैंक से ऋण उपलब्ध करा दिया और उसकी मदद से दामिनी ने नारायणपुर में एक टेलर की दुकान खोल ली। धीरे-धीरे उसकी मेहनत रंग लाने लगी और साल भर में ही वह वहाँ की एक नामी टेलर मास्टर के रुप में शुमार हो गई। उसने अपना व्यवसाय बढ़ाना शुरू कर दिया। उसकी मशीनों और दुकानों की भी संख्या बढ़ने लगी। अपनी लगन व मेहनत के बलबूते उसने अपनी जिन्दगी को सही पटरी पर लाकर खड़ा कर दिया था। उसका आत्मविश्वास भी बढ़ता गया। अपनी बेटियों को वह

अच्छे स्कूलों में पढ़ाने लगी थी और एक कम्फर्ट लाइफ के लिए सारे संसाधन जुटा लिए थे।

उधर उसके ससुराल वालों की दशा काफी दयनीय हो गई थी। माधव का तो बुरा हाल था। रात-दिन शराब पीकर टुन्न रहता। उसकी सासू माँ लाचार बेसहारा होकर दर-दर की ठोकरें खा रही थी। अपनी बहू के ऊपर जो भी जुल्म किये थे उसका फल वह भुगत रही थी। उसकी सारी शान-शौकत और हेकड़ी पछाड़ खा रही थी। मर-मरकर जीने के लिए अभिशप्त हो गयी थी। ईश्वर से अपने पास बुला लेने की रात-दिन कामना कर रही थी।

एक दिन दुकान बंद कर दामिनी घर वापस लौट रही थी। थोड़ी जल्दी में थी इसीलिए मेन रोड नहीं पकड़कर वह शॉर्टकट गली से निकल रही थी। आगे वह जब झोपड़पट्टी से होकर गुजरी तो अचानक सामने कई लोगों की भीड़ उसे दिखाई दी। वहाँ कुछ लोग लड़-झगड़ रहे थे। उसने अपनी स्कूटी को बगल से निकाल लेना चाहा किंतु, जैसे ही वह उस भीड़ के करीब आई उसके हाथ से स्कूटी छूट गई और वह उस भीड़ की ओर बेतहाशा भागी। उस भीड़ में लोगों के लात-घूँसे खा रहे व्यक्ति के पास गई और भीड़ को धकियाते हुए वहाँ से सबको अलग किया और उस व्यक्ति को उठाकर सीधे हॉस्पिटल जा पहुँची। उसे मामूली चोट आई थी इसीलिए उसकी मरहम-पट्टी कराई और डॉक्टर को बिल चुकाकर सीधे वह घर वापस लौट आई।

अगले दिन सुबह घर का दरवाजा खोलते ही वह स्तब्ध रह गई। सीढ़ियों पर माधव सिर झुकाए बैठा था। उसकी आंखें डबडबाई हुई थी। उसे वहाँ देखकर दामिनी दरवाजा बंद करने ही वाली थी कि उसी समय उसकी बेटी रूपम वहाँ आ गई। बेटी को देखते ही माधव खड़ा हो गया। उससे मिलने के लिए तड़प उठा किंतु, दामिनी के भय से वह वहीं मूर्तिवत बना रहा।

माधव को वहाँ देखते ही उसकी बेटी बोली- ''पापा! आप आ गए। हम आपको बहुत मिस कर रहे थे। मम्मी भी आपको याद कर बहुत रोती थी। आप अंदर आइए ना, बाहर क्यों खड़े है?''

बेटी की बातों को सुनकर माधव खुद को रोक नहीं सका। वह फफक

पड़ा। रूपम दौड़कर उससे आकर लिपट गई। माधव ने उसे गोद में उठा लिया। बाप-बेटी दोनों रो रहे थे। रूपम पिताजी के आँसू पोंछकर उसे चुप करा रही थी। माधव उसे बार-बार सीने से लगा रहा था। झट से रूपम उसकी गोद से नीचे उतर गई और उसकी अँगुली पकड़कर उसे घर की ओर खींचने लगी। बाप-बेटी के प्यार को देखकर दामिनी की आँखे भी डबडबा गईं। उसने भी माधव को माफ कर दिया था।

रूपम की मेहँदी लग चुकी थी। पास आकर दोनों हाथों को दिखाते हुए माँ से पूछती है- ''मॉम! कैसी लग रही है मेरे हाथों की मेहँदी?''

रूपम की आवाज़ सुनकर वह भूत से वर्तमान में लौट आई।

''बहुत सुंदर मेरी प्यारी! मेहँदी के ये रंग तुम्हारी दुनिया को भी रंगीन बना देगी।-कहकर दामिनी ने प्यार से अपनी बेटी के ललाट को चूम लिया।''

अनहोनी

रमन की लाश बेड पर पड़ी थी। उसकी माँ छाती पीट-पीटकर रो रही थी। रमन के पिताजी पछाड़ खाकर गिर पड़ते और बार-बार बेहोश हो रहे थे। अड़ोस-पड़ोस के लोग वहाँ इकट्ठे हो गए थे। हर कोई रमन के माँ-बाप को सान्त्वना दे रहा था, उन्हें चुप करा रहा था। ढाढ़स बँधा रहा था। रमन की मौत एक ऐसी अनहोनी घटना थी जिसकी कल्पना भी किसी ने नहीं की होगी। जिसके भी कानों में यह खबर पड़ती वह शर्माजी के घर की ओर दौड़ा चला आता। आखिर शर्माजी के घर ऐसी अनहोनी हुई कैसे?

रमन मनोज शर्मा की एकमात्र संतान था। उसने पिछली रात फाँसी लगाकर सुसाइड कर लिया था और अपने माँ-बाप को सदा-सदा के लिए वीरान कर गया था। चलिए आप सभी को रमन की सारी दास्तां विस्तार से सुनाता हूँ। रमन अभी न कोई नेता बना था और न अभिनेता। न कोई डॉक्टर और न इंजीनियर। न वह कोई चोर था और न ही साधु। न कोई विनर और न ही लूजर

था। रमन अपने बाप का प्यारा, पंद्रह साल का सीधा-सादा-सा किशोर था, जिसे सारी दुनिया स्लो माइंडेड समझती थी।

उसने पूरी तरह सोच-समझकर मौत को गले लगाया था। मौत को गले लगाना कोई साधारण निर्णय नहीं हो सकता है। ऐसा कठोर कदम कोई तभी उठाता है, जब वह जिन्दगी से हार चुका हो या फिर जिन्दगी उसके पीछे नागिन बनकर उसे डसने के लिए दौड़ रही हो। किंतु, मात्र पंद्रह साल का रमन जिसने अभी तक न दुनिया को पूरी तरह देखा था और न ही मुसीबतों के क्रूर थपेड़ों का सामना किया था तो भला उसने जीवन का इतना बड़ा कदम कैसे उठा लिया था? मौत को गले लगाने का विचार उसके दिमाग में आखिर कैसे आया था? रमन की फाँसी का रहस्य जानने के लिए आपको मेरे साथ जरा पास्ट में उड़ान भरनी होगी। चलिए आपको ले चलते हैं रमन के घर, स्कूल और टीचर के पास, जहाँ उसकी फाँसी का ग्राउंड तैयार हुआ था।

आज एसएसएलसी का रिजल्ट घोषित होने वाला था। अपने-अपने बच्चों के रिजल्ट को लेकर पेरेण्ट्स बेहद एक्साइटेड थे। हर कोई अपने बच्चों के परसेण्टेज की अनुमानित घोषणा किए जा रहे थे। 90% से लेकर 99% तक की घोषणाएँ हो चुकी थीं। जिन्हें लगता कि उनके बच्चे 90% की इस स्वर्ण रेखा को छू नहीं पायेंगे वे वहाँ चुप रहने में ही भलाई समझ रहे थे। वहाँ घोषणाएँ भी इतने पक्के दावे के साथ हो रही थीं मानो एक्जाम उनके बच्चे नहीं बल्कि वे खुद देकर लौटे हो। इस तरह के फालतू कार्यों में महिलाएँ कुछ ज्यादा ही लिप्त थी। मर्दों के दिमाग में तो अपने बच्चों की भविष्यमयी योजनाएँ चल रही थी। किंतु औरतों को बच्चों के भविष्य से कहीं ज्यादा अपनी नाक की चिंता लगी हुई थी। उनके द्वारा किए गए दावे से अगर कहीं कम परसेंटेज आ गया तो सबके सामने उनकी नाक कट जाएगी। कितना जमाना बदल गया है? हमारे समय में तो नाक कटना बहुत बड़ी बात हुआ करती थी। जब कोई अपनी बिरादरी छोड़कर पराई बिरादरी में शादी रचा लेता या चोरी-डकैती में पकड़ाकर जेल चला जाता तब किसी की नाक कटती थी और आज लोगों की नाक इतनी नाज़ुक हो गई है कि बच्चों के परसेंटेज कम आने पर भी नाक कटने लगी है।

रमन आज घर पर नहीं था। सुबह से ही गायब था। वैसे वह अपने

घरवालों के साथ बहुत कम ही उठता-बैठता था। स्कूल से आने के बाद खा पीकर अकेले घूमने निकल जाता। उसकी उम्र के बच्चे तो पढ़ाई के बाद खेलकूद में रमे होते किंतु, रमन का मन खेलकूद में नहीं लगता। वह एकांतप्रिय था। स्कूल के बाद चला जाता प्रकृति की अनोखी एवं रहस्यमयी दुनिया में गोते लगाने।

उसके शहर में ही एक बगीचा था, जहाँ तरह-तरह के पेड़ लगे हुए थे। वहाँ प्रवेश करते ही इंसान पूरी तरह से प्रकृति के साथ जुड़ने पर मजबूर हो जाता था। वहाँ न कोई बनावटीपन था और न ही मॉडिफिकेशन। आज कल सभी शहरों में सुनियोजित बाग-बगीचे पाए जाते हैं। वहाँ छोटे-छोटे पेड़ों से लेकर पत्तियों को भी बड़े ही डिजाइनिंग तरीके से काट-छाँटकर उन्हें आकर्षक रूप देने का प्रयास किया जाता है, किंतु उस बगीचे की यही खासियत थी कि वहाँ के पेड़-पौधे प्राकृतिक तरीके से अपने ही आकार में थे। सिर्फ साफ-सफाई का पूरा ध्यान रखा गया था। इसीलिए वहाँ पहुँचते ही सीधे प्रकृति की गोद में होने का आभास होता।

रमन की मनपसंद जगह वही बगीचा था। स्कूल से आने के बाद सीधे वह उसी बगीचे में चला जाता। वहाँ पहुँचकर वह प्रकृति से इस कदर जुड़ जाता मानो वह उसी बगीचे का एक अंग हो। कभी वह उड़ती चिड़ियों को गौर से निहारता तो कभी पेड़ों पर चढ़कर उनके घोंसलों को करीब से देखता। उनके छोटे-छोटे अंडों को निहारता, किंतु उन्हें कभी हाथ नहीं लगाता।

एसएसएलसी का रिजल्ट आ गया था। वही हुआ, जिसका रमन को डर था। अपना रिज़ल्ट देखने के बाद वह घर नहीं जाकर उसी बगीचे में चला गया था। उसे आज सब कुछ बदला-बदला सा नजर आ रहा था। चिड़ियों की चहचहाहट जहाँ बाकी दिन उसे खुश कर देती थी, आज वही चहचहाहट उसे चिड़ियों के हृदय से निकलता करुण चीत्कार लग रहा था। झूमते पेड़ उसे जहाँ भाव-विभोर कर देते थे आज वही पेड़ उसे भयाक्रांत से काँपते नजर आ रहे थे। मखमली आनंद देने वाली धरती की हरी-हरी घास आज उसके पेरों में काँटे की तरह चुभने लगी थी। जिस बाग में उसे स्वर्ग-सा आनन्द मिलता था आज उसी बाग में उसे डर लगने लगा था। बाकी दिन शाम होते-होते वह बगीचे से बाहर

आ जाता था, क्योंकि अपनी दादी की कही हुई बातें याद हो आतीं। उसकी दादी उससे कहा करती थी कि बेटा शाम होने पर अन्य जीव-जंतुओं की तरह पेड़-पौधे भी सो जाते हैं इसीलिए उन्हें शाम के बाद नहीं छूना चाहिए, नहीं तो उसकी नींद भंग हो जाती है। किंतु, आज वह बगीचे से निकल नही पा रहा था। उसका मन बार-बार वहीं रहने का हो रहा था।

रमन 58% पर आकर लटक गया था, जबकि उसका दोस्त सौरभ 90% की स्वर्ण रेखा पार कर 92% पर पहुँच गया था। उसकी मम्मी की नाक बच गई थी, क्योंकि उन्होंने 93% तक की घोषणा की थी किंतु, रमन की मम्मी की नाक पर तो मानो किसी ने चमकती धारदार छुरी चला दी हो और वह रक्तरंजित होकर दर्द से कराहने को विवश है। सौरभ की माँ अपने बेटे को लेकर तुरंत मंदिर गयी। वहाँ सवा किलो लड्डू चढ़ाया और एक जोड़ा नारियल फोड़ आयी। जिनके बच्चे 90% की स्वर्णरेखा पार करने में सफल हुए थे उन्हीं की चहल-पहल मुहल्ले में थी और 80% तक वाले ना खुश थे और ना ही दुखी किंतु, 75% तक के आंकड़े को मात्र छूने वाले बच्चे अपने माँ-बाप से हल्की-हल्की घुड़कियाँ खा रहे थे। यहाँ तक तो ठीक था किंतु, 75% से नीचे वालों पर तो आफ़त ही आ गई थी। किसी की माँ अपनी किस्मत को कोस रही थी तो कोई अपनी कोख को।

ऐसे हालात में रमन की माँ पर क्या बीती होगी आप ही जरा कल्पना कीजिए। उसकी माँ ने तो घर में चूल्हा तक नहीं जलाया था। वह क्रोध की आग में जल रही थी। रमन के पिताजी ऑफिस गए हुए थे, उन्हें शायद अभी तक इसकी खबर नहीं थी। घर से रमन भी गायब था। उसकी खोज करना भी रमन की माँ के लिए कठिन था, क्योंकि वह कौन-सा मुंह लेकर घर से बाहर निकलती, उसकी नाक तो कट चुकी थी इसीलिए घर पर ही बाप-बेटे दोनों की वह प्रतीक्षा कर रही थी।

शाम हो गयी थी। अँधेरा थोड़ा गहराते ही रमन ने घर के दरवाजे पर दस्तक दी। माँ ने उससे कोई बात नहीं की और ऐसे घूरकर देखा जैसे कोई मनहूस उसके घर घुस आया हो। वह सीधे अपने कमरे में जाकर कैद हो गया। कुछ देर बाद मनोज शर्मा भी घर आए। कपड़े बदलकर वे सोफे पर जम गए और

टी.वी. ऑन कर लिया।

घर में पूरी तरह सन्नाटा छाया हुआ था, जबकि बाकी दिन तो इस वक़्त रमन अपनी माँ की घुड़किया खा रहा होता था। देखो केमेस्ट्री में कितना बुरा हाल है तुम्हारा, मैथ तो तुम्हारे खोपड़ी में घुसता ही नही है। इंगलिश में तुम्हें कुछ आता ही नहीं है। मैंने कितनी बार कहा है कि क्लास में कंसेनट्रेट रहना, इधर-उधर की बातों पर जरा भी ध्यान मत देना लेकिन, तुम मेरी सुनते ही कहाँ हो? और ना जाने कितनी घुड़कियाँ उसे यूँ ही शाम में नाश्ते के साथ फ्री में मिल जाती थीं।

''क्या हुआ घर पर रमन नहीं है क्या?''-मनोज शर्मा ने घर में पसरे सन्नाटा को देखकर पत्नी से सवाल किया।

''घर पर ही है और कहाँ जाएगा ये नालायक?''-बेटे को कोसते हुए उसकी पत्नी ने जवाब दिया।

मनोज शर्मा को अचानक याद आया कि आज रमन का रिजल्ट आने वाला था।

''अच्छा आज तो रमन का रिजल्ट आने वाला था, क्या हुआ?''

रमन की माँ इंटरनेट से निकाला हुआ रमन का रिजल्ट पति के हाथों में थमाते हुए बोली- ''और क्या होगा आपके लाड-प्यार ने उसे पूरी तरह बिग़ाड कर रखा है। मैंने पहले ही कहा था कि उसके साथ थोड़ा स्ट्रिक्ट बनिए लेकिन, आप दूसरों की सुनते ही कहाँ हैं। आप तो बड़ी-बड़ी डींगें हाँकते थे बेटे को इंजीनियर, डॉक्टर, लॉयर और ना जाने क्या-क्या बनाएंगे। देखिए उसका रिजल्ट 60% तक भी नहीं पहुँच पाया। हम क्या मुंह दिखाऐंगे दुनिया वालों को? सिन्हा का गुठलू-सा बेटा को देखिए, 92% तक पहुँच गया। बेटा उसका भले ही नाटा है लेकिन, वह किस्मत का सांड़ निकला।''

मनोज शर्मा ने बेटे के रिजल्ट को बड़े गौर से देखा और फिर एक लम्बी साँस लेते हुए कहा- ''हाँ रिजल्ट तो बहुत ही बुरा है। मैंने कभी कल्पना भी नहीं की थी कि उसका रिजल्ट इतना पूअर होगा, नहीं तो और एक-दो ट्यूशन

बढ़ा देते।''

उसकी पत्नी टनककर बोली- ''ट्यूशन क्या करेगा खाक। पहले से ही तो चार ट्यूशन चल रहा था। स्कूल के बाद भी चार ट्यूशन कम है क्या? सिन्हा जी ने तो मात्र दो ही ट्यूशन लगाए थे, फिर भी उनका बेटा आसमान छू गया।''

रिजल्ट देखकर मनोज शर्मा का सर भारी होने लगा था। वह समझ नहीं पा रहा था कि अब क्या करे। इतने पूअर रिज़ल्ट से उसके आगे के सभी रास्ते ब्लॉक हो चुके थे। उसके दिमाग में आया कि एक बार फिर से एसएसएलसी का एग्जाम दिलवाया जाए और फिर वह साल भर के अनुमानित खर्च का केलकुलेशन करने लगा 1,20,000 स्कूल फी, पाँच ट्यूशन पर खर्च लगभग 5 x 3000 x 11 = 165000, 20000 अन्य कुल मिलाकर 3 लाख का खर्च आएगा। बजट तो थोड़ा भारी था लेकिन, जिन्दगी भर यूजलेस बने रहने से तो यह लाख गुना अच्छा था। इसीलिए उन्होंने अगले साल एक बार फिर रमन को एसएसएलसी में बैठाने का पूरा मन बना लिया।

किंतु, उसकी माँ की सबसे बड़ी समस्या नाक की थी। अपनी कटी हुई नाक के साथ वह मोहल्ले में सबके सामने कैसे जाएगी? मिसेस सिन्हा जिससे उसकी काँटे की टक्कर थी, उसके सामने भला वह कैसे जा पाएगी? यह तो ह्यूमन नेचर है कि लोगों को अपने दुःख से कहीं ज्यादा दूसरों की खुशी से कष्ट होता है। दूसरों की खुशी को कम करने के लिए अगर उन्हें अपने सुख की भी कुर्बानी देनी पड़े तो लोग इसके लिए भी तैयार हो जाते हैं। रमन की माँ को अपने बेटे के मार्क्स कम आने से जितना दुःख हो रहा था उससे कहीं ज्यादा दुःख उसे सिन्हा के बेटे द्वारा अधिक मार्क्स ले आने के कारण हो रहा था।

रमन को कमरे से बुलाया गया। उसे पता था कि पिता जी तो ज्यादा कुछ नहीं कहेंगे किंतु, इस वक्त माँ का सामना करने की हिम्मत उसे नहीं हो रही थी। क्लास टेस्ट में मार्क्स कम आने पर ही माँ ना जाने क्या-क्या सुना देती थी किंतु, आज तो एसएसएलसी में उसके मार्क्स कम आए थे, पता नहीं आज माँ का कौन-सा रूप उसे देखने को मिलेगा? सहमे कदम वह कमरे से बाहर आया और पिताजी के सामने सिर झुकाकर खड़ा हो गया।

माँ ने पूछा- 'कितना परसेंट आया?''

''58%'

''क्यों?''

''.....' रमन चुप रहा।

''पापा को देख रहे हो? रात-दिन काम में लगे रहते हैं। इन्हें खाने-पीने तक की फुर्सत नहीं मिलती। ये सब क्यों कर रहे हैं? किसके लिए कर रहे हैं? सिर्फ तुम्हारे लिए। तुम्हारी पढ़ाई के लिए। तुम्हारी लाइफ सेटल करने के लिए।

रमन ने चोर नज़रों से एक बार अपने पिताजी को देखा। और फिर सिर झुका लिया। उसकी माँ ने बोलना जारी रखा।

''हमने आज तक न कोई गाड़ी खरीदी और न ही फ्लैट खरीदा। पापा तुम्हारे बस से सफर करते हैं, लोगों की धक्का-मुक्की खाते हुए ऑफिस आते-जाते है। रोज-रोज हम मकान मालिक के ताने सुन-सुनकर जी रहे हैं। अपने सारे अरमानों को हमने दिल में ही द़फ़न कर लिया है। बस तुम्हारा एडमिशन किसी अच्छे कॉलेज में हो जाए फिर हम थोड़ी राहत की साँस लेते किंतु, तुम्हें क्या फर्क पड़ता हम जिएँ या मरें। हमने क्या नहीं किया तुम्हारे लिए, और बदले में तुमने क्या दिया?''

कुछ पल के लिए उसने अपनी बातों को जरा पॉज दिया और फिर आगे बोलना शुरू किया।

''58% लाकर मुहल्ले में हमारी नाक कटा दी। तुमने तो हमें जीते जी मार दिया। अब मिसेस सिन्हा को हम क्या मुँह दिखाएंगे? किस मुँह से कहेंगे कि मेरा बेटा 58% ही ला पाया? मैं रात-दिन तुम्हारे पीछे लगी रही। इतनी मेहनत अगर हम किसी गधे पर करते तो वो भी 90% मार्क्स ले आता। तुम तो गधा से भी महागधा निकला।''

''तुम्हारे पापा अगले साल फिर तुम्हे एसएसएलसी की परीक्षा में बैठाने जा रहे हैं, पर तुम्हें क्या फर्क पड़ता? हाड़-माँस तो इनको गलाने पड़ रहे हैं। 3 लाख रूपए का खर्च आएगा दोबारा परीक्षा दिलवाने में। क्या हमारे पास रुपयों

का कोई पेड़ है जो तोड़कर लाएं और तुम्हारे पीछे खर्च करें?''

इसी तरह न जाने कितनी बातें उसकी माँ उसे सुनाती गयी और रमन सिर झुकाकर सुनता गया। पापा ने उसे कुछ कहा तो नहीं लेकिन, उनके दिल को भी काफी ठेस पहुँची थी। रमन वैसे अपने पिताजी का बहुत लड़ला था। आज तक पिताजी ने उसे कभी डाँटा नहीं था। उसकी हर जरूरतों को खुशी-खुशी पूरा किया था। पिताजी से सदा उसे प्यार ही मिला था। किंतु, आज अपने रिजल्ट की वजह से पिताजी को दुःखी देखकर रमन आत्मग्लानि से भर गया था। उसका दिल बैठा जा रहा था। पिताजी ने रमन से कुछ नहीं कहा और सोने के लिए चले गए। रमन भी अपने कमरे में चला गया। उसकी माँ ने थाली में खाना लाकर उसके कमरे में पहुँचा दिया था।

रमन की भूख मर चुकी थी। वह अंदर-ही-अंदर तड़प रहा था। रमन को मैथ्स का भूत हमेशा डराता रहता था। उसने खाना एक तरफ कर दिया और एक बार फिर अपनी किताबों को उठा लिया। उनके पन्ने पलटे और फिर उसकी नजरों के सामने साल भर का दृश्य उभरने लगा। दोबारा एग्जाम देने के नाम से ही उसके रोंगटे खड़े हो गए थे। स्कूल का एक-एक दृश्य उसकी नजरों के सामने उभरने लगा था।

मैथ्स कलास में ही वह सबसे ज्यादा नपता था। ज्योमेट्री का प्रोपॉर्सनालिटी थ्योरम और जगमोहन सर का चेहरा दोनों उसे समान रूप से डराते थे। जगमोहन ठाकुर हट्टे-कट्टे पहलवान-से दिखने वाले कड़क स्वभाव के मैथ्स टीचर थे। क्लास में घुसते ही बच्चों की सिट्टी-पीट्टी गुम हो जाती थी। आजतक उसने किसी भी बच्चे पर हाथ नहीं छोड़ा था, फिर भी उसके नाम से ही बच्चों की हगनी-मुतनी छूट जाती थी। अगर वह किसी बच्चे को एक बार आँखें लाल-लाल कर घूर देता था तो उस बच्चे का हाथ-पैर वाइब्रेशन मोड में आ जाता था। सवाल का जो भी हल बच्चों के दिमाग में आता उसका गुस्सैल थोबड़ा देखते ही सब कुछ फुर्र हो जाता था।

रमन का दिमाग भारी होने लगा था। उसने आँख बंद कर ली। आँख बंद करते ही उसे लगा कि वह उसी बगीचे में पहुँच गया है जहां जाकर वह घंटों बिताया करता था। अचानक वहाँ तेज हवा बहने लगी थी। पेड़ से पत्ते टूट-

टूटकर सीधे जमीन पर न गिरकर चारों ओर से उसके माथे में घुसते जा रहे थे। हवा और तेज हो गई थी, अब जमीन से घास सीधे रॉकेट की तरह उठती और उसके दिमाग में समाती जा रही थी। हवा की तेजी और बढ़ती गई। अब पेड़-पौधे सब उखड़-उखड़कर उसके माथे में घुसने लगे थे। अचानक उसने आँखें खोल दी। सामने मैथ्स की बुक पड़ी थी। उसे किनारे कर दिया और हिन्दी की बुक उठा ली। हिन्दी की बुक उठाते ही उसके हर पन्ने में उसे राघवेन्द्र सर का चेहरा दिखाई पड़ने लगा था

स्कूल में बस हिन्दी का ही क्लास था जहाँ उसे लगता था कि वह दिल से पढ़ाई कर रहा है। राघवेन्द्र सर हिन्दी पढ़ाया करते थे। वह एकदम यंग थे। चकाचक ड्रेस में हमेशा उनकी एंट्री हुआ करती थी। उनके चेहरे पर सदा मुस्कराहट तैरती रहती थी। हिन्दी को वे बड़े मनोरंजक ढंग से पढ़ाते थे। जब भी बच्चों के चेहरे पर सुस्ती का भाव आता कोई रोमाँचक कहानी सुनाकर बच्चों को फिर रिचार्ज कर देते थे। स्कूल में वह सबके चहेते बने हुए थे। सिर्फ बच्चे ही नहीं शिक्षक वर्ग भी उनकी डायनेमिक पर्सनालिटी के मुरीद थे।

एक बार फिर उसने आँखें बंद कर ली। आँखें बंद करते ही उसके सामने बगीचे का दृश्य उभरने लगा। वह एक पेड़ के नीचे बैठकर जोर-जोर से हाँफ रहा था। चिड़ियाँ भी उस पेड़ पर आकर काँय-कुचुर, काँय-कुचुर करने लगी थीं। धीरे-धीरे हवा फिर तेज होने लगी। पेड़-पौधे जोर-जोर से हिलने लगे। चिड़ियों के घोंसले धप-धप जमीन पर गिरने लगे थे। अंडे टूट रहे थे, उनसे छोटे-छोटे बच्चे निकल रहे थे। अंडे से निकलते ही वे फुर्र से उड़ जा रहे थे। अचानक हवा काफी तेज हो गई और उसके माथे से सारे घास-फूस, पेड़-पौधे और उनके पत्ते बाहर निकल रहे थे और अपनी-अपनी जगह पर पुनः जाकर सेट हो रहे थे। अचानक उसका माथा हल्का लगने लगा। उसने आँखें खोली और सचमुच ही उसका माथा हल्का लगने लगा था। उसने एक घूँट पानी पिया और केमेस्ट्री की बुक हाथ में उठा ली। उसके पन्ने पलटते हुए उसे श्वेता मैडम की याद हो आयी।

केमेस्ट्री से उसे डर नहीं लगता था, क्योंकि श्वेता मैडम बड़े प्यार से केमेस्ट्री पढ़ाया करती थीं। एकदम फ्रेण्डली थीं वे किंतु, प्राब्लम तो उसके

दिमाग में था। केमेस्ट्री के इक्वेशन का बैलेंस करते-करते वह खुद अपने हेल्थ का बैलेंस बिगाड़ लेता था, मैडम पढ़ातीं तो उसे वह समझता कम, किंतु, रट्टा ज्यादा लगाता था। कई बार मैडम ने उसे सामने बैठाकर बड़े प्यार से समझाया था कि बेटे तुम रट्टा लगाना छोड़ दो और जो भी पढ़ाती हूँ उसे ध्यान से सुनो और समझने का प्रयास करो। अगर कहीं समझ में नहीं आये तो खड़े होकर प्रश्न करो; लेकिन आंसर को केवल रटने की कोशिश मत करो।

उसने केमेस्ट्री की किताब भी बंद कर दी और अंग्रेजी के पन्ने उलटने लगा। पन्ने उलटते-उलटते उसका ध्यान अपनी हथेलियों की ओर चला गया। हथेलियों को वह बड़े गौर से देखने लगा। मुखर्जी सर के सुट्टा को वह भूल नहीं पा रहा था। उसकी नजरों के सामने मुखर्जी सर और उनका सुट्टा बार-बार उभर आया था।

उसके स्कूल में मार तो मुखर्जी सर की पड़ती थी। इंगलिश क्लास में पढ़ाई कम, बच्चों की सुटाई ज्यादा होती थी। अपने क्लास में उन्होंने फरमान जारी कर रखा था कि अगर कोई भी स्टुडेंट उनके क्लास में इंगलिश के अलावा किसी अन्य भाषा में बात करते हुए पकड़ा गया तो उसे 10 रुपये के जुर्माने के साथ 10 सुट्टे भी खाने पड़ेंगे। सुट्टा मतलब बाँस की एक विशेष प्रकार की बनाई हुई पतली-सी छड़ी जो हथेली पर पड़ते ही 440 वोल्ट करेंट का झटका देती थी। टेंस और वॉयस तो रट्टा मार मारकर ठीक कर लिया था किंतु, नरेशन में वह फंस ही जाता था।

अपनी पढ़ाई-लिखाई की याद करते-करते उसे वह घटना भी याद हो आयी। जब वह सेवेंथ में था। एक दिन उसके स्कूल में एक चित्रकार आया हुआ था। उस चित्रकार की खासियत यह थी कि वह अपनी चित्रकारी में इतना निपुण था कि कोई भी लकीर सीधी या टेढ़ी उसके सामने खींच दी जाए तो वह उस लकीर से ही पेड़-पौधे, जीव-जंतु और न जाने कितने प्रकार की सुन्दर-सुन्दर आकृतियाँ, बना देता था।

उस दिन क्लास के ब्लैकबोर्ड पर उस चित्रकार ने एक टेढ़ी-सी लकीर खींच दी थी और सभी स्टुडेंट्स से पाँच मिनट के अंदर उस लकीर की सहायता से कोई चित्र बनाने की अपील की थी। उस पूरे क्लास में रमन की चित्रकारी

सबसे अच्छी थी। रमन के अंदर छिपे चित्रकार को उसने पहचान लिया था और जाते-जाते उसने रमन को अपने पास बुलाया और उसे एक कलर बॉक्स गिफ़्ट करते हुए कहा- ''बेटे इस बॉक्स को मैं तुम्हें पुरस्कार के रूप में दे रहा हूँ और इसके अंदर के जो कलर्स हैं उससे तुम चाहो तो अपनी दुनिया को रंगीन बना सकते हो। ''उसी दिन से रमन एक नयी दुनिया में प्रवेश कर गया था; चित्रकारी की दुनिया में जहां उसे न जगमोहन सर का डरावनी चेहरा नजर आता और ना ही केमेस्ट्री के इक्वेशंस। जब भी वह पेंटिंग करने बैठता पूरी तरह उसी में खो जाता था। पेंटिंग और वह एक हो जाते थे। पेंटिंग के बारे में जब उसने अपनी माँ से बात की तो उन्होंने साफ कह दिया था कि इधर-उधर की फालतू की बातें बंद कर अपना दिमाग केवल पढ़ाई में कंसेंट्रेट करो।

माँ की इस फटकार से वह थोड़ा निराश हुआ किंतु, पेंटिंग को वह छोड़ नहीं पाया। चोरी-चुपके माँ से नजरें बचाकर वह पेंटिंग करता गया और पढ़ाई का सिलेबस पीछे छूटता गया। दोनों के विचार अलग-अलग थे। माँ को परसेंटेज से प्यार था और रमन को पेंटिंग से। माँ पढाई में 100% चाहती थी और रमन पेंटिंग में 100% दे पाता था। ऐसे ही चलता रहा और वही हुआ जो होना था।

दिमाग दौड़ाते-दौड़ाते उसका सिर भारी होने लगा था। उसने एक बार फिर अपनी आँखें बंद कर ली। आँखें बंद करते ही वह उसी बगीचे में पहुँच गया था। इस बार भी वैसा ही हो रहा था जैसा पहली बार हुआ था। अचानक वहाँ तेज हवा बहने लगी। पेड़ से पत्ते टूट-टूटकर सीधे जमीन पर न गिरकर चारों ओर से उसके माथे में घुसते जा रहे थे। हवा और तेज हो गई अब जमीन से घास सीधे रॉकिट की तरह उठती और उसके दिमाग में समाती जा रही थीं। हवा की तेजी और बढ़ गई। पेड़ उखड़-उखड़कर उसके माथे में घुसने लगे थे। उसी समय सामने तेज हवा का एक चक्रवात उठा। धीरे-धीरे आस-पास की चीजों को लपेटकर ऊपर उड़ा ले जा रहा था। चक्रवात का घेरा बढ़ता गया। अपने घेरे में उसने रमन को भी लपेट लिया। रमन भी चक्रवात की गति से गोल-गोल घूमने लगा। अचानक चक्रवात उसे ऊपर उड़ा ले गया।

उसने आँखें खोली तो अब भी उसका दिमाग भारी था। सिर दर्द से

फटा जा रहा था। उसे ऐसा लग रहा था कि कुछ ही समय में उसका सिर ब्लास्ट होने वाला है। अचानक उसके दिमाग में तेज हवा के झोंके की तरह सुसाइड करने का विचार आया। सुसाइड का विचार आते ही उसके दिमाग के सारे बोझ तुरंत छूमंतर हो गये। सिर हल्का हो गया। मन में भय और सुकून की मिली-जुली एक अद्भुत-सी फीलिंग आयी। सारी समस्याओं का निदान उसे मिल गया था। अब न उसे मैथ से डर लग रहा था और ना ही मुखर्जी सर के सुट्टे का। किंतु, साथ-ही-साथ उसके हाथ-पाँव भी कांपने लगे थे। मन में एक अजीब तरह की घबराहट होने लगी थी। सुसाइड का विचार आते ही उसे ऐसा लगने लगा था कि कोई ऐसी शक्ति उसके अंदर है जो जबर्दस्ती उससे सुसाइड करवाना चाह रही है। इसके लिए उसे पूरज़ोर तरीके से उकसा रही है।

उसी समय उसे सिमरन की याद हो आई। सिमरन उसकी क्लासमेट थी। भोली-भाली सूरत वाली सिमरन बड़ी ही दयालु किस्म की लड़की थी। क्लास में उसकी हर संभव मदद करती थी। दिमाग थोड़ा स्लो था इसीलिए क्लास के बाकि लड़के उससे दूर रहा करते थे, किंतु सिमरन हमेशा उसकी मदद करती थी। क्लास में मैथ्स के कई सवाल वह टीचर से कम किंतु, सिमरन से ज्यादा सीख पाया था। जब भी क्लास में उसे कान पकड़कर खड़े रहने का पनिशमेंट मिलता वह सामने खड़ा होकर बाकी सभी बच्चों का मुँह देखता रहता था। उसमें केवल सिमरन ही उसके पनिशमेंट पर दुःखी होती थी और बाकी को कोई फर्क नहीं पड़ता था। सिमरन की वजह से कई बार वह पनिश्ड होते-होते बचा था।

एक बार उसे अपने पापा की याद भी आयी। पापा से वह बहुत प्यार करता था। पापा भी उससे बेहद प्यार करते थे। आज तक पापा उस पर नाराज नहीं हुए थे। किंतु, आज उसे लगा कि रिजल्ट देखकर पापा के मन को भी काफी ठेस पहुँची होगी इसीलिए वह बिना कुछ बोले ही अपने कमरे में चले गए थे। अब वे भी शायद मुझे प्यार नहीं करेंगें। उन्हें भी मुझसे कहीं ज्यादा मेरे मार्क्स से प्यार है। अब वो भी माँ की तरह मुझे डाँट लगायेंगे। इसी तरह के अनगिनत विचार उसके मन में आ जा रहे थे।

उसने तय कर लिया कि अब वह नहीं जिएगा। लेकिन उसकी पेंटिंग

का क्या होगा। वह अपनी पेंटिंग को उस शहर के एनुअल एग्जबिशन में लगाना चाहता था। यह काम उसका कौन करेगा? अचानक उसे इसका भी हल सूझ गया। सुसाइड करने से पहले वह इसके लिए एक नोट छोड़ जाएगा। झटपट उसने पेन और कॉपी निकाली और सुसाइड नोट लिखने लगा।

सुसाइड नोट ....

प्यारी माँ,

मैंने आपकी नाक कटवा दी। पिताजी का दिल तोड़ा है इसीलिए मुझे माफ़ करना। मैंने यह जान बूझ कर नहीं किया था। मैंने पढ़ाई भी खूब मन लगाकर की थी, लेकिन परिणाम वही आया, जो मैं वास्तव में हूँ। इंजीनियर, डॉक्टर या फिर लॉयर बनने की क्षमता मुझमें नहीं है। भगवान शायद ऐसी क्वालिटी मुझमें डालने ही भूल गए हों।

पापा ने फिर से एसएसएलसी का एग्जाम दिलवाने का निर्णय लिया है, किंतु, मैं लाख कोशिश करने के बावजूद भी 90% का आँकड़ा नहीं छू सकता हूँ। इसीलिए अब न आप लोगों को मेरे लिए कोई कुर्बानी देनी पड़ेगी और न ही मैं पापा को फिर से 3 लाख रुपये बर्बाद करने दूँगा, क्योंकि मैं पापा से बहुत प्यार करता हूँ।

मैं अपना एक अधूरा सपना छोड़कर जा रहा हूँ। मेरे जाने के बाद कृपया आप उसे पूरा कर देना। मैंने कई पेंटिंग्स बनायी है, जिसे दादी के पुराने बॉक्स में छिपाकर रखा है। उसे कृपया आप एनुअल एग्जीबिशन में जरूर लगा देना।

नो मोर,

रमन

सुसाइड नोट को उसने स्टडी टेबल पर रख दिया और ज्योमेट्री बॉक्स से कैंची निकाली। बेडशीट उठाया। उसे धीरे-धीरे चार टुकड़ों में काटा। एक-दूसरे के छोर को जोड़कर गाँठ लगाई। स्टडी टेबल को धीरे-धीरे सामने लाया।

उसके ऊपर चढ़ा। फैन की हुक से बेडशीट का एक छोर बाँधा। उसे जोर से खींचा। टूटने का कोई चांस नहीं दिखा। दूसरे छोर पर फाँस लगाई। उसे गले में डाला। धीरे-धीरे दोनों पैर टेबल के किनारे पर लाया। आँखें बंद की और खुद को लटका दिया बेडशीट के उन टुकड़ों के सहारे।

कहानी यहीं खत्म नहीं होती है। रोने-धोने के बाद जो कुछ होना था वह तो हुआ।

वार्षिक प्रदर्शनी में उसकी पेंटिंग्स लगाई गयी। लोग उनकी ओर अनायास ही खिंचे चले आ रहे थे। उसकी पेंटिंग्स का कमाल कहें या फिर कोई चमत्कार जब उनकी नीलामी शुरू हुई लोगों ने उस पर ऊँची-ऊँची बोलियाँ लगानी शुरू कर दी और उसकी सारी पेंटिंग्स लाखों में नीलामी हुई। क्षण भर में ही रमन ने प्रसिद्धि की ऊँचाइयों को छू लिया था। वह एक घोषित चित्रकार बन गया था। किंतु, उनकी पेंटिंग्स और उसकी यादें ही इस दुनिया में शेष रह गयी थी।

माँ उसकी पेंटिंग को सीने से लगाकर फूट-फूटकर रो रही थी। उसकी आँखों के सामने अँधेरा छाने लगा था। पेंटिंग को सीने से लगाए वह जमीन पर लुढ़क गई।

आखिरी दाँव

प्रकृति का अपना अलग ही फंडा होता है, एक दम सॉलीड फंडा। राजा हो या रंक, सबके साथ समान पेश आती है, कहीं किसी प्रकार की कोई मुँह चिन्हाई नहीं। उसकी नज़र में न कोई दुलरवा होता हैं और न ही उपेक्षित। जैसी करनी वैसी भरनी तय है। मुँह चिन्हाई तो वास्तव में हम करते हैं। हम माने इस अनोखी प्रकृति की सबसे ज्ञानवान, बुद्धिजीवी, सभ्य और सामाजिक माने जाने वाले अद्भुत प्राणी। जिसकी जैसी शोहरत उसकी वैसी इज्जत। नफ़े-नुकसान के बटखरे से इंसान को तोलना ही तो हमने सीखा है यहाँ पर।

फिजिक्स में पढ़ा था न्यूटन का तीसरा नियम-प्रत्येक क्रिया की सदैव बराबर एवं विपरीत दिशा में प्रतिक्रिया होती है। लेकिन दुनिया वाले इतनी आसानी से इस नियम को मानते हैं क्या? अगर ऐसा होता तो फिर शाहिद भोले भाले बच्चों के सपनों के साथ जुआ खेलने नहीं चल पड़ता। उनके अरमानों के

साथ दगाबाजी नहीं करता। किंतु, प्रकृति भी किसी को बख्शती है क्या! उनके कर्मों का फल इसी जन्म में उन्हें भोगने के लिए गठरी बाँध कर उनके गले में लटका देती है। शाहिद के साथ भी प्रकृति ने कोई समझौता नहीं किया था। अपने कर्मों का बराबर फल उसे मिला था।

अपने सर्टिफिकेट्स हाथ लगते ही गौतम की जान में जान आई थी। सुदर्शन की रफ़्तार से चकराता उसका माथा विरामावस्था में आ गया था। विश्वविजेता की शान से होटल से छूटते ही उसने दोनों हाथ जोड़कर ऊपरवाले को प्रणाम किया। उसके आगे अपनी कृतज्ञता प्रकट की। कान पकड़ा और ऐसे घनचक्कर में कभी दोबारा न पड़ने की कसम खा ली। वही जानता था कि क्या तिकड़म भिड़ाना पड़ा था सर्टिफिकेट्स के वास्ते। अपनी संपत्ति अपने हाथ से लुटाकर उसका जीना हराम हो गया था। उसे न रात को नींद और न दिन को चैन नसीब हो रहा था। इसके वास्ते झूठे वाद... झूठी कसमें।.... झूठा रोना-धोना और न जाने क्या-क्या फितरत दिखाना पड़ा था। उसे विश्वास था कि जीत तो आखिर में उसी की होगी। न वह अपने बाप के खून-पसीने की कमाई डुबने देता और न ही सर्टिफ़िकेट्स। रुपये कहीं फोकट में आये थे क्या? उसके बाप ने जान-माल बेचकर रुपये जुटाये थे, तो भला वह उसे डूबने कैसे दे सकता था। उसने जान की बाजी लगा दी थी; फिर भी काम नहीं बना तो आखिर में उसने आखिरी दाँव चल ही दिया।

मेरे बाकी साथियों को देख लें। उन्होंने हिम्मत नहीं दिखाई तो उनके रुपये डूबने पर आ गये थे। भला कौन उसे वसूल कर उनके रुपये ला देता? शाहिद ने अकड़कर दो डिंगें क्या हाँक दी वे सब सियार की तरह दुम दबाकर छिप गये घर में। अरे हम भी पढ़े लिखे हैं, नियम कानून की थोड़ी-बहुत समझ रखते हैं। बीस बरस बिताया है किताबों की दुनिया में। जानते हैं, बीस बरस कोई मामूली समय नहीं होता; दो दशक का समय होता। इतने समय में तो दुनिया कहाँ से कहाँ चली जाती है। बहुत कुछ सीखकर वहाँ से निकला हूँ। हां मैं मानता हूँ कि एक चूक मुझसे हुई बरना, इन चुहाड़ों के मकड़जाल में काहे फँसता। फँस गया तो फंस गया। लेकिन उन्हें भी छोड़ा कहाँ उनकी लंका में तो डंका बजा ही दिया।

इसी तरह की अनगिनत बातें सोचते-सोचते वह सीधे अपने दोस्त के पास जा

पहुँचा। वहाँ अपनी करदानी का बढ़-चढ़कर बखान करने लगा और खुद को बड़ा बुद्धिमान और साहसी साबित करने का प्रयास करने लगा। अगर वास्तव में ही वह इतना बुद्धिमान होता तो भला इस धोखाधड़ी के दलदल में काहे फँसता। आज बड़ा हैकड़ रहा है कल तक तो चुकरी-सा मुँह लिए इधर-उधर टिटिया रहा था।

गौतम दास, मोहनपुर का पहला बीए पास और सनकी किस्म का बाँका छैला। उसपर दो महीने पहले बीएड करने का ऐसा बुखार चढ़ा, ऐसा बुखार चढ़ा कि बाप के हाथ खड़ा करने पर भी नहीं उतरा। सनकी बना रहा। दिनभर खेतों में काम कर लेता और रात को निकल जाता श्रेसर मिल में पत्थर के साथ कुश्ती लड़ने। दिनरात काम की आग में उसने खुद को झोंक दिया। जलता रहा...... शरीर पिघलता रहा.........पर मन बीएड करने को मचलता रहा। सनकी बेटे की तड़प पिता से देखी नहीं गई। अपनी नजरों के सामने बेटे को तील-तील मरता भला कौन कसाई बाप देख पायेगा? उसने दिल को समझाया, बुझाया अपने जमीर को जगाया और हो लिया बेटे के साथ।

बाप की रजामंदी क्या पाई उसके पाँव चौकड़ियाँ भरने लगे। कॉलेज दर कॉलेज छानने लगा, एक सीट के लिए जुझता रहा; खाक छानता रहा, पर बात कहीं बनती ना दिखी। हर जगह पेरवी परस्ती साँप कुंडल मारकर बैठा मिला। डिग्रियों का वहाँ मोल नहीं था, मोल तो बस तोल-तोल कर देने में था। किंतु, जिसपर खुद कंगाली का साँप कसकर लिपटा हो वह भला तोल-तोलकर क्या दे पाए? उसके चेहरे पर ही मानो कंगाली की ऐसी चोहचोह मुहर लगी थी कि सामनेवाले की नजर पड़ते ही वे सबकुछ भाँप जाते। पहला सवाल यही दागते 'माल जुटा पाओगे, मा.....मा.....ल.' डिग्रियाँ तो बाद में और परसेंटेज तो सबसे अंतिम स्टेज में पूछते थे। अगर गलती से हाँ कह भी दिया तो पता चला कि फीस की दुगुनी-तिगुनी रकम तो फोक़ट में उन रिश्वतखोरों की जेब में सीधे दफ़न हो जाती जिसकी गंध न सरकार और न यमराज तक ही पहुँच पाती। और अगर रकम जुटाने में असमर्थता जाहिर की तो ऐसे दुत्कारे जाते जैसे किसी भोज में कोई आवारा कुत्ता भटककर घुस गया हो।

आखिर उसके राज्य में कुछ गिने चुने ही तो सरकारी बीएड कॉलेज थे। करीब-

करीब तमाम कॉलेजों का चक्कर वह लगा चुका था। किंतु, कहीं भी बात बनती नहीं दिख रही थी। पेरवी-सेरवी लगवाना तो उसके लिए बहुत दूर की बात थी। ना उसके कुल खानदान में किसी की पहुँच ऊँचे ओहदे तक थी और न ही किसी मिनिस्टर तक। हर जगह गौतम ने अपनी गरीबी की दुहाई दी। किंतु, वह ऐसे फटकारा जाता कि उसकी गरीबी की छूत कहीं सामने वालों पर ना पड़ जाए। अंत में अपना-सा मुँह लेकर वह घर लौट जाता।

रोज-रोज उनके पिताजी वही सवाल करते; एडमिशन हुआ। उसका भी वही जवाब होता। लगा हुआ हूँ हो जाएगा। पर इसका कहीं कोई आसरा अभी दूर-दूर तक दिख नहीं रहा था। हिम्मत पर चारों ओर से असत्य वार हो रहा था। उसे तोड़ कर चूर-चूर करने को परिस्थितियाँ उतावली थीं। लेकिन, उसका मन भी न जाने किस चट्टान का बना था कि टूटने का नाम ही नहीं ले रहा था।

एक दिन कहीं से उसे जानकारी मिली कि धनबाद स्थित सपना कंसल्टेंसी वाले दूसरे राज्यों से बड़े धड़ल्ले से बी.एड. करा रहे हैं। डूबते को तिनके का सहारा मिल गया। भागा-भागा वह सपना कंसल्टेंसी के दफ्तर जा पहुँचा। ऑफिस में पाँव पड़ते ही गौतम के मुझाए चेहरे पर आशा की एक किरण दौड़ गई। बाहर की प्रखर धूप और लू से झुलसी देह मानो अचानक किसी ध्रुवीय इलाके में पहुँच गया हो। वहाँ के एसीय वातावरण में उसे अद्भुत सुकून का अहसास हुआ। पल भर के लिए ठहरा, एक गहरी साँस ली और उस विशाल एवं लग्जरियस ऑफिस का बड़ी बारीकी से मुआयना करने लगा। वहाँ लड़के-लड़कियों की भीड़ देख थोड़ा सशंकित भी हुआ कि कहीं वहाँ भी उसके मंसूबे पर पानी ना फिर जाए। लेकिन ऐसा हुआ नहीं। तुरंत ही उसके सामने घुटने तक ब्लैक स्कर्ट पहनी एक सुंदर बाला रसीली मुस्कान के साथ प्रकट हुई।

अभिवादन करते हुए बोली- ''गुड ऑफ्टर्नून सर। हाउ मे आई असिस्ट यू?''

आवाज़ की स्वीटनेस कह लें या फिर उसकी अंग्रेजी की फ्लुएंसी; गौतम के दिल पर जादुई असर होने लगा था। कुछ पल के लिए उसे लगा कि वह किसी स्वप्नलोक में पहुँच गया है और सामने कोई परी उससे बातें कर रही है। वह जरा हड़बड़ाते हुए बस इतना ही बोल पाया- ''जी, मैं बी एड के लिए आया हूँ।''

''ओ के सर, प्लीज कम।''- कहते हुए वह आगे बढ़ी और गौतम उसके पीछे। सामने लगे सोफे पर बैठने का इशारा कर वह दाईं ओर के केबिन में दाखिल हुई और तुरंत ही एक नोटपैड और कलम लेकर वह गौतम के सामने एक स्टूल पर आकर बैठ गई। उसके बैठने का स्टाइल ही कुछ ऐसा था कि गौतम को पसीना आने लगा था, उसका दिल जोर-जोर से धड़कने लगा था। कुछ उस परी की आँखों में सीधे झाँकने से और कुछ उसकी घोघीनुमा स्कर्ट से छुप-छुपकर झाँकते उसके गोरे-गोरे जाँघ पर यदा-कदा नज़रें फिसलकर चली जाने की वजह से।

''सर योर गुड नेम, प्लीज?''

''गौतम दास।''

''योर क्वालिफिकेशन?''

''ग्रेजुएशन विथ हिस्ट्री ऑनर्स।''

''पासिंग इयर?''

''2011।''

''सर कैन यू टेल मी व्हिच मिडियम वुड यू प्रिफर टू डू बी.एड.?''

''जी, हिन्दी मिडियम।''

गौतम के दिल की मैना फुदक रही थी। सारा दमखम लगा लगाकर वह खुद को अंग्रेजी में उगलने का प्रयास कर रहा था। जताना चाह रहा था कि उसने भी अंग्रेजी पढ़ी है। फ्लुएंसी ना सही पर अंग्रेजी की माँ-बहन वह उसी तरह कर रहा था जैसे दो सौ वर्षों तक अंग्रेजों ने हमारी हिन्दी की माँ-बहन की थी। सही मायने में देखें तो हमारे देश में अंग्रेजों से बदला तो देहातियों ने ही अंग्रेजी की माँ-बहन करके ली है। वरना शहर वाले तो गुलामी रंग में अब तक रंगे मिल जायेंगे। ना अपनी भाषा से प्यार ना संस्कृति से। लालच के दो दाने क्या उसके सामने अंग्रेजों ने फेंक दी, वे उसी के सुर में सुर मिलाकर पालतू तोते की तरह उसी की भाषा बोलने लगे।

दोनों के बीच बातचीत का सिलसिला रुका तो गौतम जान चुका था कि

अंग्रेजी मिडियम से बी.एड. करने के लिए उसे 50,000/-रु0 का खर्च आएगा जबकि, हिन्दी मिडियम के लिए 80,000/-रु0 चुकाना पड़ रहा था। अंग्रेजी तो उसे आती थी लेकिन पूरा कान्फिडेंस नहीं था। फाइनली हिन्दी मिडियम में ही उसे बुद्धिमानी सूझी। कुछ ही पल में वह उस कंसल्टेंसी के मैनेजर रहमतुल्ला के केबिन में था। वहाँ बड़ी इज्जत मिली; साथ में, चाय-बिस्किट और फ्री में कैरियर संबंधी कई सुझाव। उसे यहाँ आकर अपना इम्पोर्टेंस पता चला, नहीं तो सरकारी सिस्टम में कॉलेज-दर-कॉलेज वह भटकता रहा और कुत्ते की तरह दुत्काता रहा। यही फर्क है प्राइवेट और सरकारी सिस्टम में। यहाँ की दशा देखकर उसे जरा आत्मग्लानि भी हुई कि इज्जत और डिग्री दोनों यहाँ से भी मिल ही रही रही थी तो भला खुद की इज्जत गँवाने अब तक क्यों घूसखोरों के आगे मिमिया रहा था। थोड़ा पछतावा तो हुआ, पर इसी बहाने सरकारी सिस्टम की खोट का तो उसे पता चला।

उस रात उसे नींद नहीं आ रही थी। एक्साइटमेंट घूम फिर कर उसकी नींद पर हावी हो जा रही थी। आधी एक्साइटमेंट तो बी.एड. को लेकर थी और आधी उस स्कर्ट वाली की जाँघ को लेकर। उसे पता था बी.एड. तो हाथ लग ही जाएगी किंतु, स्कर्ट वाली की जाँघ से............छी! छी! गंदी सोच। किंतु गंदी सोच ही उसे ज्यादा मज़ा दे रही थी। नींद के आगोश में जाते ही स्कर्ट वाली एक बार फिर उसके सामने प्रकट हो गई। कमसिन कली बनकर। जादुई परी बनकर। सपनों का भी अपनी अजीब दास्तां है, वही चीजें हम सपने में भी देख लेते हैं जो मन में बार-बार चलती है। ज्यादा कुछ हुआ नहीं सपने में उस हसीन से पहला मिलन था और सपना कंसल्टेंसी में भी पहला। दोनों जगहों के मिलन में बस फ़र्क इतना था कि सपना कंसल्टेंसी में उससे सिर्फ बातें ही हुई थी किंतु, रात के सपने में बातों के सिलसिले से कुछ आगे भी बात बनी थी और वहाँ वह उसके गालों को बड़ी बेचैनी से छू पा रहा था। उससे जरा आगे भी बढ़ने का साफ़ इरादा था, पर कम्बख्त नींद ही टूट गई।

सुबह अपने सभी एजुकेशनल सर्टिफिकेट्स की मूल प्रति और पचास हजार रुपये नगद बैग में डाला और गदगद होकर निकल पड़ा घर से। मन में रह-रहकर विचारों के रंग-बिरंगे बुलबुले बन रहे थे और मिट रहे थे। साँसों में

खुशबू घुल गई थी। आँखों के आगे सारी चीजें उसे बड़ी खूबसूरत लग रही थीं। अब तक गाड़ी में ही बैठा था किंतु, मन बार-बार सपना कंसल्टेंसी में उस परी की झलक पाकर लौट आता। कंसल्टेंसी पहुँचते ही दिल की धड़कन तेज़ हो गई। कलेजा फुकफुकाने लगा। पूरी ताकत लगाकर खुद को सामान्य करने का प्रयास कर रहा था। उसी समय सामने से उसे वही खूबसूरत बाला आती हुई नज़र आई, जिसके ख्याल मात्र से ही उसके मन में फुलझड़ियाँ छूटने लगती थी।

''हेलो सर! गुड मॉर्निंग। हाउ आर यू?''

''फाइन... फाइन, एण्ड यू?''

''मी टू। प्लीज सर कम।''

कहते हुए उसने मैनेजर के केबिन की ओर रुख किया।

मैनेजर के निर्देशानुसार उसने अपने सारे एजुकेशनल सर्टिफिकेट्स की मूल प्रतियाँ और पचास हजार रुपए नगद जमा कर दिया और बाकी के तीस हजार रुपये जमा करने के लिए एक महीने का वक्त ले लिया था। एक बार फिर वहाँ उसकी खूब खातिरदारी हुई। उसके लिए स्नैक्स और कॉफी मँगवाया गया। मुफ्त में कई अच्छे सुझाव भी दिए।

अंत में मैनेजर ने कहा- ''सप्ताह भर बाद आकर अपना नामाँकन रसीद और स्टडी मेटेरियल ले जाना और एक महीने बाद अपने सारे सर्टिफिकट्स।''

केबिन से बाहर निकलते ही उसकी आंखें फिर उसी खूबसूरत बाला को ढूँढने लगी, जो एक नए कैंडिडेट को रिझाने में जुटी हुई थी। वह भी जाकर उसके पीछे खड़ा हो गया। मौका मिलते ही उससे कहा- ''थैंक्यू सो मच फॉर योर काइंड कॉपरेशन।''

''वेलकम सर! इट्स माई ड्यूटी।''

इनोसेंटली उसने कहा- ''क्या आपका कॉंटेक्ट नम्बर मिल सकता है?''

"स्योर?"

"8849508863।"

थैंक्यू बोला और नम्बर लेकर गदगद वहाँ से वह लौट आया। रास्ते भर सोचता रहा, दिमाग का घोड़ा दौड़ाता रहा। आखिर बाकी पैसे आए तो आए कहाँ से? घर की हालात भी वैसी नहीं थी कि सारे खर्च वहन कर सके। घर के गाय-बैल बेचकर किसी तरह पचास हजार रूपए जुटाए थे। अपने घर के कंगालीपन पर उसे गुस्सा आ रहा था। मन में खिन्नता के भाव घिर आए थे। लेकिन दो चीजें उसके लिए अच्छी हो रही थीं। एक तो बी.एड. के नाम से ही उसका मन खुशी से भर जाता था और दूसरी बात कंसल्टेंसी वाली उस सुन्दर बाला का स्मरण होते ही उसका मन मयूर बिन बादल झूमने लगता था।

दिन गिन-गिनकर बीतने लगा। घर के काम काज से उसका मन उचट गया था। बाकी रुपयों की जुगाड़-जंतर में संभावित सभी जगहों पर उसने हाथ पसारा किंतु, हर जगह निराशा ही हाथ लगी। उसकी मनोदशा बेहद नाजूक होती जा रही थी। मन विचलित हो रहा था। कॉलेज के दिनों में पढ़े वाक्य "तेते पाँव पसारिये जेती लाँबी सोर" का अर्थ आज उसे भली-भाँति समझ में आ रहा था। कई बातें हम स्कूल या कॉलेज के दिनों में पढ़ते हैं और उनका अर्थ याद कर उसे परीक्षा के दौरान लिख देते हैं, किंतु उनका वास्तविक अर्थ तो हमें बाद में पता चलता है जब हमारी जिन्दगी दुनिया की पटरी पर लड़खड़ाती हुई दौड़ती है, जब हम परिस्थितियों के आगे बेबश, असहाय होकर टूट जाने के लिए मजबूर हो जाते हैं। इसी तरह की उधेड़बुन के साथ एक सप्ताह बीत गया। उसे अपने नामाँकन की रसीद लेने सपना कंसल्टेंसी जाना था। वहाँ उसे उस सुन्दर बाला से मिलना था, जिसका नाम अब तक उसे ज्ञात नहीं हुआ था।

सपना कंसल्टेंसी के गेट पर वह खड़ा था। आज वहाँ लड़के-लड़कियों की गहमा-गहमी कुछ ज्यादा ही थी। अंदर से कुछ हो हल्ला की आवाज भी आ रही थी। वहाँ उपस्थित सभी बच्चों के चेहरे पर चिंता की रेखाएं उभरी हुई थी। गौतम को लगा कि जरूर कुछ गड़बड़ है। वहाँ किसी से उसका कोई जान-पहचान नहीं थी, सिवाय दो लोगों के वहाँ के मैनेजर रहमतुल्ला और एक सुंदर बाला जिसका नाम उसे पता नहीं था किंतु, थोड़ी अपनी-सी लगती थी। वह भींड़

में उसी सुंदर बाला को तलाश रहा था, जो कहीं नज़र नहीं आ रही थी। उसे समझ नहीं आ रहा था कि आखिर करे तो क्या करे। अपने सामने चिंतित खड़े एक लड़के से उसने पूछा- "क्या बात है? कुछ पंगा है क्या? आपलोग बड़े चिंतित लग रहे हैं !"

उसने चिंतित भाव से ही कहा- "क्या बताऊं यार, हम शाहिद के चक्कर में बुरी तरह फँस गए हैं। ना वह हमारा एडमिशन करा रहा है और ना ही सर्टिफिकेट्स और पैसा वापस कर रहा है। बाकी कॉलेजों में एडमिशन का डेट भी निकला जा रहा है। समझ नहीं आ रहा है कि आखिर क्या करें। दो महीने पहले ही हमने अपने फी और डोक्युमेंट्स जमा कर दिया हैं मगर, अभी तक एडमिशन की न रसीद मिली है और न कोई कंफर्मेशन। बार-बार यही कहता है कि एडमिशन हो गया है, सप्ताह भर बाद आकर रसीद ले जाना और डेट आने पर कोई बहाना कर जाता है। अच्छा, तुम्हारा एडमिशन हो गया है क्या?"

"मुझे भी नहीं पता। एक सप्ताह पहले ही मैंने भी सब कुछ जमा किया है। आज रसीद देने का डेट है।"

"अच्छा! तो तुम्हारे भी पाँव दलदल में घुस चुके हैं!"

"क्या मतलब?"

"आई'म नाट श्योर, लेकिन लगता है हम लोगों के साथ कुछ धोखाधड़ी होने वाली है। इस कंसल्टेंसी के डायरेक्टर पर मुझे डाउट है; बंदा वह कुछ ठीक नहीं लगता।"

उस लड़के के मुख से "धोखाधड़ी" शब्द सुनते ही गौतम का दिल जोर-जोर से धड़कने लगा। माथे से पसीने छूटने लगे। नहीं......नहीं....ऐसा नहीं हो सकता है, मन में बड़बड़ाते हुए वह मैनेजर के केबिन की ओर बढ़ा। केबिन में प्रवेश करते ही वहाँ उसकी नज़र उस सुंदर बाला पर पड़ी। वह सहमी-सी एक स्टूल पर वहाँ बैठी हुई थी, मैनेजर उससे कुछ बातें कर रहा था। गौतम पर नज़र पड़ते ही मैनेजर ने उसे बैठने का इशारा किया। वह बैठा और पहला प्रश्न दागा- "सर! मेरी रसीद?"

"क्या नाम है?"

"गौतम दास।"

रजिस्टर निकालकर उसने गौतम का नाम चेक किया, फिर बोला- "आपने फी और डोक्युमेंट्स पिछले सप्ताह जमा किया है ना?"

"हां सर!"

"अभी कुछ और समय लगेगा, क्योंकि हमारे डायरेक्टर साहब सप्ताह भर के लिए अब्रॉड गए हुए हैं; उनके वापस लौटते ही आपका एडमिशन हम करा देंगे। वैसे आपका डोक्युमेंट्स हम कॉलेज को भेज दिए हैं, वहाँ से कनफर्मेशन भी आ गयी है।"

"मेरा एडमिशन किस कॉलेज में हो रहा है?"

"कश्मीर युनिवर्सिटी के ग्रीनलैंड कॉलेज में।"

कश्मीर का नाम सुनते ही गौतम का मन खिल उठा। स्कूल के दिनों में कश्मीर के बारे में उसने पढ़ा था और अब उसे वहाँ जाने का अवसर मिलने वाला था। कुछ पल के लिए वह बाहर की सारी बातें भूल गया। मन की सारी चिंताएँ दूर हो गईं। कश्मीर के खयालों से बाहर निकलते ही उसे याद हो आयी बाहर की बातें। उस लड़के के साथ हुई बातें, धोखाधड़ी वाली बातें, मन को डराने वाली बातें। एक बार फिर मन अस्थिर हो गया। मन घबराने लगा। मन की चिन्ता दूर करने के लिए वह मैनेजर से कुछ पूछना चाह रहा था किंतु सामने उस सुन्दर बाला को बैठा देख उसके मुख से लफ़्ज नहीं निकल रहे थे। एक बार वह उस बाला को निहारता तो एक बार मैनेजर को।

काफ़ी हिम्मत जुटाकर उसने पूछ ही लिया- "सर! बाहर कुछ लड़के कह रहे थे कि कई महीने बीत गए हैं किंतु, अभी तक उनका ना नामाँकन हुआ है और न ही उन्हें रसीद मिली है। क्या यह सही है?"

"नहीं...नहीं...ऐसा कोई बात नहीं है, कुछ लड़के का पेमेंट ड्यू है, इसीलिए उन्हें रसीद हम नहीं दे रहे हैं; उनलोगों की रसीद हमारे पास है। पेमेंट क्लीयर होते ही उन्हें रसीद मिल जायेगी।"

गौतम को भी लगा कि हो सकता है बात ऐसी ही हो, वे लोग मुझसे झूठ बोल रहे हो। फिर भी मन में संशय था और बोला- "सर, मेरा एडमिशन पक्का हो जाएगा ना, कहीं कोई गड़बडी तो नहीं होगी ना?" हालांकि उस लड़की के सामने ऐसे सवाल करना उसे अच्छा नहीं लग रहा था किन्तु, मन की बात पूछ ही लिया।

"नहीं....नहीं, आप ऐसा क्यों सोचते हैं? हमने सैकड़ों लड़के-लड़कियों को बी.एड. करवाया है, आप निश्चिंत रहें।"

"ठीक है सर, लेकिन हमारे साथ कोई धोखाधड़ी नहीं होगी न! अगर ऐसा हुआ तो मैं बर्बाद हो जाऊंगा। मेरी जिन्दगी तबाह हो जाएगी, मैं किसी के सामने ना मुंह दिखाने लायक रहूँगा और ना ही जीने लायक।"

वह अपने बारे में सारी बातें उस सुंदर बाला के सामने नहीं बताना चाहता था किंतु, बोलते-बोलते वह इतना भावुक हो गया कि खुद को रोक ही नहीं सका। आगे वह बोलता गया कि मैं बहुत गरीब हूँ। पिताजी ने गाय-बैल बेचकर मुझे रुपये जुटाकर दिए हैं। सभी को मुझसे बड़ी उम्मीद है। अपने गाँव का मैं ही एक पढ़ा-लिखा लड़का हूँ। अगर किसी प्रकार की कोई गड़बड़ी हुई तो मेरा सत्यानाश हो जाएगा। और इसी तरह भाँति-भाँति से उसने अपना दुखड़ा वहाँ सुना दिया।

मैनेजर ने भी उसे निश्चिंत रहने की तसल्ली दी, किंतु बगल में बैठी उस सुंदर बाला के चेहरे पर कुछ चिंता की रेखाएँ उभर आयी थी। गौतम की बातों को सुनकर उसे गौतम पर दया आ रही थी। मन में उसको लेकर कई विचार उभर रहे थे।

इस बार वह उस सुंदर बाला को न जी भर देख सका और न ही उससे कोई बातें हो पाई। सारी बातें तो उसने अपनी सुनाई। हाँ वहाँ से चलते वक्त एक बार करुण भाव से उसने उस बाला को देख जरूर लिया लिया था।

घर वापस तो आ गया किंतु, गौतम के मन की उलझन बढ़ती गई। कभी वह वहाँ की भीड़, वहाँ के लड़कों की बातें याद करता तो मन विचलित हो उठता। दिल घबराने लगता। किंतु, वहीं मैनेजर की बातों से उसे कुछ ढाँढ़स

मिलती। दिल मजबूत होता। फीस के बाकी पैसों का इंतजाम करना भी उसके लिए आसान काम नहीं था। फिर भी उसके पास हौसला था कि एडमिशन होते ही वह फीस के बाकी पैसों का इंतजाम कहीं न कहीं से कर ही लेगा।

एक महीना बीत गया था। इस दौरान सपना कंसल्टेंसी से उसका कोई सम्पर्क नहीं हुआ। वह भी फीस के बाकी रकम को जुटाने में व्यस्त हो गया। जब उसने बाकी रकम जुटा ली तो उसे लेकर एक दिन वह सीधे सपना कंसल्टेंसी के ऑफिस पहुँच गया। वहाँ का नजारा देखते ही उसके होश उड़ गए। ऑफिस बंद था और वहाँ दो बड़े-बड़े ताले लटके हुए थे। झटपट उसने मैनेजर को कॉल लगाया। उससे बातें हुई। उसने कहा कि उसका एडमिशन कश्मीर यूनिवर्सिटी में हो चुका है। उसे ऑफिस खुलते ही रसीद मिल जाएगी।

कार्यालय बंद होने का कारण पूछे जाने पर उन्होंने बताया कि किसी बात को लेकर लैंडलॉर्ड से कुछ अनबन हो गयी है। इसीलिए हम मामला सलटाने में जुटे हुए हैं। शीघ्र ही सबकुछ सामान्य हो जाएगा।

एक तो पहले से ही गौतम के मन में संशय था और आज वहाँ की स्थिति को देखकर उसका भरोसा पूरी तरह से उठ गया था। उसने मैनेजर से अपने रुपए और सर्टिफिकेट्स वापस करने के लिए कहा। किंतु, मैनेजर ने साफ़ मना कर दिया और कहा कि उसका एडमिशन हो गया है तो ऐसा करना संभव नहीं है। दोनों के बीच काफी तर्क-वितर्क हुए। गौतम ने अंततः तय कर लिया कि वह खुद कश्मीर जाकर पता लगाएगा कि उसका एडमिशन हुआ है या नहीं। उसने मैनेजर से कॉलेज का नाम और पता लिया और निकल पड़ा कश्मीर के लिए।

मैनेजर द्वारा दिए गए पते पर वह जा पहुँचा। वहाँ उस कॉलेज के प्रिंसिपल से मिला। अपनी सारी राम कहानी उन्हें बतलाई। प्रिंसिपल साहब ने शाहिद नाम के किसी व्यक्ति से जान पहचान होने से साफ़ इनकार कर दिया। और ना ही गौतम दास नाम के किसी विद्यार्थी का एडमिशन उनके कॉलेज में था। प्रिंसिपल साहब समझ गए कि मामला पूरी तरह ठगी का है। इंसानियत के नाते उन्होंने उस दिन गौतम के लिए अपने कॉलेज के होस्टल में ही रहने और खाने पीने का इंतजाम करवा दिया। साथ ही, उसे भरोसा दिया कि सबकुछ ठीक

ठाक हो जाएगा; पहले आप जाकर इसकी शिकायत पुलिस थाने में दर्ज करवा दें।

गौतम पूरी तरह लुट चुका था। कश्मीर से वापस लौटते ही वह सीधे पुलिस स्टेशन पहुँच गया। वहाँ उसने शाहिद के खिलाफ शिकायत दर्ज करा दी।

उसकी लड़ाई अब और अधिक जटिल हो गई थी। वह बी.एड. की बात पूरी तरह से भूल गया था और उसका एक ही लक्ष्य था किसी तरह अपने रुपए और सर्टिफिकेट्स वापस लाना। उसने मैनेजर से बात की किंतु, मैनेजर ने सारा दोष सपना कंसल्टेंसी के डायरेक्टर शाहिद के ऊपर मढ़ दिया। उसने शाहिद से भी संपर्क किया। उससे भी अपने रुपये और सर्टिफिकेट्स वापस लौटाने की गुहार लगाई किंतु, बात बनती नहीं दिखी। अंत में थक हार कर वह घर वापस आ गया और अपने कामों में रम गया। साथ ही, बीच-बीच में वह थाने से सम्पर्क बनाता रहा।

कहते हैं कि जब सियार की मौत आती है तो वह शहर की ओर भागता है। शाहिद के साथ भी कुछ वैसा ही हुआ। एक दिन लैंडलॉर्ड से मामला सुलझाने के लिए वह थाने जा पहुँचा। उसके खिलाफ़ थाने में पहले से ही गौतम की शिकायत थी। थानेदार साहब ने तुरंत गौतम से सम्पर्क किया और उसे थाने में बुला लिया। गौतम ने भी अपने जैसे ठगी के शिकार हुए कई अन्य साथियों को वहाँ तुरंत बुला लिया। धीरे-धीरे मामला गंभीर होता गया। थाना परिसर में शाहिद के हाथों ठगे हुए विद्यार्थियों की संख्या बढ़ती गई बढ़ती गई और मामला अब करोड़ों की ठगी का निकला।

मामले की गंभीरता को देखते हुए थानेदार साहब ने शाहिद को लॉक-अप में बंद करवा दिया।

इसकी खबर उसके घरवालों तक पहुँची। वे लोग भागे-भागे पुलिस स्टेशन आ पहुँचे। वहाँ शाहिद को लॉक-अप में बंद देख उसकी माँ हैरान परेशान हो गई। उसके पिताजी और मामाजी ने मिलकर एक महीने के अंदर सभी को उनके रुपये वापस लौटाने का लिखित एग्रीमेंट दिया और मामला

निपटाकर शाहिद को थाने से छुड़ाकर ले गया।

गौतम उन सभी साथियों के बीच हीरो बन चुका था। सभी ने उसके साहस और हिम्मत की सराहना की। इस दलदल से निकालने के लिए उसे धन्यवाद दिया। सब कुछ सेटल हो गया था। एग्रीमेंट के मुताबिक सभी को अपने-अपने रुपये वापस भी मिल गए। किंतु, गौतम के लिए अब भी एक मुसीबत बनी हुई थी। उसके सर्टिफिकेट्स अब भी उसके हाथ नहीं लगे थे। उसे यह भी पता नहीं था कि वे सारे प्रमाणपत्र आखिर हैं कहाँ? उसने मैनेजर से संपर्क किया तो पता चला कि उसके सर्टिर्पिकेट्स ऑफिस में पड़ा है। किंतु अभी ऑफिस खुलवाना भी एक समस्या थी। वहाँ एक ताला शाहिद का और दूसरा ताला मकान मालिक का लगा हुआ था। दोनों की सहमति से ही वहाँ के ताले खुल सकते थे। उसने मकान मालिक से सम्पर्क किया। किंतु, उन्होंने ताला खोलने से साफ़ मना कर दिया। उनका भी तीन लाख रुपये का हाउस रेंट ड्यू था। और उन्होंने गौतम से शिकायत भी की कि आपलोगों ने मुझे जानकारी दिए बिना ही मामला सुलझा लिया है। इसीलिए जब तक मुझे रेंट की बकाया राशि मिल नहीं जाती मैं ताला नहीं खोलूँगा।

एक दिन अपने कुछ साथियों के साथ मिलकर वह मकान मालिक के घर जा पहुँचा। वहाँ अपनी विवशता प्रकट की। हाथ-पाँव जोड़े, मिन्नतें की किंतु, बात नहीं बनी। मकान मालिक किसी तरह से भी उसकी मदद करने के लिए तैयार नहीं हुए। थक-हारकर उसे घर वापस लौट जाना पड़ा।

घर आकर वह सोच विचार करने लगा। ताला खुलवाने का कोई तरकीब सोचने लगा। समस्या तो बड़ी थी। अगर किसी तरह मकान मालिक मान भी जाए तो क्या शाहिद इतनी आसानी से ताला खोलने के लिए तैयार होगा? संभवतः नहीं। क्योंकि उसने शाहिद की लंका में डंका बजा दिया था। उसे हवालात की हवा खिला दी थी। उसका सारा कारोबार चौपट कर दिया था।

समय और परिस्थितियों के निर्मम थपेड़ों को अब और अधिक सहन कर पाना उसके वश की बात नहीं थी। जागती आँखों से देखे हुए सुनहरे सपने धीरे-धीरे धूमिल होकर नष्ट होने के कगार पर पहुँच चुके थे। सपनों के साथ उसने खुद को इस कदर जोड़ लिया था मानो सपनों के नष्ट होते ही वह खुद को

नष्ट कर बैठेगा। निराशा के काले-काले बादल मन के क्षितिज पर घनघोर रूप से घिर आए थे और मस्तिष्क पर काली छाया बनकर मँडरा रहे थे।

निराशा के इस आलम से बच निकलने का उसे कोई तरक़ीब नहीं सूझ रहा था। उसी वक्त अचानक उसके दिमाग में कोई विचार उमड़ा। उसने तुरंत मकान मालिक को कॉल लगाया और उसके मुख से कोई शब्द निकलता उससे पहले ही वह भावुक हो गया। शब्द तो नहीं किन्तु, उसकी सिसकियाँ मकान मालिक को फोन पर अवश्य सुनाई दे रही थी। बहुत कोशिश के बाद खुद को सँभालते हुए उसने कहना आरंभ किया- ''अंकल! आपको आपके रुपये मुबारक हो। मुझे न सर्टिफिकेट्स चाहिए और न ही आपसे कोई मदद। मैं पूरी तरह जिंदगी से हार चुका हूँ। अपनी परिस्थितियों से तंग आ चुका हूँ। अब ऐसी फालतू दुनिया में जीने की मेरी कोई इच्छा नहीं है। आप जैसे मतलबी लोगों के लिए ही यह दुनिया बनी है। आखिरी यादें सुसाइड नोट के रूप में छोड़ रहा हूँ। हमेशा-हमेशा के लिए अलविदा।''

इतना कहकर उसने कॉल डिस्कनेक्ट कर दी। यह तो पूरी तरह फिल्मी डायलॉग-सा था। उसे खुद आश्चर्य हो रहा था कि आखिर इतनी बड़ी बातें उसने इतनी आसानी से कैसे कह दिया।

''सुसाइड नोट'' का नाम सुनते ही मकान मालिक घबरा गये। उनका पत्थर दिल मोम बनकर पिघलने लगा। उन्होंने तुरंत गौतम को कॉल लगाया और कहा- ''बेटा! तुम ऐसा मत करना। मुझे नहीं पता कि तुम्हारे सर्टिफिकेट्स कहाँ है। बस तुम 24 घंटे का समय मुझे दो। मैं तुम्हारे सर्टिफिकेट्स खोजकर तुम्हें वापस कर दूँगा। लेकिन, तुम प्रॉमिस करो कि तब तक तुम कोई गलत कदम नहीं उठाओगे।''

''ठीक है, प्रॉमिस।''-कहकर गौतम ने कॉल काट दी।

गौतम हैरान था क्योंकि अनजाने में ही सही किंतु, उसकी आखिरी दाँव लग गई थी और यह दाँव रामबाण की तरह काम भी कर गई थी।

अगले दिन तय समय और स्थान पर अपने सर्टिफिकेट्स लेने गौतम पहुँच गया।

प्यासे परिन्दे

साँझ का समय था। बनारस के अस्सी घाट पर पुजारी साँझ की आरती की तैयारी में मग्न थे। श्रद्धालु घाट की पहली कतार में अपना स्थान पाने के लिए प्रयासरत थे। हर कोई उस भीड़ में भक्तिभाव में डूबे हुए नज़र आ रहे थे। उसी वक्त मेरी नजर उस भीड़ से कुछ दूरी पर प्रेमभाव में डूबी हुई एक ऐसी जोड़ी पर पड़ी जिसे देखकर मैं हैरान रह गया। मैं ही क्यों, कोई भी उन्हें देखकर हैरान हो जाता। आप समझ ही गए होंगे कि वह जोड़ी आखिर गंगा किनारे बैठकर ऐसी क्या हरकत कर रही होगी कि लोगों को देखकर हैरानी होती। किन्तु, जरा ठहरिए ! आप अपने मन के घोड़े को दौड़ाकर उस स्थल पर मत ले जाइएगा, जहाँ अवसर हम ले जाया करते है जब हमारे सामने प्रेमभाव में डूबी हुई किसी जोड़ी, उनकी हरकत के दृश्य होते हैं अर्थात अश्लील हरकत। पर यहाँ वह जोड़ी कोई अश्लील हरकत बिलकुल नहीं कर रही थी, किन्तु फिर भी प्रेमरस में डूबी हुई थी। हैरानी मुझे उनकी प्रेमक्रीड़ा को देखकर नहीं हो रही थी। बल्कि हैरानी मुझे इस बात की थी कि वे इस उम्र में भी ऐसे प्रेम दीवाने थे, जिसे देखकर युवा भी

शरमा जाएँ। ऐसे प्यासे-परिन्दे थे जो वर्षों से प्यार की एक बूँद के लिए तरस गए हो।

उस प्रेम दीवानी जोड़ी की उम्र यही कुछ 70 के आस-पास रही होगी। आपको भी आश्चर्य होगा कि इस उम्र में व्यक्ति अपनी घर गृहस्थी से निवृत्त होकर अपने मोक्ष मार्ग को आसान करने के लिए पूरी तरह से धर्म-कर्म में रम जाते हैं, किन्तु इससे भिन्न यह जोड़ी तो बेफिक्र होकर अपने प्रेमरंग में तन मन से रँगे हुए थे। घाट पर आरती शुरू होने वाली थी पर रह-रहकर मेरा ध्यान उसी जोड़ी की ओर खिंचा जा रहा था। चाह कर भी मैं खुद को आरती पर एकाग्र नहीं कर पा रहा था।

इधर आरती शुरू हो गई थी। मैं माँ - बाबूजी को उस भीड़ में यथासंभव आगे की ओर ले गया और आरती में शामिल हो गया। मैंने अपनी आँखें बंद कर लीं और दोनों हाथों की मधुर थपकियों के साथ खुद को आरती में पूरी तरह से रमाने का प्रयास करने लगा। किन्तु मानव मन भला इतनी आसानी से वश में हो पाता है क्या? अगर ऐसा हो पाता तो आज हमें दुनिया का कुछ अलग ही रंग ढंग दिखाई देता। मेरी आंखें बन्द थीं और धीरे-धीरे मेरी हथेलियों की थपकियाँ रुक गई थी। मैं प्रणाम की मुद्रा में एक लयबद्धता में झूमने लगा था। बाहर से प्रतीत हो रहा था कि मैं आरती में पूरी तरह से ध्यानमग्न हूँ किंतु, मेरे अंदर विचारों का तूफानी बादल उमड़-घुमड़ रहा था। बार-बार उस वृद्ध जोड़ी की प्रणय-क्रीडा मेरे दृष्टिपटल पर उभर रही थी। उनके प्रेम से अनजाने में ही सही किंतु, मुझे ईर्ष्या होने लगी थी। उस वृद्ध जोड़ी के सामने मैं खुद को बौना महसूस करने लगा था। आखिरकार वास्तविकता भी तो यही थी। मैंने मात्र 41वाँ वसंत ही देखा था और जिन्दगी कहाँ से आकर कहाँ लटक गई थी।

निकिता से मेरा बेक्रअप हुए चार महीने बीत चुके थे। उसके जाने के बाद मैं बहुत अकेला हो गया था। जब अकेलापन बहुत ज्यादा खलने लगता तो अपने गाँव आकर वृद्ध हो चले माँ-बाबूजी के साथ कुछ दिन गुजार आता। इस बार जब गाँव गया तो माँ-बाबूजी ने बनारस जाने की इच्छा जताई और उन्हें लेकर मैं बनारस आ गया। हालाँकि कुछ दिनों से धर्म की ओर मेरी भी आस्था बढ़ने लगी थी। पहले तो मेरी गिनती नास्तिक वर्ग में ही होती थी। मुझे धर्म-कर्म

में कोई विश्वास नहीं था। मेरी नज़र में ये सब वक्त की बरबादी और संकुचित मानसिकता का प्रतीक था। किंतु, जिंदगी के इस आधे सफर में ही मैं पूरी तरह थक चुका था और मानसिक शांति की मुझे सख्त जरूरत महसूस होने लगी थी। यह शांति केवल और केवल ईश्वर की शरण में ही जाने से मिल सकती थी। इसीलिए धर्म की ओर मेरा रुझान बढ़ गया था।

निकिता मेरी लाइफ की चौथी लड़की थी। आठ साल हम दोनों साथ रहे थे। मुझे भी लगने लगा था कि इसके साथ मैं अपनी पूरी जिन्दगी बिताने का रिस्क ले सकता हूँ; किंतु होता वही है जो मंजूर-ए-खुदा है। हम दोनों बिजनेस पार्टनर भी थे। एक दिन किसी बात को लेकर हम इतने उलझ गए कि उन्होंने पूरी तरह से मेरे साथ संबंध-विच्छेद कर लिया। सारे रिश्ते-नाते तोड़ दिए यहाँ तक कि उसने मुम्बई शहर को ही छोड़ दिया और दिल्ली में सिफ्ट हो गई।

चार चार लड़कियों को अब तक झेल चुका था। सब एक-एक कर मुझसे कटती बनीं। मैं आत्ममंथन के दौर से गुजर रहा था और समझने का प्रयास कर रहा था कि आखिर खामियाँ मुझमें है या फिर लड़कियों में। एक दिन मेरे अंतर्मन के किसी कोने से आवाज आई कि खामियाँ मुझमें ही है। लड़कियों का विश्वास जीतने में हमेशा मैं नाकामयाब रहा था। मैं चार्मिंग पर्सनालिटी का था और यही कारण है कि लड़कियाँ आसानी से मेरी ओर आकर्षित हो जाती थी। और मैं उनका फायदा उठाने से किसी प्रकार का गुरेज नहीं करता था। कुछ ही दिनों के चक्कर के बाद वह मुझ पर जान छिड़कने लगती थी। लड़कियों की कमजोरी का मैं खूब फायदा उठाता था। जब एक से मन भरने लगता तो दूसरे को पटाने के चक्कर में लग जाता था। यही वह वजह थी कि मेरे संपर्क में आने वाली लड़कियों का विश्वास धीरे-धीरे मुझसे उठने लगता था और अंततः मुझसे कट लेती थीं। मैं उनके भरोसे के काबिल नहीं बन पाता।

आरती समाप्त हो गई थी। सभी श्रद्धालु अपने-अपने गंतव्य की ओर प्रस्थान करने लगे थे। घाट पर भीड़ कम हो गई थी। मेरी नजर फिर उसी ओर खींच गई जहां वह रोमांटिक जोड़ी दिखी थी किंतु, इस बार मुझे निराशा हाथ लगी। वह जोड़ी तब तक वहाँ से जा चुकी थी। मैंने इधर-उधर नजर दौड़ाई किंतु वे कहीं दिखाई नहीं दिए। मैं भी अपने माँ-बाबूजी को लेकर होटल चला आया।

होटल में मैंने दो कमरे बुक कराए थे। एक माँ-बाबूजी के लिए और एक खुद के लिए। हालाँकि एक ही कमरे में हम तीनों रह सकते थे किंतु, पता नहीं क्यों मन ने इस पर सहमति नहीं दी थी। रात के 10 बज चुके थे। हमने रुम में ही ऑर्डर देकर डिनर मँगवा लिया था। डिनर के बाद बातचीत का सिलसिला चला। इधर उधर कि बातें, देश दुनिया की बातें, कुछ उनकी बातें और कुछ मेरी बातें। बातचीत की सुई आकर वहीं अटक गई जहाँ पहुँचते ही मैं खुद को गहरे दलदल में फँसा हुआ महसूस करता, अर्थात मेरे पर्सनल लाइफ का वह भाग जहां मैं अब तक फेल रहा था। उस दलदल से निकलने की मैं भरपूर कोशिश करता पर और अधिक फँसता जाता। दलदल की यही तो खासियत है कि आप जितना अधिक हाथ-पाँव मारेंगे दलदल आपको उतना ही ज्यादा अपनी पकड़ में लेती जाएगी। रात के करीब 11 बज गए। अब सो जाना ही ठीक लगा। मैंने उनके कमरे में नाईट बल्ब ऑन कर दिया। टीवी पर किशोर कुमार का गाना बज रहा था ---- कोई हमदम ना रहा, कोई सहारा ना रहा -----। गाने की धुन मेरे कानों में गूंज रही थी और अंदर से कुंडी बंद कर लेने को कहते हुए मैं अपने बगल के कमरे की ओर चल पड़ा। जरा आगे बढ़ा तो माँ-बाबूजी के कमरे की कुंडी बंद होने की आवाज मेरे कानों में सुनाई दी। अब मैं निश्चिंत होकर आगे बढ़ गया।

कुछ कदम आगे बढ़ा ही था कि मेरे कमरे के ठीक सामने वाले कमरे का दरवाज़ा खुला दिखाई दिया और उस कमरे में हो रही बातचीत की स्पष्ट आवाज मेरे कानों में सुनाई पड़ने लगी। मैं वहाँ से सीधे आगे निकल जाना चाहता था। दूसरे के कमरे में अनाधिकृत ताक-झाँक करना वो भी 11 बजे रात को बुरी बात है, इस बात को मैं जानता था। किंतु, कहते हैं न कि बुराई में अद्भुत आकर्षण होता है। मेरे दिल के एक भाग (जहाँ सद्बुद्धियों का जमावड़ा रहता है) ने उस कमरे की ओर झाँकने वाले विचार का घोर प्रतिकार किया किंतु, दूसरे भाग (जहाँ दुर्बुद्धियों का गिलपिल था) ने एक जोरदार झटके के साथ मेरी नज़र उस कमरे की ओर कर दी। यहाँ दिमाग की दुर्बुद्धि सद्बुद्धियों पर भारी पड़ गई।

उस कमरे की ओर ज्यों ही मेरी नज़र गई वहाँ के दृश्य देखकर मैं अवाक रह गया। वहाँ एक प्रेमी जोड़ी प्रेमालाप कर रहा था। तुरंत ही मेरी नजर उधर से हट गई। हालाँकि इसकी कोई जरूरत नहीं थी क्योंकि वहाँ कोई

अश्लील हरकत नहीं हो रही थी। वहाँ सच्चा वाला प्यार चल रहा था। दिल से दिल वाला प्यार। देह से देह वाला प्यार का वहाँ कोई एंट्री नहीं थी।

मैं अपने कमरे में आ गया। कमरे का दरवाजा बंद किया। और बिस्तर पर जाकर निढाल हो गया। मन की सरगर्मी तेज हो गई थी। दिल की बेचैनी बढ़ रही थी। आखिर मैंने उस कमरे में ऐसा क्या देख लिया था, यही आप सोच रहे होंगे न? तो आप बिल्कुल सही सोच रहे हैं। मैंने उस कमरे में वैसा ही दृश्य देखा था जैसा दृश्य आरती के समय गंगा के घाट पर देखा था। वहाँ जो केरेक्टर थे वही केरेक्टर यहाँ भी थे अर्थात यहाँ भी वही प्यासे परिन्दे थे।

विचारों के सागर में गोता लगाते लगाते कब मैं नींद के आगोश में समा गया पता ही नहीं चला। सुबह जब आँखें खुली तो सुबह के सात बज चुके थे। सुबह का पहला दृश्य जो मेरे दिमाग में उभरा वह केवल उसी प्रेमी जोड़ी या फिर दम्पति का था। फिलहाल मुझे ज्ञात नहीं था कि वे दोनों दम्पति हैं या फिर इश्क-विश्क वाली जोड़ी दम्पति होने का तो मुझे शक था क्योंकि अगर वे दम्पति होते तो फिर इस उम्र में ऐसा जोश भरा रोमाँस, वो भी ऐसे पब्लिक प्लेस पर, कोई चांस ही नहीं था। किंतु, उनकी उम्र को देखकर प्रेमी होने का विचार तो मन में आता ही नहीं था। यही वजह थी कि उन लोगों से एक बार मिलने की जिज्ञासा मेरे मन में बढ़ती जा रही थी।

मैंने अपना दरवाजा खोला तो सामने वाले उस कमरे का भी दरवाजा खुला हुआ मिला। किंतु, इस बार वहाँ कोई प्रेम क्रीड़ा नहीं चल रही थी। कमरे में केवल जेंट्स केरेक्टर ही थे और वो भी किसी से मोबाइल पर बातें कर रहे थे। उनसे नज़र मिलते ही मेरे मुख से अचानक निकल पड़ा - "गुड मॉर्निंग अंकल!"

उन्होंने भी प्रत्युत्तर में कहा - "गुड मॉर्निंग!" और हाथ से अंदर आने का इशारा किया। मैं थोड़ा झिझकते हुए जैसे ही कमरे के अंदर दाखिल हुआ उन्होंने सामने लगी हुई कुर्सी पर बैठने का इशारा किया और फोन पर दूसरी ओर वाली अथवा वाले को कहा - "अच्छा ठीक है, अभी जरा बिजी हूँ, बाद में बात करता हूँ" कहकर उन्होंने कॉल डिस्कनेक्ट कर दी।

मैं सामने कुर्सी पर चुपचाप बैठ गया। हालाँकि मन के अंदर काफी कुछ चल रहा था जो बाहर दृश्यमान नहीं होने दे रहा था। मुझसे मुखातिब होते हुए उन्होंने पूछा - ''कहाँ से आए हो बेटे?''

''अंकल मैं राँची से हूँ।'' - मैंने जवाब दिया।

''अच्छा... अच्छा राँची से हो? तब तो तुम मेरे घर के ही हुए।'' - उन्होंने अपनेपन के साथ कहा।

''मतलब, आप भी राँची से हैं क्या?'' - मैंने पूछा।

जवाब मिला - ''नहीं...नहीं मैं राँची से नहीं हूँ, किंतु झारखण्ड से ही हूँ। बोकारो मेरा घर है।''

''अच्छा.....आ.....आ......., तो आप बोकारो से हैं।'' - मैंने कहा।

''हाँ।''

अगला प्रश्न उन्होंने किया - ''अकेले आए हो या फिर बीबी बच्चे भी साथ में हैं?''

मैं थोड़ा झिझका और फिर कहा - ''नहीं...नहीं मैं अकेले नहीं हूँ, माँ-बाबूजी को भी साथ में लाया हूँ।''

''बहुत अच्छा बेटा ! बहुत नेक सोच है तुम्हारी। वरना आज कल के नौजवानों को तो माँ-बाप ओल्ड फैशन की कोई यूजलेस वस्तु लगते हैं।''

मैं समझ गया कि घाव तो अंदर का है, उसे कुरेदना उचित नहीं है। इस टॉपिक को दूसरे ओर मोड़ते हुए कहा - ''नहीं अंकल ! ऐसी कोई बात नहीं है। ये सब संस्कारों का प्रभाव है। अगर बच्चों को शुरू से ही अच्छे संस्कार मिले हो तो वे माता-पिता के प्रति अपनी जिम्मेदारियों से कभी नहीं मुँह मोड़ेंगे। माँ-बाप तो हमारे लिए ईश्वर तुल्य होते हैं।''

मैंने कमरे में उधर-उधर नज़रें दौड़ाई किंतु, फीमेल केरेक्टर कहीं नजर नहीं आ रही थी। बाथरूम की कुंडी भी बाहर से बन्द थी। इससे साफ़ था कि वे बाथरुम के अंदर भी नहीं थीं। मुझसे रहा नहीं गया। मैंने पूछ ही लिया - ''अंकल

! आंटी नज़र नहीं आ रही हैं ?''

"बेटा ! मैं अकेले ही आया हूँ। आंटी दो साल पहले ही ईश्वर को प्यारी हो गई।'' - कहते हुए उनकी आँखें नम हो गई और वे भावुक हो गए।

"ओह सॉरी !'' - मैंने खेद प्रकट किया।

अगर आंटी नहीं थी तो वो लेडी गर्लफ्रेंड ... हाऊ केन दिस पोसिबल? इस उम्र में। मैं मन ही मन सोच रहा था।

मुझे कन्फ़्यूज्ड देखकर उन्होंने पूछ ही लिया - "क्या सोच रहे हो?''

"एक्चुअली कल मैंने आपको एक आंटी के साथ देखा था तो मुझे लगा ......''

बीच में ही मेरी बात काटते हुए बोले - 'ओ...ओ।...ओ... अच्छा, तो तुम उस आंटी के बारे में बात कर रहे हो। वो मेरी वाईफ नहीं है। वो तो ....!'

उनका वाक्य भी पूरा नहीं हुआ कि वही फीमेल केरेक्टर आकर हमारे सामने खड़ी हो गई थी। उसे देखकर अंकल अपना वाक्य भी पूरा नहीं कर पाए। आंटी ने मुख से कुछ कहा तो नहीं किंतु, उनकी नज़रों से ही मैं समझ गया कि वह अंकल से मेरे बारे में पूछ रही थी आखिर ये है कौन। परिस्थिति को भाँपते हुए मैं तपाक से बोल पड़ा - "आंटी ! मैं सामने वाले कमरे में ठहरा हुआ हूँ, सुबह-सुबह सामने अंकल को देखा तो बस, हालचाल लेने चला आया।''

"तुम इन्हें जानते हो?'' - आंटी ने मुझसे प्रशन किया।

"अरे पगली ! किसी अनजान आदमी से बातें करना गुनाह है क्या?'' - अंकल ने प्यार जताते हुए आंटी को समझाया।

"ओ अच्छा ! मुझे लगा आपलोग एक-दूसरे के जान-पहचाने के हो।'' - आंटी रिलेक्स होते हुए बोली।

"अब तो जाने-पहचाने हो गए। ये भी राँची के हैं।'' - अंकल ने ठिठोली की।

कुछ देर तक हमारी आपस में बातें चलती रहीं। शीघ्र ही हम तीनों घुल मिल गए। हँसी मजाक भी होने लगी। अंकल तो पूरी तरह हमारे सामने खुल गए किंतु, आंटी जरा खुल नहीं पा रही थीं। अब तक मुझे पता चल गया था कि वे दोनों पति-पत्नी नहीं बल्कि प्रेम दिवाने थे। हमारे बीच उम्र का लगभग 30 साल का फासला था किंतु, हम एक-दूसरे से काफी फ्रैंक हो गए थे। मैं उनकी प्रेम कहानी में काफी इंटरेस्ट ले रहा था और वो भी मेरी प्रेम कहानी जानने के इच्छुक थे। हम दोनों के बीच एक जेनेरेशन का फर्क था तो प्रेम कहानी में भी तो फर्क होता ही। फिर फाइनली अगले दिन शाम 9 बजे का समय तय हुआ जब हम तीनों बैठकर आपस में एक-दूसरे की प्रेम कहानी जानेंगे।

मुझे अगले ही दिन घर निकलना था किंतु उस जोड़ी से मैं इतना प्रभावित हुआ कि अपना कार्यक्रम अगले तीन दिन के लिए एक्सटेंड कर दिया।

अगले दिन बाहर घूमने - फिरने के बाद शाम को जरा जल्दी होटल आ गया और माँ-बाबूजी के साथ डिनर करने के बाद ठीक 9 बजे मैं अंकल के कमरे में पहुँच गया। वहाँ पहले से ही अंकल-आंटी बैठे हुए थे। मेरे हाथ में एक डायरी और एक कलम थी। हाथ में डायरी देखकर अंकल बोले - ''तुम इस डायरी में लिखोगे क्या?''

मैंने जवाब दिया - ''नहीं अंकल ! बस कुछ इम्पोर्टेंट प्वाइंट।''

आंटी बोली - ''क्यों?''

मैंने क्लियर किया - ''क्योंकि मेरी इच्छा है कि आप लोगों की इस प्रेम कहानी से आज के जेनेरेशन को भी कुछ सीख दे सकूं।''

अंकल बोले - ''अच्छा ! तो तुम राइटर हो। लेकिन, तुमने तो कहा था कि तुम इंजीनियर हो?''

''अंकल जी ! मैं इंजीनियर ही हूँ कोई राइटर नहीं। किंतु, इस उम्र में भी आप लोगों की जिन्दादिली को देखकर मुझे लगा कि अगर इसे मैं दुनिया के सामने ला सकूँ तो इससे आपकी और हमारी दोनों जेनेरेशन को लाभ मिलेगा।'' - मैंने उन्हें अपना फंडा बता दिया।

मेरे इस विचार से वे दोनों बहुत प्रभावित हुए और रोमाँचित भी।

आंटी बोली - ''मतलब तुम इसपर किताब लिखना चाहते हो?''

कोशिश करूंगा। - ''मैंने जवाब दिया।''

इसी तरह हमारी बातचीत चलती रही। लगभग एक घंटा बीत चुका था। अर्थात् रात के दस बज चुके थे। फाइनली हमलोग मेन मुद्दे पर आए। आंटी ने हम दोनों के सामने पानी से भरा हुआ एक-एक ग्लास रख दिया और खुद सामने की कुर्सी पर बैठ गई।

अंकल ने बात आरम्भ की - ''देखो बेटा ! हम पुराने जमाने के लोग जरूर हैं किंतु, हमारी सोच आज भी नई पीढ़ी वाली है। (मैंने मन ही मन कहा - वो तो आपलोगों की हरकतों से ही पता चल गया था कि आप लोग उन बुजुर्गी में से नहीं हैं जो केवल अपनी किस्मत का रोना रोते फिरते हैं आपलोग तो खुलकर जिन्दगी जीते हैं) हमारी प्रेम कहानी में भी गजब का ट्विस्ट है।''

पुरानी बातें यादों के मंच पर थिरकते ही अंकल के, उम्र की मार खाकर निस्तेज हो चले मुखमंडल पर सहसा आभा फैल गई। उनका चेहरा दमकने लगा। होठों पर बच्चों की-सी निश्छल मुस्कान तैरने लगी। उम्र के इस मुकाम पर, जहाँ लोग परिपक्वता के असीम सागर बन जाते हैं एक अधीर नवयुवक की भाँति वह मुझसे नजरें चुराने लगे। उन्होंने धीरे से नजर घुमाई और आंटी की ओर देखा। दोनों की नजरें एक-दूसरे से इस कदर उलझ गई कि मैं हतप्रभ रह गया। कभी मैं अंकल की ओर देखता तो कभी आंटी की ओर। दोनों की नजरों में अद्भुत चमक थी। वहाँ वही प्यार, वही कशिश, वही दीवानगी थी जो जवानी के दिनों में रही होगी। कुछ पल बाद आंटी ने नजरें झुका ली। शर्म से उनका चेहरा लाल हो गया था।

अंकल ने बोलना जारी रखा - ''बात उन दिनों की है जब हम नए-नए हाई स्कूल में प्रवेश किये थे। हमारा स्कूल जिला भर में प्रसिद्ध था। हालाँकि उस समय स्कूलों में हमें उतनी सुख सुविधाएँ नसीब नहीं थीं जो आजकल स्कूलों में पाई जाती हैं। जनवरी का महीना था। कड़ाके की ठण्ड पड़ रही थी। क्लास रुम के अंदर बैठकर पढ़ाई करना किसी सजा से कम मालूम नहीं पड़ता था।

इसीलिए हमारे हैडमास्टर जी ने फरमान जारी कर दिया था कि टिफिन के पहने होने वाली सभी कक्षाएँ क्लास रुम के बाहर धूप में जायें।

उस दिन भी हम सभी बच्चे क्लास रुम के बाहर गुनगुनी धूप में बैठकर पढ़ाई कर रहे थे। पढ़ाई कम मटरगस्ती ज्यादा हो रही थी, क्योंकि महाशय अभी तक हमारी कक्षा में नहीं आए थे। उन दिनों स्कूलों में शिक्षक और छात्रों के बीच के रेशियो में बहुत बड़ा अंतर होता था। एक शिक्षक एक ही साथ दो या तीन कक्षाएँ सँभालते थे, फिर भी पढ़ाई बहुत तगड़ी मानी जाती थी। सहसा हमारी नजर स्कूल गेट से अंदर आती हुई एक दूधिया एम्बेसडर की ओर चली गई। हमने अचानक मटरगस्ती बंद कर दी और हम जोर-जोर से अपना पाठ पढ़ने लगे। गाड़ी सीधे हैडमास्टर के कार्यालय के पास जाकर रुकी। हमारा ध्यान उसी गाड़ी की तरफ था। गाड़ी बंद होते ही सामने से ड्राइवर उतरा और झटपट आकर पीछे का गेट खोल दिया। गेट खुलते ही करीब पैंतालीस साल का एक छरहरा, सफेद धोती- कुरता पहना हुआ और लाल गमछा काँधे पर लटकाया हुआ आदमी उससे उतरा। उन्होंने स्कूल के चारों ओर एक बार नज़र दौड़ाई जैसे कोई सेलेब्रिटी हो। उसी वक्त गुलाबी सूट पहने एक लड़की हाथ में पर्स लिए गाड़ी से नीचे उतरी जो हमारी हमउम्र लग रही थी।

उन्हें देखते ही हमारे हैडमास्टर साहब ने अभिवादन किया और कुर्सी मंगवाकर बैठने का आग्रह किया। उन लोगों की आपस में बातें चलने लगीं और इधर हम लोग भी तरह-तरह के कयास लगाने लगे। कोई कहता नाम लिखवाने आयी होगी तो कोई कहता मास्टर साहब के रिश्तेदार होंगे, तो कोई कुछ और। आधे घंटे में वे लोग वापस चले गए। दो-चार दिनों में हमलोग भी उस बात को भूल गए।

एक दिन अचानक हैडमास्टर साहब सुबह हमारी कक्षा में आए और साथ में थी वही सुन्दर बाला। उन्होंने परिचय कराते हुए कहा - ''बच्चों ये हैं प्रभावती, हमारे शहर के मेयर की बेटी। हमारा सौभाग्य है कि इनके पिताजी ने इसका दखिला हमारे स्कूल में दिलवाया है और आज से ये तुम्हारी कक्षा में बैठेगी। और हां, हर कोई इसका ख्याल रखना, किसी प्रकार की कोई परेशानी इसे नहीं होनी चाहिए।''

हमने भी ''जी सर'' कहकर उनकी बातों में हामी भर दी।

सामने बैठी आंटी की ओर इशारा करते हुए उन्होंने आगे बोलना जारी रखा - ''उस वक्त ये हमारे बीच क्या आई मानो जाड़े में ही वसंत की बहार आ गई हो। सारी कक्षा ऐसे महकने लगी जैसे हम पर किसी ने उल्लास का कुमकुम छिड़क दिया हो। इनके कपड़े, इनके बाल, इनकी बोल चाल सबकुछ सलीके के थे। इनके आते ही हमारी कक्षा की उद्दंडता कम हो गई थी। हम भी इनको देख-देखकर इनके सलीके चुराने का प्रयास करने लगे। इनके कपड़े महँगे होते, हमारे सस्ते फिर भी उन्हीं को साफ-सुथरे और ढंग से पहनने का प्रयास करने लगे। मफ़लर, जो हम पूरा मुँह ढँककर बाँधते उसे अब सिर और कान में लगाकर ढंग से बाँधने लगे। सप्ताह में दो दिन धुलने वाली पोशाक अब हर रोज धुलने लगी थी। मुँह से अपशब्द निकालना बंद हो गया था। छोटी-मोटी चोरी करने की आदत भी छोड़ दी थी। मैंने कई बार कोशिश की किन्तु, इनसे बात करने की हिम्मत नहीं जुटा पाया। इन्हें प्रभावित करने का मेरे पास बस एक ही रास्ता था और वह था पढ़ाई में अव्वल आना। यह विचार दिमाग में कौंधते ही एक झटके में मेरी सारी बुरी आदतें दूर हो गईं। मेरी जंग शुरू हो गई थी। मैं पढ़ाई के रंग में पूरी तरह रंग गया था। उस वर्ष जब फ़ाइनल रिजल्ट आया तो यह प्रथम आई और मैंने भी काफी कुछ सुधार कर लिया था। हमेशा आखिरी चार-पाँच में आने वाला मैं अब तीसरे स्थान पर आ गया था।

मुझमें अचानक यह बदलाव देखकर टीचर महाशय भी दंग रह गए थे। हैडमास्टर साहब ने अपने पास बुलाकर मेरी पीठ थपथपाई और कहा - ''बेटे शाबाश ! तुमने बहुत अच्छा किया; और अधिक मेहनत करो और अपना नाम रौशन करो।''

हैडमास्टर साहब की बातों का मुझपर बहुत गहरा असर पड़ा। मैं जी तोड़ मेहनत करने लगा। एक ही लक्ष्य था, क्लास में प्रथम आना। मेरी मेहनत रंग लाई और नौवीं कक्षा में सबको पछाड़कर मैं प्रथम आ गया।

अब धीरे-धीरे हम दोनों की, पढ़ाई के सिलसिले में बातचीत शुरू हो गई थी। बातचीत का सिलसिला जारी रहा और हम दोस्त बन गए। यही दोस्ती आगे चलकर प्यार में बदल गई। इसका अहसास हमें तब हुआ जब दसवीं में गर्मी की

छुट्टी पड़ी और हम एक महीने तक एक-दूसरे से मिल नहीं पाए। इस दौरान हमने एक-दूसरे को खूब मिस किया। मैं इनके लिए इतना बेताब हो गया था कि स्कूल खुलते ही मैंने इनसे अपने प्यार का इजहार कर दिया।

और फिर आंटी की तरफ देखते हुए उन्होंने कहा - ''और बाद में पता चला कि बेताबी तो उधर भी बराबर की थी।''

सामने बैठी आंटी इस बात का प्रतिकार करते हुए बोली - ''झूठे कहीं के, पागल दीवाने तो आप बन बैठे थे। स्कूल खुला उस दिन आपकी क्या हालत थी उसे याद कर आज भी मेरी हँसी छूट जाती है।''

''फिर आगे क्या हुआ?'' - मैंने पूछा।

अंकल ने बात आगे बढ़ाई - ''होना क्या था; हमारे इश्क की खुशबू हवाओं में घुलकर सारी फिजा में महकने लगी और जब इसकी महक हमारे घरवालों तक पहुँची तो पिताजी ने मेरी जमकर कुटाई कर दी। इतना पीटा कि दो दिनों तक बिस्तर से उठ नहीं पाया। तीसरे दिन डाक्टर आकर दवा - दारू कर गए, तब जाकर ठीक हुआ।''

उस वक्त आंटी की क्या हालत हुई होगी, मैंने जानना चाहा - ''और आंटी ! आपको भी घरवालों की तरफ से कुछ ऐसी ही प्रतिक्रियाओं का सामना करना पड़ा होगा?''

उन्होंने कहा - ''हाँ, प्रतिक्रिया तो कुछ वैसी ही थी। लड़की जात होने के कारण पिटाई से तो बच गई थी किन्तु, घर को जेल खाना बनाकर उसमें मुझे कैद कर दिया गया था। लोगों से मिलना-जुलना, बाहर निकलना सब कुछ बंद; यहाँ तक कि घर के किसी सदस्य से भी बात करने की इजाजत नहीं थी, माँ खाना देने के बहाने कभी-कभार चोरी-चुपके आ जाया करती थी। बस एक चीज की छूट थी वो पढ़ाई करने की। घर के अंदर जब मन किया सिर्फ मैं पढ़ाई ही कर सकती थी। लगभग एक महीना ऐसा ही चला, फिर एक दिन पता चला कि मेरी शादी कहीं तय कर दी गई है। दसवीं की परीक्षा जैसे ही समाप्त हुई मैं दुलहन बनकर अपने घर से विदा हो गई।''

''फिर आपका क्या हुआ, अंकल जी...जी...जी?'' - मैंने जरा मज़ाकिया अंदाज में अंकल से पूछा।

''जब इनकी दुलहन बन जाने की खबर मुझे मिली तो मैं बौखला-सा गया। पढ़ाई-लिखाई छोड़कर मैं एक साल तक आवारा बनकर इधर-उधर भटकता रहा। खुद को कोसता रहा। इनके बाप को कोसता रहा। अपने बाप को कोसता रहा, सारी दुनिया मुझे बेमानी नजर आने लगी थी। सारी दुनिया को कोसता रहा। घरवालों से और अधिक दिनों तक रहा नहीं गया। साल भर बाद उन्होंने एक अच्छी लड़की देखकर मेरी भी शादी करवा दी, जबकि मैं इसके लिए तैयार नहीं था किन्तु, उन लोगों ने जबरन मेरी शादी करवा दी थी। मैं घर से भाग जाना चाहता था किन्तु, अपनी पत्नी का प्यार और समर्पण देखकर मैं ऐसा नहीं कर पाया। धीरे-धीरे मेरे अंदर भी ज़िम्मेदारी की भावना आने लगी और फिर मैंने अपनी आगे की पढ़ाई आरंभ कर दी। बी.ए. पास करते ही मेरी सरकारी नौकरी लग गई और मैं अपनी दुनिया में मस्त हो गया।''

अंकल की बात खत्म होते ही आंटी ने बोलना आरंभ किया - ''शादी के बाद कई तरह की बाधाएँ मेरी राहों में मुँह बाए खड़ी थीं। मैंने भी हार नहीं मानी और अपनी पढ़ाई जारी रखी। घर की सारी जिम्मेदारियों को निभाते हुए मैं आगे पढ़ती गई। मेरी ज़िद और पढ़ाई के प्रति जुनून को देखकर मेरे पति भी मेरे साथ हो गए। मैंने भी जैसे ही अपनी पढ़ाई पूरी की, मुझे भी सरकारी स्कूल में शिक्षिका की नौकरी मिल गई। तब तक मेरे दो बच्चे भी हो चुके थे। मैं भी अपनी दुनिया में खो गई। प्यार-व्यार की सारी बातें भूल गई।''

दोनों अपनी-अपनी दुनिया में मस्त हो गए थे। अब कहानी का अंत हो जाना चाहिए था, मगर ऐसा हुआ नहीं। विधाता को कुछ और ही मंजूर था। ये दोनों फिर दोबारा मिले लेकिन, कैसे मिले? आइए जानते हैं इन्हीं की जुबानी।

''अंकल फिर अगला मिलन कब, कैसे और कहाँ हुआ?'' मैंने पूछा।

अंकल ने बोलना आरंभ किया - ''दरअसल, उन दिनों मैं स्कूल इंस्पेक्टर था और एक दिन स्कूल इन्सपैक्शन के लिए मथुरापुर जाना था। मैंने इसकी सूचना वहाँ के हैडमास्टर को दे दी थी। हैडमास्टर साहब मुझे लेने खुद

रेलवे स्टेशन आ गए थे। मैं उनकी राजदूत मोटर साइकिल पर सवार होकर उनके स्कूल जा पहुँचा। जैसे ही मैंने उनके कार्यालय में कदम रखा, सामने बैठी एक खूबसूरत शिक्षिका ने तुरंत खड़ी होकर मेरा अभिवादन किया। मैंने भी प्रत्युत्तर में उन्हें नमस्कार कहा और सामने की कुर्सी पर बैठ गया। मेरी ललाट की रेखाएँ तन गई थीं। मैं दिमाग पर ज़ोर देकर याद करने का प्रयास करने लगा था कि यह चेहरा कुछ जाना पहचाना-सा लग रहा है; आखिर इसे पहले मैंने कहाँ देखा है? अचानक मुझे याद आया और कुछ बोलने के लिए जैसे ही मुँह खोलने वाला था कि हैडमास्टर साहब बोल पड़े - "सर ! ये हैं हमारे स्कूल की सीनियरमोस्ट टीजीटी श्रीमती प्रभावती भागवत। वेरी टेलेन्टेड एण्ड नोलेजिबल टीचर।"

अपनी भावनाओं को नियंत्रित करते हुए मैंने इनकी ओर देखा और कहा - "प्रभावती जी ! आई थिंक आप तो मुझे जानती ही होंगीं ?"

"जी।" - कहकर इन्होंने अपनी तिरझी नजरों से ऐसे तीर चलाया कि मैं वहीं फ्लैट होकर रह गया।

हैडमास्टर साहब बीच में ही बोल पड़े - "ओ....ओ, आप दोनों एक दूसरे को जानते हैं, वेरी गुड, वेरी गुड।"

मैंने उन्हें जवाब दिया - "जी हाँ, हम दोनों एक ही स्कूल के प्रोडक्ट हैं।"

"ओ, आई सी!" - कहकर उन्होंने अपनी बत्तीसी चमका दी।

कुछ देर तक हमारी बातचीत का सिलसिला जारी रहा, फिर मैं अपने निरीक्षण कार्य में लग गया। पूरे निरीक्षण के दौरान ये मुझपर हावी रहीं। इनकी नजरों में कई सवाल तैर रहे थे। मेरे मन में भी सवालों का एक तूफान था किन्तु, उस वक्त हम ऐसे पर्सनल सवाल नहीं कर सकते थे। मैंने अपना कार्य पूरा किया और फिर जल्दी ही मिलने का वादा कर वहाँ से निकल गया।

हमारी लाइफ में एक बार फिर प्यार का उफान आने वाला था। इनसे मिलते ही मेरा प्यार, जो वर्षों से सुषुप्तावस्था में था जाग उठा। उस वक्त हम जिंदगी के

मझधार में थे। कोई भी चूक हमें सिर्फ डुबा ही सकती थी। किन्तु, विधाता को हमारा डुबना मंजूर नहीं था। मैं इससे मिलने का दाँव-पेंच भिड़ा ही रहा था कि अचानक दूसरे शहर में मेरा तबादला हो गया।

''ओ शीट ! फिर अगली बार आप लोग कब मिले?'' - मैंने पूछा।

''कल शाम को गंगा के किनारे।'' - इस बार आंटी ने जवाब दिया।

''यह भी एक संयोग था या फिर कोई प्री-प्लांड प्रोग्राम?'' - मैंने प्रश्न किया।

अंकल शुरू हुए - ''यह तो हमारा प्री-प्लांड प्रोग्राम था। वाइफ के गुजर जाने के बाद मैं बहुत तनहा हो गया था। दो बेटे हैं, दोनों एब्रोड में जॉब करते हैं। साल दो साल में एक बार मिलने आते हैं। किन्तु, लैपटॉप के सामने बैठकर उनसे रोज ही लाइव बातें हो जाती है। राँची में एक बड़ा-सा आलीशान बँगला है; नौकर चाकर हैं किन्तु, अपना तो अपना ही होता है न?''

उन्होंने बोलना जारी रखा - ''एक दिन मैं फ़ेसबुक एकाउंट चेक कर रहा था। कुछ दिनों से अस्वस्थ होने की वजह से मैं फ़ेसबुक खोल नहीं पाया था। जैसे ही मैंने फ़ेसबुक लॉगिन किया कंप्यूटर स्क्रीन के टॉप पोर्शन में कुछ नोटिफिकेशन और चार-पाँच फ्रैंड रिक्वेस्ट फ्लैश हो रहे थे। पहले मैंने नोटिफिकेशन चेक किया फिर फ्रेंड रिक्वेस्ट आइकन में क्लिक किया। उसमें एक नाम जिस पर मेरी नजर टिक गई वह था - ''प्रभावती भागवत'' किन्तु, प्रोफ़ाईल पिक्चर किसी छोटी-सी बच्ची की थी। मैंने झट से उसका प्रोफाइल चेक किया। स्टेटस में था रिटायर्ड टीचर और कुछ अपडेट नहीं था। मैंने रिक्वेस्ट एक्सेप्ट कर लिया और उनके टाइम लाइन पर लिख दिया ''फेसबुक'' की दुनिया में आपसे जुड़कर खुशी हुई।''

इस बात के लिए आंटी ने अपनी तरफ से सफाई पेश की - ''एक्चुअली मेरे घर में उस वक्त नया-नया कंप्यूटर आया था। मेरी पोती मुझे कंप्यूटर चलाना सिखा रही थी। उसने फेसबुक के बारे में बताया और मेरा एकाउंट भी फेसबुक में बना दिया। उसने ही मुझे फेसबुक के बारे में जानकारी देते हुए कहा कि यह एक ऐसी दुनिया है जहाँ हम वर्षों पुराने मित्रों से मिलकर

उनसे ऑनलाइन बातें कर सकते हैं, उनके दुख-दर्द को जान सकते हैं, उनकी हर एक्टिविटी से वाकिफ़ हो सकते हैं जो वे फेसबुक में अपडेट करेंगे। मुझे तो फेसबुक की यह दुनिया बड़ी ही रोमाँचक लगी।

मेरा एकाउंट बनाते ही उसने पूछा कि दादी आप किसे फेसबुक में ढूँढना चाहोगी तो मेरे दिमाग में झट से इन्हीं का नाम आ गया। उसने जैसे ही फेसबुक के सर्च कॉलम में इनका नाम टाइप किया इनका एक मुस्कराता हुआ फोटो, प्रोफाइल पिक्चर में दिखाई दिया। फोटो देखते ही मैं इन्हें पहचान गई। साथ ही, एक्साइटेड भी थी। फेसबुक में इन्हें पहले से ही जुड़े हुए देखकर मुझे लगा कि ये तो मुझसे भी एक कदम आगे निकले; टेक्निकल दुनिया में तो पहले से ही मौजूद हैं। हमने इन्हें रिक्वेस्ट लगा दी। चार-पाँच दिनों तक कोई रिस्पांस नहीं आया। एक दिन अचानक देखा रिक्वेस्ट एक्सैप्ट कर लिया गया था और मेरे टाइमलाइन पर लिखा था ''फेसबुक'' की दुनिया में आपसे जुड़कर खुशी हुई।'' पोती ने मुझे भी फेसबुक पर चैट करना सिखा दिया। जब पोती स्कूल चली जाती तो मैं भी इनके साथ फेसबुक पर खूब चैट करती।

''फिर आप लोगों ने आपस में मिलने का प्रोग्राम बना लिया, राइट?'' - मैंने पूछ लिया।

अंकल जी ने बोलना शुरु किया - ''हां, मैंने जब इनके सामने आपस में मिलने का प्रस्ताव रखा तो ये उलझन में पड़ गई। कई दिनों तक कोई तरीका नहीं निकल पाया। मैंने इन्हें आइडिया दिया था कि गंगा स्नान के बहाने बनारस आने का कार्यक्रम बना लीजिए। पर समस्या यह थी कि इस उम्र में इनके घरवाले इन्हें भला बनारस अकेले आने कैसे दे सकते थे।

एक दिन इन्होंने फेसबुक पर मेसेज किया - ''बनारस जाने का जुगाड़ बन गया है, आप डेट तय कीजिए।''

''आंटी ! हमें भी जरा बताएं कि आपने जुगाड़ आखिर में कैसे बैठाया?''

''ये सब मेरी पोती की मेहरबानी है, जो इस साल ग्रेजुएट हो चुकी है। मेरे पति के देहांत के बाद उसी ने मेरा सबसे ज्यादा ख्याल रखा है। वह मेरी पोती

कम सहेली ज्यादा है। एक दिन मैंने उसे अपने मन की सारी बात बता दी। उसने एक ही झटके में मेरी सारी समस्या का हल निकाल दिया।''

''दादी बनारस तो मैं आपको यूं ही चुटकी में ले चलूँगी। मेरी एग्जाम भी खत्म हो गई है और घर में बैठे-बैठे बोर हो रही हूँ। वहाँ मेरी भी कई फ्रेंड रहती है। उनसे मैं मिलती आऊंगी। क्या आइडिया है दादी ! तू सी ग्रेट हो। अपना सामान पैक करना शुरु कर दो। पापा से बोलकर अभी मैं टिकट्स करवा आई।'' - बोलती हुई वह सरपट बाहर की ओर भाग गई, मैं पीछे से बुलाती रह गई।

वह मुझे यहाँ छोड़कर अपनी फ्रेंड्स से मिलने चली गई।

इस तरह दो प्यासे परिन्दे आपस में मिले और अपनी भूली-बिसरी यादों के साथ अपनी बदरंग हो चली जिन्दगी में नया रंग भरने और उसे रंगीन बनाने के लिए एक नई पारी आरम्भ करने के बारे में विचार करने लगे।